LEX' VERSCHOLLENER VERLOBTER

DIE SPENCER-BRÜDER ILLUSTRIERTE SONDERAUSGABE
BUCH 1

ANA ASHLEY

Illustrated by
CARAVAGGIA

Übersetzt von
KARINA MICHEL

Tritt Ana's Facebook Group Café RoMMance für exklusives Bonusmaterial
bei, und um mehr über die neuesten Bücher auf anawritesmm.com zu
erfahren!

Auf die Familie.
Die, in die wir hineingeboren werden.
Die, die wir finden.
Und die, die uns findet.

ÜBER DIESES BUCH

Beziehungsstatus: Es ist kompliziert.

Von der Liebe seines Lebens geghosted zu werden, ist scheiße. Null von zehn Punkten, nicht zu empfehlen. Gerade haben wir noch Ringe getauscht und uns Reiseziele für die Flitterwochen angesehen, und am nächsten Tag ist Emery einfach … weg.

Ein Jahr später, als ich mich gerade zwinge, nach vorn zu sehen, treffe ich ihn zufällig wieder.
Während meine Brüder gern kreative Wege finden würden, um die Wahrheit aus Emery herauszulocken, will ich nur Antworten.

Doch dann wird klar, dass Emery nicht lügt, als er behauptet, sein Gedächtnis bei einem Autounfall verloren zu haben.
Jetzt muss ich eine Entscheidung treffen.
Soll ich ihn gehen lassen oder versuchen, ihn zurückzugewinnen?

Lex' verschollener Verlobter ist der erste Band von Ana Ashleys neuer Serie um die charmanten und viel zu attraktiven Spencer Brüder.
Es erwarten euch Romantik, Leidenschaft, Spaß und viele Lacher mit einer liebevollen, aber etwas zu aufdringlichen Familie.

10$
2$
5$
3$
2$
4$

PROLOG
LEX

Ein Jahr zuvor

WENN ES SO ETWAS WIE einen Preis für den Freund des Jahres gäbe, wäre ich ein Finalist. Ganz sicher ein Anwärter auf den großen Preis.

„Und der Gewinner ist – Trommelwirbel *– Alexis Spencer: für seine Verdienste um die Romantik.“*

Die Menge würde jubeln, und ich würde stolz meinen Preis entgegennehmen, aber nicht bevor ich die Liebe meines Lebens in meine Arme gezogen hätte, um besagte Liebe in aller Öffentlichkeit zu demonstrieren.

War ich ein wenig zu selbstbewusst? Vielleicht. Aber ich hatte alles mit militärischer Präzision geplant.

„Sie gehört Ihnen, Mr. Spencer“, sagte Mr. Acker und deutete auf die große Freifläche in der Pfingstrosen-Sammlung des Botanischen Gartens. „Ich hoffe, er sagt Ja.“

„Vielen Dank, Mr. Acker. Ich weiß es wirklich zu schätzen, dass Sie uns exklusiven Zugang gewähren. Dies ist der

Lieblingsplatz meines Freundes, deshalb bedeutet es mir sehr viel, dass ich es hier machen darf."

„Sie haben mir keine andere Wahl gelassen, Junge", meinte er und klopfte mir auf die Schulter, bevor er mich mit meinen letzten Vorbereitungen allein ließ.

Vielleicht war ich ein wenig zu hartnäckig in meinem Bestreben gewesen, die Aufmerksamkeit des Platzwarts zu erregen, damit ich mir den perfekten Ort für den wichtigsten Moment meines Lebens sichern konnte. Aber ich wollte ja Freund des Jahres werden, schon vergessen?

Vielleicht war es die Schachtel mit Muffins gewesen, die mit Wildblumen aus Buttercreme verziert gewesen waren, oder der Gutschein für ein Abendessen für zwei Personen im preisgekrönten Restaurant meiner Eltern, Lusitana. Es könnten auch die E-Mails gewesen sein, die ich wöchentlich verschickt hatte, oder die Tatsache, dass ich so verzweifelt war, dass ich Mr. Acker unzählige Fotos von Emery und mir mit den Pfingstrosen im Hintergrund geschickt hatte, um ihm zu zeigen, wie wichtig uns dieser Ort war.

Es war mir egal, was Mr. Acker dazu bewogen hatte, den Bereich für diese zwei Stunden zu schließen. Mir war nur wichtig, dass es funktioniert hatte.

In einer halben Stunde würden nur ich, Emery und die schönste Pfingstrosen-Sammlung des Landes hier sein.

Ganz zu schweigen von dem Sahnehäubchen, den Pastéis de Nata meiner portugiesischen Großmutter, die ich selbst nach dem seit Generationen überlieferten Rezept mütterlicherseits zubereitet hatte.

Danke, Mom, für all die Stunden, die ich in der Küche verbracht habe, um Töpfe zu spülen, während du von unserem Erbe erzählt hast und davon, dass es kein besseres Essen für die Seele gibt als portugiesisches.

Ich schaute wieder auf die Uhr. Mein Herz raste vor Nervosität und Vorfreude.

„Só podemos avaliar a força do amor quando o sentimos", pflegte meine Großmutter zu sagen. Die Stärke der Liebe lässt sich nur messen, wenn wir sie spüren.

Natürlich gab sie solche weisen Ratschläge nur, wenn ein Glas Portwein und ein Stück Madeirakuchen auf dem Tisch standen. Ich hatte mir beides gegönnt, als ich ihr anvertraut hatte, dass ich erwog, Emery einen Heiratsantrag zu machen.

War es zu früh? Wir waren erst seit einem Jahr zusammen, aber ich konnte mir ein Leben ohne ihn nicht mehr vorstellen. Meine Großmutter hatte mit vierzehn Jahren geheiratet, und meine Eltern waren zweiundzwanzig gewesen, als sie den Bund der Ehe geschlossen hatten.

Mit siebenundzwanzig war ich nicht gerade alt, aber ich wollte mein Leben offiziell mit dem Mann beginnen, in den ich mich vor einem Jahr an diesem Ort Hals über Kopf verliebt hatte.

Ich spürte die Kraft dieser Liebe. Sie war stärker als die, die ich je für einen anderen Mann empfunden hatte, mit dem ich ausgegangen war. Nicht einmal für die Werbeagentur, die ich mit meinen Brüdern gegründet hatte, empfand ich so viel, und das wollte etwas heißen, denn mein Job war das Zweitwichtigste in meinem Leben.

Der kleine Tisch, den Mr. Acker mir zur Verfügung gestellt hatte, war mit einem weißen Tischtuch gedeckt. In dem Eimer mit Eis stand eine geöffnete Flasche mit gekühltem Weißwein. Emerys Lieblingswein.

Und auf einem Teller, den ich eigens für heute gekauft hatte, damit er unser erstes Erbstück wurde, lagen sechs perfekte Pastéis de nata. Ich hatte sogar einen kleinen, mit Zimt gefüllten Pfefferstreuer mitgebracht. Avó, meine Großmutter, würde mich verstoßen, wenn ich das köstliche Gebäck ohne Zimt anbieten würde.

Die gesamte Pfingstrosen-Kollektion war atemberaubend, und ich hätte mir jeden Baum aussuchen können, um für Emery auf die Knie zu fallen, aber unser Baum, der Zeuge unseres ersten Treffens gewesen war? Heute blühte er, als wüsste er, wie wichtig es war, sein wahres Wunder zu zeigen.

Das Geräusch von schlurfenden Füßen und gedämpften Worten erregte meine Aufmerksamkeit.

Als ich Emery gebeten hatte, mich bei der Pfingstrosen-Sammlung zu treffen, hatte ich gewusst, dass er sich möglicherweise verspäten würde. Seine Schüler schrieben einen Test, und er gab ihnen immer gern zusätzliche Zeit. Daher brauchte ich nicht auf meinem Handy nach Nachrichten zu suchen oder weitere Hinweise auf die Identität meiner ungebetenen Gäste zu sammeln.

„Wir sind zu früh", sagte Avós Stimme in einem gedämpften, aber knappen Ton. „Emery ist noch nicht da."

„Ich bin mir ziemlich sicher, dass wir nicht zu früh sind. Er sagte, er müsse um sechs Uhr irgendwo sein. Es ist sechs", fügte mein Zwillingsbruder Adam hinzu.

„Scheiße, er wurde abserviert. Emery ist nicht aufgetaucht."

„Halt die Klappe, Noah, er wurde nicht abserviert. Das weiß ich."

Ich konnte fast hören, wie unser älterer Bruder mit den Augen rollte. „Nur weil ihr euch eine Gebärmutter geteilt habt, heißt das nicht, dass ihr telepathisch veranlagt seid, Adam."

„Pst, ihr zwei. Wenn meinem Baby etwas zustößt, bringe ich Emery um. Er schien so ein netter Junge zu sein", meinte meine Mutter, und ihre Stimme klang enttäuscht.

„Er ist also dein Baby, weil er sitzen gelassen wurde, aber als ich mein Kaninchen verloren habe, durfte ich nicht einmal einen Suchtrupp losschicken", sagte Noah.

„Das liegt daran, dass du seine Käfigtür absichtlich offengelassen hast, weil du wusstest, dass es nach nebenan laufen würde, um sich dem Kaninchen der Nachbarn zu paaren."

„Ich nehme Paarungsrituale sehr ernst, und Pudding hatte ... Bedürfnisse."

„Und nachdem er seine ... Bedürfnisse befriedigt hatte", meinte meine Mutter, „kehrte er nach Hause zurück, sodass ein Suchtrupp unnötig war. Am Ende standen nur eine sehr teure Tierarztrechnung und ein preisgekröntes Kaninchen, das seiner Tugendhaftigkeit beraubt wurde. Ganz zu schweigen von einem sehr wütenden Nachbarn."

„Diese flauschig-schwänzigen Schrecken haben meinen ganzen Salat zerstört. Ich hätte sie alle in einen Topf stecken sollen, als ich die Gelegenheit dazu hatte."

„Dad!", schrie Adam entrüstet auf.

Er hatte die Kaninchen immer beschützt. Mehr noch als Noah, dessen Schuld es gewesen war, dass es sie überhaupt erst gegeben hatte.

Ich kniff mir in den Nasenrücken und seufzte, bevor ich mich dem Baum zuwandte, hinter dem sie sich versteckt hatten.

„Eine Elefantenherde wäre diskreter gewesen", sagte ich.

„Ich sagte doch, er würde uns hören. Keiner von euch kann leise sein", erklärte Avó, als sie einer nach dem anderen hinter dem buschigen Baum hervorkamen. Noah schnaubte. Meine Mutter schlug ihm auf den Arm, woraufhin er seinerseits Adam schlug.

„Was macht ihr denn alle hier?", fragte ich.

„Wir feiern, Schatz. Wir wollten deinen besonderen Moment nicht verpassen. Ich will nicht behaupten, dass ich nicht ein wenig verärgert bin, weil du uns das vorenthalten hast, aber wir sind jetzt hier. Das ist alles, was zählt."

Ich stöhnte auf. „Mom, warum denkst du, habe ich es euch nicht gesagt?"

Sie zuckte mit den Schultern.

„Weil ich wusste, dass ihr genau das tun würdet", sagte ich, während sich Verzweiflung und leichte Panik in meiner Brust aufbauten. Sie konnten nicht hier sein, wenn Emery ankam. „Wie habt ihr es herausgefunden?"

Mein Blick blieb an Adam hängen. Avó war mit dem Rest der verrückten Truppe mitgekommen, aber sie war verschlossen wie ein Grab. Wenn es jemanden in meiner Familie gab, der auch nur den geringsten Hinweis auf meine Pläne gehabt hätte, dann wäre das mein Zwilling gewesen. Wir waren schon immer miteinander verbunden gewesen. Noah scherzte immer, dass er froh war, kein Zwilling zu sein, denn so konnte er wenigstens etwas Privatsphäre haben.

Adam sah sofort schuldbewusst aus. „Ähm ... ich habe gemerkt, dass du ein bisschen neben der Spur bist. Du bist zu nervös, aber auch lächerlich glücklich, doch ich dachte, das liegt daran, dass die Dinge mit Emery gut laufen, sodass du vielleicht den nächsten Schritt machen willst, aber nicht weißt, was du tun sollst."

„Die Sache mit Emery *läuft* gut ... wenn ihr mir das nicht verderbt", meinte ich und fuhr mir mit der Hand durchs Haar, um herauszufinden, wie ich sie sanft abwimmeln konnte. „Wisst ihr eigentlich, wie komisch es ist, euch alle hier zu haben?"

Das Gesicht meiner Mutter füllte sich mit Schmerz, was mir das Gefühl gab, der Bösewicht zu sein – aber was solls. Konnte ein Mann seinem Freund nicht am Jahrestag des Tages, an dem sie sich kennengelernt hatten, unter vier Augen einen Antrag machen?

Ich wollte mein Herz für Emery Livingston öffnen. Ihn genau wissen lassen, wie wichtig er für mich war. Ihm sagen, dass ich ohne ihn nicht leben konnte und wollte. Ich wollte ihn heiraten, Kinder mit ihm haben und mit ihm alt werden.

Aber verdammt, ich wollte es ohne Publikum machen.

„Wir sollten alle gehen", sagte Adam, und ich schenkte

ihm ein Lächeln, das meinen Dank für seine Unterstützung ausdrückte.

„Oh, Lex wird sich für seinen Kerl in einen schnulzigen Softie verwandeln", scherzte Noah.

„Nur weil du nicht an mehr als zwanzig Minuten Sex glaubst, heißt das nicht, dass andere Leute nicht mehr vom Leben wollen."

„Hey, kleiner Bruder. Beruhige dich, ich wollte nur sagen …"

„Das spielt keine Rolle", unterbrach ich. „Bitte, Leute, Emery wird jeden Moment hier sein, und so hatte ich wirklich nicht geplant, ihn zu fragen, ob er mich heiraten will."

„Heiraten?", fragte meine Mutter, während sich alle gegenseitig ansahen, bevor sie anfingen, schnell miteinander zu reden und dabei Englisch und Portugiesisch zu vermischen, so wie sie es bei jedem Familienessen taten, wenn etwas Großes bevorstand.

Warum konnte ich nicht aus einer normalen Familie kommen?

„Ja!", sagte ich verärgert. „Was dachtest du denn, was hier vor sich geht?" Ich deutete auf den Bereich um mich herum. Auf den Tisch mit dem Wein und dem Gebäck. Meine geputzten Schuhe, die neue Hose und das Hemd.

„Wir dachten, du würdest ihn bitten, bei dir einzuziehen", meinte Adam. „Nellie vom Bagel-Laden sagte, sie habe gesehen, wie du letzte Woche deine Schlüssel nachgemacht hast, und River hat dich im Restaurant belauscht, wie du über den Platz im Kleiderschrank gemurmelt hast, was, wenn du mich fragst, in dieser Streichholzschachtel, die du Wohnung nennst, eine unmögliche Aufgabe ist. Er sagte, er hätte vorgeschlagen, dass du ein paar Kleider an Goodwill spenden könntest."

Ah, River war also mein Maulwurf. Er und Adam waren unzertrennlich, seit wir uns im Kindergarten kennengelernt hatten, als wir fünf gewesen waren. Noah scherzte sogar, River sei unser Drilling. Das war lächerlich, da River Adam viel näherstand als mir. Er hatte also das kurze Gespräch, das wir im Restaurant meiner Eltern geführt hatten, meinem Bruder gegenüber erwähnt, der offenbar keine Loyalität zu seinem Zwilling hatte.

„Okay, okay. Lasst uns hier verschwinden, damit mein Enkel seinem Mann einen Antrag machen und mir ein paar Urenkel schenken kann."

„Avó!"

„Was? Ich werde nicht jünger."

„Mein Gott, ihr seid alle unzurechnungsfähig. Wenn Emery jemals herausfindet, was ihm bevorsteht, wenn er mich heiratet und sich dann aus dem Staub macht, rede ich nie wieder mit euch. Ich werde euch alle verleugnen", sagte ich.

„Blödsinn. Der Junge liebt dich, und ich kann dir garantieren, dass er dich bestimmt heiraten möchte."

Ich musste über die Worte meiner Mutter lächeln. Meine Antwort blieb mir im Halse stecken, als ich über den Platz hinausblickte, an dem meine Familie stand.

„Lex?"

Emery stand ein paar Meter hinter meiner Familie. Seine Augen waren weit aufgerissen, als er mich anstarrte. Einen Moment lang schien es, als gäbe es außer uns niemanden mehr auf der Welt.

„Hast du das ernst gemeint?", fragte er mit zittriger Stimme.

Ich verringerte den Abstand zwischen uns mit nur wenigen Schritten. Meine Familie sollte verdammt sein. Ich wollte mir diese Gelegenheit nicht entgehen lassen. Später würde ich sie dann verleugnen.

Ich nahm seine Hände in meine, führte sie zu meinen Lippen und küsste abwechselnd seine warmen Handflächen.

„Das hängt davon ab, was du gehört hast, Baby."

„Du ... du hast gesagt", – er schaute zu meiner Familie hinter uns –, „sie haben gesagt ..."

Gott, er war hinreißend, wenn er nervös war. Emery war der Typ Mann, der es nicht mochte, wenn man ihm Aufmerksamkeit schenkte. Auf einer Party würde er gern an der Wand stehen und zusehen, wie sich alle amüsierten. Und er würde es hundertprozentig vorziehen, die Party zu schwänzen, um Zuhause zu bleiben, bei einem Film und einem Becher seines Lieblingseises: Erdnussbutterbecher und Schokobrownie.

„Können wir so tun, als wären sie nicht da?", fragte ich, aber es war eher eine Bitte.

Er nickte, aber es dauerte einen Moment, bis seine Augen zu meinen zurückkehrten. Sein lockiges Haar war wilder als sonst. Wahrscheinlich hatte er es den ganzen Nachmittag mit den Fingern durchwühlt, während er im Stillen all seinen Schülern viel Erfolg für die Prüfung gewünscht hatte.

Einer der vielen Gründe, warum ich diesen Mann einfach lieben muss.

„Emery, ich habe mir diesen ausgeklügelten Plan ausgedacht. Der perfekte Ort, der perfekte gekühlte Weißwein und das perfekte Essen, um dich zu überzeugen. An dem Tag, an dem wir uns kennengelernt haben, wären wir fast hier eingesperrt worden, weil wir so in unser Gespräch vertieft waren. Dann hast du angeboten, mir ein Eis zu kaufen. Ich habe noch nie erlebt, dass jemand so leidenschaftlich über Eiscreme oder ein anderes Milchprodukt spricht."

Er lächelte. Ich hätte schwören können, dass meine Stimme zu wackelig war und meine Knie jeden Moment einknicken würden, also atmete ich tief durch, um fortzufahren:

„Ich wusste vom ersten Tag an, dass du mein Leben

verändern würdest. Du warst die Person, nach der ich gesucht habe, seit ich gesehen habe, wie Noah in der Schule ein Mädchen geküsst hat, und beschlossen habe, dass ich immer nur den Jungen küssen würde, den ich heiraten würde."

„Wir alle wissen, wie das ausgegangen ist", murmelte Noah.

Ich zeigte ihm den Stinkefinger und fuhr fort:

„Du warst nicht der erste Junge, den ich geküsst habe, aber schon bevor ich dich zum ersten Mal geküsst habe, wusste ich, dass du der letzte sein würdest. Also, was sagst du? Willst du den Rest deines Lebens damit verbringen, nur einen Jungen zu küssen?"

Emery stieß einen kleinen Schrei aus. Ich konnte sein Gesicht nicht lesen, als er zu meiner Familie und dann wieder zu mir sah.

„Ich meine mich, falls du dich wunderst", erklärte ich, während mein Herz um den *Drummer of the Year Award* kämpfte.

Emery hob seine Hand und berührte meine Wange. Seine Hand war warm, und als sein Daumen meinen Kiefer streichelte, erschauderte ich ein wenig. Er öffnete den Mund und schloss ihn wieder, bevor er die Worte aussprach, die mich erschütterten.

„Lex … können wir … irgendwo anders reden?"

1

EMERY

Jetzt

„ICH BRAUCHE DEINE HILFE!", sagte Ellie und stürmte in mein leeres Klassenzimmer.

Eben noch hatte ich die Augen geschlossen und gestöhnt, als die rauchige, würzige und schmackhafte Chorizo meine Geschmacksnerven reizte. Sie war die perfekte Füllung für den frischen und knusprigen Sauerteig, den ich heute Morgen auf dem Bauernmarkt auf dem Weg zur Arbeit gekauft hatte.

Allein für den Bauernmarkt hatte sich mein tägliches Pendeln nach Cliffborough schon gelohnt. Als ich außerhalb der Stadt aufgewachsen war, war ich fasziniert von dem gewesen, was zwischen den Hochhäusern passierte, und hatte mich gefragt, warum die Menschen immer so beschäftigt waren und überall hinliefen.

Die Realität war etwas anders als das, was ich mir beim Träumen ausgemalt hatte. Obwohl Cliffborough eine Groß-stadt war, wirkte es immer noch wie eine Kleinstadt. Zumindest kam es mir so vor, denn die Gebäude rund um meine Schule waren nicht so hoch, und die Menschen wirkten viel entspannter als im Fernsehen.

Sicher, das Geschäftsviertel war voller Hochhäuser, aber das war keine Gegend, in der ich oft war. Außerdem fand ich den Fluss, der den größten Teil der Stadt umgab, viel ansprechender.

Und das Brot vom Bauernmarkt? In meiner Mittagspause kam ich dem Gefühl, irgendwo an der Mittelmeerküste zu sein, schon sehr nahe.

Ich wusste, dass meine imaginäre Flucht nicht lange andauern würde. Das tat sie auch nicht. Nicht, nachdem meine beste Freundin Ellie im Klassenzimmer gegenüber von mir den ganzen Vormittag damit verbracht hatte, durch die Glasscheibe der Tür seltsame Handgesten zu machen, die ich noch nicht entziffern konnte.

„Dir ist nicht mehr zu helfen, Ellie."

Sie rollte mit den Augen und setzte sich auf den Schreibtisch in der ersten Reihe, der mir am nächsten war. „Ich meine es ernst. Das ist eine DEFCON-4-Situation, die möglicherweise ein Upgrade benötigt. Wenn ich das nicht richtig händele, könnte es DEFCON-1 werden. Das Ende aller Tage. Armageddon."

„Du warst die Antwort auf meine Gebete. Die Eintrittskarte in eine neue Welt. Es tut mir leid, dass ich deine Frische nie in vollen Zügen genießen werde." Ich blickte sehnsüchtig auf mein Sandwich, bevor ich es ablegte, um meiner nun bald Ex-besten Freundin meine volle Aufmerksamkeit zu schenken, die mich beim Essen störte. „Es gibt nur sehr wenige Situationen, in denen ich das Ende aller Tage ausrufen würde, also was ist los?"

„Ich habe dir doch von meiner Schwester erzählt, oder?"

„Du hast mir viele Dinge erzählt. Die meisten werde ich nicht laut wiederholen."

„Victoria hat sich gerade verlobt." Ellie warf die Hände in die Luft, als sollte ich den wahren Ernst der Lage begreifen.

Ich gestikulierte, dass sie fortfahren sollte.

„Du weißt doch, dass sie wie eine Prinzessin ist, die alles bekommt, was sie will, oder?"

„Das hast du mir erzählt, ja."

„Ihr Freund, na ja, ich glaube, es heißt jetzt Verlobter, hat ihr einen Antrag gemacht, und natürlich hat sie Ja gesagt."

„Ich sehe immer noch nicht die Notwendigkeit für irgendeine Art von DEFCON. Funktioniert DEFCON überhaupt so?", fragte ich.

Sie griff hinüber und schnappte sich mein Sandwich direkt aus meinen warmen Händen. Nun, eigentlich vom Schreibtisch, aber es war *mein* Sandwich. Der Duft von frischem Brot hatte mich schon den ganzen Morgen gekitzelt. Ich liebte meine Schüler, aber ich zählte buchstäblich die Minuten bis zur Mittagspause.

„Wage es nicht, einen Bissen zu nehmen, oder ich werde nie wieder mit dir sprechen, Eleanor Elizabeth Stanton", erklärte ich und nannte sie mit vollem Namen, weil ich wusste, wie sehr sie es hasste.

Sie legte das Sandwich zurück, als wäre es eine Bombe, die gleich explodieren würde. Es war gut zu wissen, dass sie den prekären Zustand unserer sechs Monate alten Freundschaft in diesem Moment verstand.

Ich nahm einen Bissen und deutete ihr an, mit ihrer Geschichte fortzufahren. Vielleicht könnte ich so tun, als würde ich zuhören, während ich im Geiste zurück an die sonnigen Küsten des Mittelmeers reiste. Portugal, Spanien, oder vielleicht Sizilien. Hmm …

„Okay, die Sache ist die", begann sie. „Victorias Freund ist großartig. Ich weiß nicht, was er an ihr findet, aber ich schätze, es ist seine Beerdigung, oder? Aber seine Familie ist auch wirklich nett. Ich habe sie nur ein paar Mal getroffen. Ihnen gehört das Restaurant, von dem ich dir schon seit Monaten erzähle."

Ich stöhnte eine Antwort. Ich hatte ihr *wirklich* zugehört, aber verdammt, das Sandwich war das Nirwana. Sie musste es als Zustimmung aufgefasst haben, denn sie fuhr fort. Mit Handgesten und allem.

„Am Wochenende findet eine Verlobungsfeier statt. Ich habe nichts Passendes zum Anziehen."

„Ich bin sicher, das stimmt nicht. Habe ich dich überhaupt schon zweimal dasselbe Outfit tragen sehen?"

Ellie war superkreativ, und sie hatte die Theorie, dass sie ihren Schülern durch Mode viele wichtige Lektionen beibringen konnte. Genauer gesagt, durch die Kleidung, die sie selbst genäht hatte und jeden Tag in der Schule trug.

Ihre Schultern sackten ein wenig zusammen und offenbarten eine Verletzlichkeit, die ich bei dem temperamentvollen Mädchen, das sich vor sechs Monaten an meinem ersten Tag an dieser Schule mit mir angefreundet hatte, nicht oft gesehen hatte.

Nach dem Autounfall, der vor einem Jahr mein ganzes Leben verändert hatte, war es eine Untertreibung zu sagen, dass ich an meinem ersten Tag an dieser Schule ein Nervenbündel gewesen war. Ich hatte Ellie nicht einmal den Grund für meine Ängste nennen müssen, bevor sie mich unter ihre Fittiche genommen hatte.

„Was ist wirklich los, Ellie?"

Sie seufzte. „Ich will nicht wie das schwarze Schaf der Familie aussehen, okay? Normalerweise würde ich es wie ein Ehrenabzeichen tragen, aber Adams Familie ist wirklich nett, also befinde ich mich in dem ungewöhnlichen Dilemma, dass ich mir Gedanken darüber mache, was die Leute über meine Kleidung denken könnten."

Als sie den Namen Adam erwähnte, wurde mein Gehirn

für einen Moment unscharf. Das passierte manchmal. Es war, als ob es nach einer Erinnerung suchte, aber nicht wusste, wo sie sich befand, und das brachte mich immer aus dem Gleichgewicht.

Ich konzentrierte mich auf meine Freundin, weil es hier nicht um mich ging.

„Hast du Zeit, dir selbst etwas zu zaubern, oder müssen wir einkaufen gehen?", fragte ich.

„Ich glaube, ich muss einkaufen gehen. Wenn du das jemandem erzählst, schwöre ich, dass ich dich umbringe."

„Wem sollte ich es erzählen?"

Sie war meine einzige Freundin. Oder zumindest die Einzige, die ich seit dem Unfall gefunden hatte. Vielleicht gab es da draußen noch andere Freunde. Vielleicht jemanden namens Adam. Aber ich konnte mir nicht sicher sein. Der Unfall hatte mir alles genommen, und ich hoffte immer noch, den Anfang der Krümelspur zu finden, die zu meinem verlorenen Leben führte.

Ein paar Stunden später schleppte ich eine widerwillige Ellie in ein Einkaufszentrum mit dem Versprechen einer Eistherapie, um den Schrecken des Kaufs eines Kleides von der Stange für die Party wettzumachen.

„Man sollte meinen, dass du gar nicht mal dringend ein Outfit für eine Party brauchst", stichelte ich und stieß ihren Arm an, nachdem sie das zehnte Kleid, das ich vorgeschlagen hatte, verschmäht hatte.

„Keines von denen ist perfekt."

„Dann such dir eins aus und mach es perfekt."

Ihre Augen weiteten sich. „O mein Gott, Em. Du hast ja recht!" Sie legte das Kleid auf den Ständer und zog mich an der Hand aus dem Laden und zurück in das erste Geschäft, in das wir gegangen waren.

Sie wählte das zweite Kleid, das ich ihr gezeigt hatte, und brachte es zur Kasse.

„Ich kann nicht glauben, dass ich schon vor acht Kleidern stattdessen Eis hätte essen können."

„Du hättest deine brillante Idee früher haben sollen." Sie reichte dem Mann an der Kasse ihre Karte. „Ich weiß genau, wie ich dieses Kleid zum besten aller Zeiten machen kann."

Als wir die Eisdiele betraten, wusste ich schon mehr über Stoffe, als ich je zu wissen geglaubt hatte.

„Hi, Emery. Ich habe mich schon gefragt, ob wir uns diese Woche sehen würden", meinte Patrick, als wir uns dem Tresen näherten.

„Ähm, ja, wir sind auf einer ungeplanten Mission, aber du weißt ja, wie ich zu Eiscreme stehe."

Er lächelte und legte den Kopf ein wenig schief. „Ja, das weiß ich. Was darf ich dir heute bringen? Das Übliche?"

„Ja, bitte."

Ellie hustete. „Kann ich auch mein Übliches haben?"

Patrick sah sie an, als hätte er sie gerade erst gesehen. „Natürlich, mein Schatz. Was ist es noch mal?"

„Erdbeereis mit geschmolzener Schokolade obendrauf", antwortete sie und versuchte nicht einmal, ihre Verärgerung zu verbergen.

Wir gingen mit unserem Eis zu den Sitzgelegenheiten in der Mitte des Einkaufszentrums, da die Eisdiele keine Sitzplätze hatte.

„Patrick könnte nicht auffälliger sein, selbst wenn er es versuchen würde", sagte Ellie. „Und du könntest nicht unauffälliger sein."

„Wie meinst du das?"

„Spiel nicht den Schüchternen, Livingston. Du weißt, dass Patrick auf die Knie fallen und dir einen blasen würde, wenn du deinen kleinen Finger nur halb in seine Richtung streckst."

Ich lachte. Ellie dachte, dass jeder Typ da draußen schwul war und auf mich stand.

„Ich bin mir ziemlich sicher, dass das nicht stimmt. Er wollte nur freundlich sein. Vielleicht schätzt er jemanden, der Eiscreme liebt."

Sie schnaubte. „Er *schätzt* dich. Ich wette, er hat feuchte Träume davon, dass du sein Eis leckst. Und nein, das ist kein Euphemismus. Er ist wahrscheinlich so pervers. Er würde zu deinen Füßen knien und eine Kugel mit gesalzenem Karamell und Toffee in der Hand halten – deine Lieblingssorte natürlich. Er würde sagen: *Leck es, Meister,* und hoffnungslos darauf warten, dass du fertig bist, damit er dich auch lecken kann."

„Was für Bücher liest du denn?", fragte ich halb lachend und halb bemüht, mich nicht zu verschlucken, als ich die Toffee-Stücke in meinem Eis in einem anderen Licht sah.

„Die beste Art. In dem aktuellen geht es um einen Typen, der wirklich arm ist und sich in einen superreichen Typen verliebt, der eine Vorliebe für Satinhöschen hat. Es ist wie eine schwule Aschenputtel-Geschichte mit heißem Sex und einer unanständigen Wendung. Du solltest es lesen."

Ich tat so, als wäre ich nicht interessiert, aber ich war definitiv neugierig. Lesen war zu einer der wenigen Möglichkeiten geworden, mit denen ich mich zurückziehen konnte, wenn ich zu Hause war.

Das Leben mit meinen Eltern wurde immer erdrückender. Die ständigen Kontrollen. Das Fehlen von Privatsphäre.

Vielleicht sollte ich mir langsam eine eigene Wohnung in Cliffborough suchen. Der tägliche Weg zur Schule wurde durch das Hören meiner Lieblingshörbücher erträglich, aber dadurch wurden meine Arbeitstage auch sehr lang. Außerdem, welcher siebenundzwanzigjährige Mann lebte noch bei seinen Eltern?

„Du machst wieder diese Sache", sagte Ellie.

„Welche denn?"

„Du denkst so angestrengt über etwas nach, dass sich der

Raum zwischen deinen Augenbrauen verzieht. Es ist, als ob du versuchst, dir etwas einzureden und es dir dann wieder auszureden. Vielleicht solltest du Patrick um ein Date bitten."

Ich hätte fast mein Eis ausgespuckt. „Was? Nein. Du weißt, dass ich noch nicht bereit für ein Date bin. Und ich habe nicht an ihn gedacht."

„Erstens", erklärte sie und deutete mit ihrem Löffel auf mich, „redet niemand von einem Date. Du kannst dir von Patrick zeigen lassen, wie viel Übung er im Lecken …", – die Frau mit den zwei Kindern am Nachbartisch sah uns missbilligend an –, „von Eiscreme hat."

„Auf keinen Fall. Und zweitens?"

„Zweitens: Du kannst mit mir zur Verlobungsfeier kommen – als mein Date."

„Es tut mir leid." Ich hustete wieder. „Was?"

„Ja! Das ist es! Du kommst mit mir. Auf diese Weise kannst du alles filtern, was ich vielleicht sagen oder tun werde. Du hilfst mir, unter dem Radar zu fliegen, damit meine Schwester mich in Ruhe lässt. Nicht, dass ich jemals gefragt werden würde, ob ich Brautjungfer sein will. Ich bin sicher, sie wird mich nicht einmal vermissen, wenn ich nicht zur Hochzeit komme."

„Sag so etwas nicht."

Sie warf mir einen Blick zu, der mir sagte, dass es ihrer Schwester sehr recht wäre, wenn sie nicht zur Hochzeit käme.

„Du verkaufst es mir nicht wirklich, El."

„Wie wäre es, wenn ich dir sage, dass Adam einen Zwillingsbruder hat, der nicht nur Single ist, sondern auch schwul?"

Ich lachte. „Ich denke, wir haben festgestellt, dass ich dazu noch nicht bereit bin."

Das war etwas, das ich in meinen Therapiesitzungenthematisiert hatte. Die letzte Beziehung, an die ich mich erinnerte, konnte man nicht gerade als Beziehung bezeichnen, denn es hatte sich lediglich um zwei schwule College-Zimmergenossen gehandelt, die die Nähe zueinander ausgenutzt hatten.

„Nein", sagte sie und zeigte wieder mit diesem verdammten Löffel auf mich. „Das hast *du* festgestellt. Ich stelle fest, dass du da rausgehen und das Leben genießen musst."

„Ellie, gerade weil ich *das Leben ausgekostet* habe, bin ich in einen schweren Unfall verwickelt worden und habe drei Jahre meines Lebens verloren."

Plötzlich verlor der Rest meines Eises seinen Reiz. Ich wusste nicht einmal, ob das stimmte, aber wie konnte ein junger sechsundzwanzigjähriger verantwortungsbewusster Erwachsener sein Auto um einen Baum wickeln, wenn er nicht, wie Ellie es ausdrückte, *das Leben genoss*. Leichtsinnig.

Ellie schob ihren Stuhl näher heran und verschränkte ihren Arm mit meinem.

„Es tut mir leid, Em. Ich wollte dich nicht reizen. Ich kann mir nicht vorstellen, wie schwer es für dich sein muss."

„Ich weiß."

„Aber … du kannst nicht für immer in diesem Schwebezustand bleiben. Du musst dein Leben leben und dich für neue Dinge öffnen. Für gute Dinge."

Sie hatte recht. Es hatte Monate gedauert, bis ich nach der Entlassung aus dem Krankenhaus daran gedacht hatte, mich um einen Job zu bewerben. Meine Eltern hatten das nicht gewollt, aber ich konnte nicht den ganzen Tag daheim bleiben und nichts tun.

Ich hatte diese Entscheidung nicht ein einziges Mal bereut. Selbst als wir im letzten Winter einen Schneesturm gehabt hatten, der es fast unmöglich gemacht hatte, vom Anwesen meiner Eltern in die Stadt zu kommen. Ich hatte nie eine Unterrichtsstunde verpasst. Ich vermisste nur … etwas, das ich nicht genau benennen konnte.

„Gut. Ich werde dein Date sein. Aber können wir uns einfach nur amüsieren, ohne irgendwelche Hintergedanken?"

„Das können wir, Em. Das können wir definitiv." Sie drückte mir einen Kuss auf die Wange, und alles war wieder besser.

„Eine Sache noch, Ellie."

„Okay?"

„Du solltest dein Kleid mit dem roten Schal mit den Totenköpfen in Fesseln kombinieren. Verleugne dich nicht, um anderen Leuten zu gefallen."

Sie lehnte ihren Kopf an meine Schulter und seufzte. „Du solltest auf deine eigenen Worte hören, Schatz. Manchmal machen sie sehr viel Sinn."

„Ich werde es versuchen. Was ist das Schlimmste, was passieren kann, hm?"

2
___

LEX

„Ich kann Ihnen das erste Konzept am Montag vorlegen, Mr. Knox. Ich muss nur noch ein paar Änderungen vornehmen, bevor ich es abschicke", sagte ich ins Telefon und sah auf die Uhr über meiner Bürotür. Zehn Minuten vor fünf. Das bedeutete, dass meine Brüder jeden Moment hereinplatzen würden.

„Bitte nenn mich Reed", meinte er mit einem leisen Lachen. „Bei Mr. Knox höre ich mich an, als wäre ich mein Großvater."

„Nach dem, was du gesagt hast, scheint er ein großer Mann gewesen zu sein."

„Das war er. Ich danke dir, Lex. Deine Ideen haben mir gefallen, und ich bin gespannt, was du dir sonst noch einfallen lässt."

„Es ist uns eine Ehre, dass du uns deine Marke anvertraust. Meine Mutter bedankt sich für die Honigproben, die du uns gegeben hast. Sie backt gerade einen Honigkuchen und kann es kaum erwarten, zu sehen, wie der Lavendelgeschmack ankommt."

Die Ausarbeitung des Konzepts für eine neue Marke war

eine meiner Lieblingsbeschäftigungen. Das leere Blatt, die grenzenlosen Ideen, die Möglichkeit, dem Geschäft von jemandem meinen Stempel aufzudrücken. Das machte einfach Spaß.

Aber die Arbeit mit einem etablierten Unternehmen wie *Knox Farm* stellte mich vor eine ganz andere Herausforderung, denn ich wollte die wahre Essenz von Reeds Unternehmen einfangen. Ein Unternehmen, das von seinem Großvater gegründet worden war und sich unter Reeds Leitung in neue Richtungen entwickelte.

Ich konnte erkennen, wie wichtig Reed das Unternehmen war und wie sehr er seinen verstorbenen Großvater stolz machen wollte. Und wenn es etwas gab, das ich wirklich verstand, dann war es Familie.

Vom Restaurant meiner Eltern bis hin zu dem Unternehmen, das ich mit meinen Brüdern gegründet hatte, als Adam und ich das College beendet hatten, war die Familie immer das Wichtigste in meinem Leben gewesen.

Selbst wenn besagte Brüder in mein Büro marschierten und aussahen, als hätten sie alles andere als etwas Gutes vor.

„Bruder, Zeit zu packen", erklärte Noah.

Ich lehnte mich in meinem Stuhl zurück und zeigte auf die Uhr. „Du gehst ja mit gutem Beispiel voran, Big Boss."

„Kumpel, es ist Freitag. Jeder kennt die Regeln. Tut, was ihr tun müsst, aber wenn ihr nicht müsst, dann geht nach Hause, wann ihr wollt." Er deutete auf mich und Adam und dann auf sich selbst. „Wir haben diese Regel extra für Tage wie heute aufgestellt."

Er hatte recht. Wir alle arbeiteten hart, vergaßen aber nie, dass jeder einmal ausspannen musste, einschließlich des Dutzends Mitarbeiter in der Agentur und uns.

Das einzige Problem war, dass ich mich nicht so gesellig fühlte. Wenn ich ehrlich war, hatte ich mich schon ein ganzes Jahr lang nicht mehr gesellig gefühlt. Von dem Mann geghosted zu werden, der einem versprochen hatte, einen zu lieben und zu heiraten, machte so etwas mit einem Menschen.

„Gut. Gib mir fünf Minuten, damit ich meine Sachen holen kann. Ich treffe euch dann unten", sagte ich. Adams Lächeln allein war es wert, so zu tun, als wäre alles in Ordnung. Dass es mir gut ging.

Es kam nicht jeden Tag vor, dass sich der Zwillingsbruder verlobte, oder? Welcher Bruder, der etwas auf sich hielt, würde ihm nicht helfen, sich zu betrinken, bevor er in weniger als vierundzwanzig Stunden der Familie seiner Verlobten gegenübertrat?

Fünf Minuten später legte ich meinen Arm um Adams Schulter und wuschelte ihm durchs Haar. „Komm, wir werden dich besoffen machen."

„Auf keinen Fall, Mann. Wenn ich betrunken nach Hause komme, wird Victoria meine Eier abschneiden, sie wie einen Pfannkuchen platt drücken, in eine Schachtel packen und sie mir zurückgeben."

„Das ist seltsam spezifisch", meinte Noah, „aber was auch immer ihr miteinander treibt, es geht uns nichts an."

Noah würde auf keinen Fall zulassen, dass Adam in einem weniger beklagenswerten Zustand als komplett blau nach Hause kam. Ich konnte es in seinen Augen sehen.

Ich liebte unseren großen Bruder, aber er machte keine halben Sachen. Er arbeitete hart und amüsierte sich noch härter. Ich wollte nicht zu viel darüber nachdenken, mit wie vielen Leuten er sich in der Vergangenheit eingelassen hatte und wie viele für einen Nachschlag zurückgekommen waren. Adam und ich dagegen waren immer die Romantiker gewesen. Wir wollten die Liebe unseres Lebens finden, heiraten und glücklich bis ans Ende unserer Tage leben.

Adam hatte mit Victoria eine Chance, aber ich? Nach

Emery würde es niemanden mehr geben. Ich konnte mein Herz nicht noch einmal riskieren.

Tanner's war wie immer voll von lauten und glücklichen Menschen, die bereit waren, ihr Wochenende zu beginnen. Wir hatten schon andere Bars im Geschäftsviertel ausprobiert, aber Tanner's lag nur einen Block von der Arbeit entfernt und servierte die besten Buffalo Wings der Stadt.

Wir schlängelten uns durch die Menge, bis wir die Theke erreichten. Tanner, der Besitzer, zapfte gerade ein Bier vom Fass. Sein kurzes blondes Haar und sein Bubigesicht sahen in der Bar so deplatziert aus, als wäre er besser für ein Abercrombie-Fotoshooting geeignet als für das Zapfen von Bieren. Seine tätowierten Arme standen jedoch im krassen Gegensatz zu seinem restlichen Aussehen. Ich hatte mich schon immer gefragt, ob er noch andere Tattoos auf seinem Körper hatte.

Er zwinkerte Noah zu, als er uns sah.

„Alter, gibt es in dieser Stadt irgendjemanden, mit dem du noch nicht geschlafen hast?", fragte Adam.

„Wer sagt, dass ich mit Tanner geschlafen habe?"

Ich schnaubte. „Die Art, wie er dich ansieht, als ob er dir das Bier über die Brust schütten und sie dann sauber lecken wollte."

Noah hielt seinen Blick auf Tanner gerichtet, als er antwortete: „Da hast du recht, kleiner Bruder. Er will es wirklich. Vielleicht wird heute Nacht seine Glücksnacht."

Wir fanden einen Tisch, nachdem eine kleine Gruppe gegangen war, und bestellten ein paar Dutzend Wings und Bier, während Noah weiter mit Tanner kommunizierte, allein durch die Kraft seiner Augenbrauen.

„Behältst du ihn jemals in der Hose?", fragte ich.

„Warum sollte ich, wenn es so viel Spaß macht, ihn herauszuholen und die Reaktionen zu beobachten, wenn mir die Menschen zu Füßen fallen?"

„Nicht, dass du deswegen eingebildet wärst", bemerkte Adam.

„Außerdem", sagte Noah, „da Adam vom Markt ist und du als Mönch lebst, muss jemand die sexuellen Bedürfnisse der Leute in dieser Stadt befriedigen."

„Ich habe gehört, dass Mrs. Poach bereit ist, wieder in die Dating-Szene einzusteigen, nachdem sie ihren Mann rausgeschmissen hat, weil er sie mit dem Postboten betrogen hat", erzählte Adam und meinte damit die Nachbarin unserer Eltern.

„Ich lebe nicht wie ein Mönch. Und ist Mrs. Poach nicht um die siebzig?"

Noah hob sein Glas. „Hey, auch ältere Damen haben Bedürfnisse. Ich werde nicht derjenige sein, der sie erfüllt, aber lasst die arme Josephine aus dem Spiel."

Ich hob mein Glas an die Lippen und ließ mir das kalte Bier schmecken. Es gab nichts Besseres nach einem Tag in den vier Wänden meines Büros. „Das ist genau das, was ich gebraucht habe."

„Ich glaube, was du brauchst, ist Sex", warf Noah ein.

„Hör auf damit", sagte Adam. Als ich in seine Augen blickte, sah ich zwölf Monate Sorge in einem einzigen Blick.

„Tut mir leid, Kumpel." Noah legte mir die Hand auf die Schulter. „Ich will dich nicht drängen, aber ich will dich glücklich sehen, und diese Version von dir ist nicht glücklich."

Ich dachte immer, dass Adam von meinen beiden Brüdern der erste sein würde, der zerbrechen würde. Der Erste, der mir sagen würde, ich solle mich anstrengen und rausgehen. Ein Date haben. Glücklich sein.

Als ob das so einfach wäre.

„Denkst du, ich hätte es nicht versucht? Dass ich mir nicht schon hundertmal aufmunternde Worte gesagt habe?" Ich schaute mir die Leute um uns herum an. Das leichte

Lächeln, die koketten Blicke über den Rand einer Bierflasche hinweg. „Ich dachte, mein Leben würde ganz anders verlaufen, als es verlaufen ist. Ich will die Stimmung nicht verderben, aber ich bin nicht bereit, mich wieder auf den Markt zu werfen, okay?"

Mein Blick wanderte zur Eingangstür der Bar. Einen Moment lang glaubte ich, dass Emery die nächste Person sein würde, die durch die Tür kam. Mit seinem wilden, lockigen Haar und den Augen, die nach mir suchen. Er würde sich verspäten, weil er bei der Korrektur der Hausaufgaben seiner Schüler die Zeit vergessen hatte, aber sobald er mich sah, würde sein Lächeln den Raum erhellen und allen sagen, dass er zu mir gehörte.

Stattdessen sah ich ein anderes vertrautes Gesicht.

„Hey, Leute. Gott sei Dank habt ihr Bier und Essen. Ich schwöre, ich bekomme mehr Ärger von eurem Dad als ihr alle, und ich bin nicht mal sein Sohn. Ich bin am Verhungern."

Rivers plötzliche Ankunft beendete das Gespräch. Adam entspannte sich sichtlich, und Noah kehrte zu seiner stillen Unterhaltung mit Tanner zurück.

„Was hat er jetzt angestellt?", fragte ich.

„Wer?" River steckte sich einen Wing in den Mund und nahm einen großen Schluck von dem Bier, das Adam für ihn bestellt hatte. „Oh, dein Dad. Er muss aufhören, das Restaurant zu managen. Ich kann die Angestellten nicht dazu bringen, das zu tun, was ich von ihnen verlange, wenn er mir in den Rücken fällt und ihnen alles gibt, was sie wollen. Ich habe den ganzen Nachmittag damit verbracht, eine Samstagsschicht in zwei Wochen zu besetzen, weil er drei Leuten den Tag frei gegeben hat."

Ich schüttelte den Kopf. „Ich vermisse die Wochenenden nicht, an denen wir aushelfen mussten, bevor wir die Agentur eröffnet haben. Die Arbeit im Restaurant ist kein

Leben. Ich weiß nicht, wie du das in Vollzeit schaffst. Für kein Geld der Welt würde ich zurückgehen."

„Danke." Er hob eine Augenbraue und sah Adam an, der mit den Schultern zuckte und zurücklächelte. „Ich finde es toll, wie sehr ihr euch für das Geschäft interessiert, das ihr eines Tages erben werdet."

Adam legte seinen Arm um River. „Nein, mein alter Herr wird dir das Restaurant überlassen. Du bist praktisch einer von uns, und er weiß, dass wir die Agentur haben. Wenn es jemanden gibt, der in der Lage ist, das Erbe des Lusitana fortzuführen, dann bist du es."

„Einer von euch … klar." Er nahm Adams Arm von seiner Schulter.

„Ja, du bist wie unser Bruder von einer anderen Mutter."

Adam schien nicht zu bemerken, dass River sich neben ihm verkrampfte. Ich fragte mich, was das zu bedeuten hatte. Sie waren beste Freunde, seit wir Kinder gewesen waren, und soweit ich wusste, stritten sie sich nie wegen irgendetwas. Niemals.

„Ich bin gleich wieder da. Ich muss mal pinkeln", erklärte River und ging auf die Toilette zu.

Adam holte sein Handy heraus, und ich sah Victorias Namen aufleuchten. Er lehnte den Anruf ab.

„Geht es River gut?", fragte ich.

„Was? Sicher, warum sollte es ihm nicht gut gehen?", fragte Adam. „Meinst du wegen der Sache mit Dad? Du weißt, dass er sich beschwert, aber er liebt Dad, und er liebt das Restaurant. Viel mehr als wir es tun."

„Verdammt, ja. Die Jahre der Knechtschaft endeten, als ich aufs College ging", meinte Noah. „Verdammt, zum Glück gibt es River. Und danke, dass du ihn im Kindergarten gezwungen hast, mit dir abzuhängen." Er hob sein Glas, um einen Toast auszusprechen.

Wahrscheinlich war es gar nichts, aber River war mir ein

bisschen komisch vorgekommen. Vielleicht reagierte ich überempfindlich auf die Stimmungen anderer, weil ich meine eigene seit einem Jahr vortäuschte, aber ich war mir sicher, dass etwas nicht in Ordnung war.

Als er von der Toilette zurückkam, drehte sich das Gespräch um die Verlobungsfeier. Noah erklärte, wir bräuchten eine doppelte Runde Drinks, wenn wir über irgendetwas reden wollten, das mit der Hochzeit zu tun hatte.

„Es tut mir leid, das zu sagen, Adam, aber die Party im Botanischen Garten zu feiern, ist unglaublich unsensibel", meinte Noah, nachdem er sein zweites Bier ausgetrunken hatte.

Adams Schultern sanken. „Ich weiß, Mann. Ich habe versucht, Victoria umzustimmen. Ich habe ihr sogar das Lusitana als Alternative angeboten, aber sie hat sich nicht erweichen lassen."

River warf mir einen mitfühlenden Blick zu.

Ich war seit dem Tag, an dem ich Emery einen Heiratsantrag gemacht hatte, nicht mehr im Botanischen Garten gewesen, und bei dem Gedanken, nicht nur zu einer Party, sondern zur *Verlobungsparty* meines Zwillingsbruders dorthin zurückzukehren, drehte sich mein Magen vor Übelkeit um.

Aber das konnte ich Adam nicht sagen. Er fühlte sich schon schlecht genug.

„Es ist in Ordnung. Es ist nur ein Ort. Mehr nicht. Außerdem stimme ich Victoria zu, dass es der perfekte Ort für eine Verlobungsfeier ist."

Noah öffnete den Mund, um zu sprechen, aber ich hielt ihn auf. „Hör mal, ich will nicht, dass alle wie auf Eierschalen um mich herumlaufen. Ich bin nicht der erste Mann, der nach einem Heiratsantrag abserviert wird, und ich werde sicher nicht der letzte sein. Wer weiß, wenn ich das Siegel breche, indem ich in die Gärten zurückkehre, könnte ich in Versuchung kommen, auch andere Dinge zu versuchen."

Drei paar fürsorgliche Augen starrten mich an. Keiner von ihnen glaubte den Blödsinn, den ich gerade ausgespuckt hatte, aber sie schienen zu viel Angst zu haben, es zu sagen.

Ich musste Gott für diesen kleinen Segen danken.

„Lasst uns darauf anstoßen, dass Adams Eier für immer angekettet sind", sagte ich und hob mein Glas.

Trotz Noahs Plänen wurde niemand auch nur annähernd betrunken. Ich hörte nach meinem dritten Bier auf, und angesichts der Anzahl der konsumierten Wings verließ ich die Bar wahrscheinlich nüchterner, als ich sie betreten hatte.

River hatte nur zwei Bier getrunken, bevor er Adam zurück in die Wohnung brachte, die er mit Victoria teilte, und Noah und seine koketten Augenbrauen wurden zuletzt auf dem Weg zur Bar gesehen, wo Tanner ohne Oberbekleidung Getränke servierte.

Damit war die Frage nach den Tattoos wohl beantwortet. Tanner hatte tatsächlich einen Haufen davon auf der ganzen Brust. Es war interessant, dass, wenn er ein langärmeliges Hemd trug, niemand jemals erraten würde, was darunter lag. Mit seinem adretten, amerikanischen Aussehen könnte er als Chorknabe durchgehen.

So ging es mir auch meistens. Ich trug ein langärmeliges Hemd, um zu verbergen, was sich darunter verbarg. Ein Mann mit gebrochenem Herzen.

Wie immer war das Einzige, was mich zu Hause willkommen hieß, der Goldfisch, den Emery letztes Jahr auf einem Jahrmarkt für mich gewonnen hatte. Wir hatten den Nachmittag damit verbracht, herumzulaufen, Zuckerwatte zu essen und darüber zu reden, warum die Leute Geld für all die Spiele verschwendeten, die nie jemand gewann.

Bis er den winzigen Goldfisch an der Schießbude sah und hundert Dollar ausgab, um den armen Kerl zu gewinnen, damit er ihn vor seinem Leben als Preis in der Schießbude retten konnte.

Goldie lebte länger als erwartet und erinnerte mich täglich daran, was ich verloren hatte, aber ich konnte nicht anders, als den kleinen Kerl zu lieben. Manchmal wünschte ich mir, ein Goldfisch wie er zu sein, der im Aquarium schwamm, in regelmäßigen Abständen gefüttert wurde und keine Erwartungen hatte, mehr im Leben zu erreichen, als es zu leben.

Nachdem ich geduscht und Goldie gefüttert hatte, war ich zu müde, um zu arbeiten, und nicht in der Stimmung, um fernzusehen.

Die Bilderrahmen an der Wand vor meinem Schlafzimmer erregten meine Aufmerksamkeit. An den meisten Tagen ignorierte ich sie geflissentlich, aber das Gespräch mit meinen Brüdern und der Gedanke, morgen in den Botanischen Garten zu gehen, verunsicherten mich zu sehr.

Emery und ich am Strand des Mountview Lake.

Emery und ich auf dem Jahrmarkt mit Goldie in seiner Plastiktüte.

Emery und ich beim Tanzen am Hochzeitstag meiner Eltern.

Das tat am meisten weh, denn das war der Moment gewesen, in dem ich beschlossen hatte, dass ich den Rest meines Lebens mit ihm verbringen wollte.

„Na vida tens que lutar pelo que queres, meu filho, porque ninguém to vai dar." *Im Leben musst du für das kämpfen, was du willst, denn niemand wird es dir geben.* Das waren die Worte meiner Oma gewesen, als ich ihr von meinen

Plänen erzählt hatte. Kurz zuvor hatte sie den Kühlschrank geöffnet und ein perfektes Quadrat aus der Mitte des noch nicht angeschnittenen Schokoladenbrownies meiner Mutter entnommen.

Dann hatte sie mir die Hälfte des Stücks gegeben, und erst nachdem ich es aufgegessen hatte, hatte sie mich erpresst, meiner Mutter zu gestehen, dass ich das ganze Stück genommen hatte.

Warum sollte ich ein ganzes Verbrechen gestehen, wenn ich nur an der Hälfte beteiligt gewesen war? Nun, weil ich meine Großmutter mehr liebte als das Leben selbst, und das wusste sie.

Sie hatte recht. Wenn ich mehr als das halbe Leben, das ich jetzt lebte, führen wollte, musste ich dafür kämpfen.

Ich nahm die Fotos von der Wand und legte sie in die nächstgelegene Schublade, damit ich sie nicht mehr sehen musste. Vielleicht konnte ich sie eines Tages wieder ansehen, ohne mich verletzt zu fühlen.

Heute war nicht dieser Tag.

Aber der heutige Tag markierte den Beginn einer Reihe von Veränderungen für Alexis Spencer.

3

EMERY

Jede Hoffnung, unbemerkt aus dem Haus zu kommen, wurde zunichtegemacht, als ich meinen Namen hörte, nachdem ich fast an der Haustür war.

„Emery, Süßer, trink eine Tasse Tee mit mir", sagte meine Mutter mit dieser Stimme, die bedeutete, dass es keine Frage war. Oder zumindest keine Aufforderung, die ich herausfordern wollte.

„Hallo, Mom", antwortete ich und schleppte mich in die Küche, wo sie gerade Tee in zwei Porzellantassen schüttete. Ich mochte zwar keinen Tee, aber ich wusste, dass es ihr das Herz brechen würde, wenn ich das Getränk ablehnte, also leistete ich ihr wie immer Gesellschaft.

„Wolltest du noch irgendwohin, Liebling? Es ist schon spät."

Es kostete mich alles, sie nicht daran zu erinnern, dass es für einen Mann meines Alters weder spät noch ungewöhnlich war, an einem Samstag um fünf Uhr das Haus zu verlassen.

Aber ich verstand es. Sie machte sich Sorgen. Sie hatte

auch allen Grund dazu. Schließlich hatte sie mich vor einem Jahr fast verloren.

Es fiel mir nur schwer, den Spagat zu schaffen zwischen der Dankbarkeit gegenüber meinen Eltern für alles, was sie für mich getan hatten, und dem Mut, ihnen zu sagen, dass ich meine Freiheit brauchte.

„Ellie muss zu einer Familienfeier und hat mich gefragt, ob ich mit ihr hingehen kann", erklärte ich. „Ich werde nicht zu spät zurück sein."

„Ellie …? Oh, das Mädchen mit der merkwürdigen Kleidung, das du mal hierher gebracht hast? Ich wusste gar nicht, dass ihr euch so nahesteht."

„Wir arbeiten zusammen, Mom, und wir sind Freunde."

„Und du fährst den ganzen Weg nach Cliffborough?"

„Ja." Cliffborough war nur eine Autostunde von uns entfernt, aber für meine Mutter könnte es auf dem Mars liegen.

Sie starrte mich über den Rand ihrer Teetasse mit diesen stechend grünen Augen an, die ich geerbt hatte. Ihre erdbeerroten Locken, die ich ebenfalls von ihr geerbt hatte, waren wie immer gestylt. Ich hatte nie verstanden, warum sie sie so sehr verachtete. Ich sah ihr Haar selten unordentlich. Es war immer gerade und schulterlang geschnitten.

„Wenn du es nicht eilig hast, möchte ich etwas mit dir besprechen."

Ich *hatte* es eilig, aber aus Erfahrung wusste ich, dass es keinen Weg gab, sich aus einem Gespräch mit meiner Mutter herauszuwinden.

Mein Vater hingegen versteckte sich entweder in seinem Büro und arbeitete, oder er war heute Morgen zum Golfspielen mit seinen Freunden gegangen und noch nicht zurückgekehrt. Es war schwer zu sagen, da das Haus die meiste Zeit über leiser als ein Mausoleum war.

„Ich will nicht zu spät kommen, Mom."

„Es wird nicht lange dauern."

Ihr Blick fixierte mich auf meinem Stuhl. Ich wirbelte den Löffel in dem rosafarbenen Wasser in der Tasse herum und nahm einen Schluck. Ein Würfelzucker würde den Tee viel erträglicher machen, aber dann müsste ich mir einen Kommentar gefallen lassen, dass er den Geschmack ruinierte.

„Dann bin ich ganz Ohr."

„Wie du vielleicht bemerkt hast, wird dein Vater nicht jünger."

O Gott, nicht schon wieder dieses Gespräch.

„Mom ..."

„Dein Vater hat die Firma für dich aufgebaut, Emery. Es ist an der Zeit, dass du einen Teil der Arbeit übernimmst und lernst, wie man das Geschäft führt und dann, wenn die Zeit gekommen ist, die Verwaltung des Familienvermögens übernimmt."

„Ich kann meinen Job nicht einfach aufgeben, Mom."

„Ich verstehe das, und ich stimme zu, dass der Job als Lehrer ein gutes Sprungbrett zurück ins Berufsleben war. Ein Weg, um deine Genesung zu unterstützen. Es war deine Idee, wieder zu unterrichten, um wieder auf die Beine zu kommen. Du hast gesagt, dass man nie etwas erreicht, wenn man daheim sitzt und nichts tut. Du sagtest, du wolltest mit deinem Dad arbeiten. Das war deine Entscheidung, Emery. Er hat alle Schritte für dich in die Wege geleitet und zuge-stimmt, dich das Jahr beenden zu lassen, damit du die Schule nicht im Stich lässt, aber sobald das Jahr zu Ende ist, wirst du mit deinem Dad arbeiten."

Ich starrte auf den kalten Tee vor mir, unfähig, zu antworten. Sie hatte recht.

Konnte ich mich an diese Entscheidung erinnern? Nein. Aber der frühere Emery hatte es so gewollt, wer war ich also, es infrage zu stellen?

Drei Monate. Sie gab mir drei Monate, bis die Last meines Nachnamens auf mich herabstürzte.

„Schau nicht so niedergeschlagen, mein Lieber. Jeder junge Mann in deiner Lage wäre froh, eine solche Chance zu bekommen. Dir hat es in deinem Leben noch nie an etwas gefehlt. Dein Vater und ich sind immer für dich da gewesen. Jetzt ist es an der Zeit, dass du deinen Teil dazu beiträgst."

Ich nickte. Sie lächelte, stand auf und brachte ihre leere Teetasse zur Spüle. Ich folgte ihr mit meiner, dankbar für die kleine Gnade, dass sie meinen einzigen Schluck des geschmacklosen Getränks nicht kommentiert hatte.

„Übrigens", sagte sie und schob sich das Haar hinters Ohr, obwohl keine einzige Locke fehl am Platz war, „Jeanelle Rhys-Myrs Sohn ist gerade aus Europa zurückgekommen. Derjenige, der internationales Recht und Wirtschaft studiert hat. Du solltest mit ihm ausgehen und ihm die Gegend zeigen. Er könnte einen Freund gebrauchen, nachdem er so lange weg war."

Einen Freund. Was für ein belastendes Konzept, wenn es von meiner Mutter kam.

„Ich bin mir nicht sicher, Mom. Der Typ hat wahrscheinlich seine eigenen Freunde und will keinen Babysitter. Er ist doch hier in der Gegend aufgewachsen, oder?"

„Er hat die meiste Zeit auf einem Internat verbracht, bevor er für sein Studium nach Europa ging, also kennt er niemanden in der Gegend. Sei ein guter Freund, Emery."

Es war nicht einmal abwegig zu vermuten, dass die Absichten meiner Mutter nichts damit zu tun hatten, dass ich einfach höflich sein sollte, sondern dass sie mich mit dem Sohn ihrer besten Freundin verkuppeln wollte.

„Ich werde darüber nachdenken", erwiderte ich und küsste sie auf die Wange. Bevor sie etwas sagen konnte, verließ ich das Haus und rannte praktisch zu meinem Auto.

Manchmal hatte ich das Gefühl, dass mein Leben so

schwer war, dass ein einziges Gespräch mit meiner Mutter die Chance hatte, mich endgültig in einen Pfannkuchen zu verwandeln. Und zwar nicht die fluffige Art. Eher einer, der dick, schwer und flach war.

Das war ich. Ein wandelnder, sprechender Pfannkuchen. Zerquetscht durch den Druck meiner Verpflichtung gegenüber meinen Eltern und ihrem Erbe.

„Reiß dich zusammen, Emery", sagte ich zu mir selbst, als ich das Auto startete. In einer Stunde würde ich in Cliffborough sein, wo ich endlich aufatmen konnte. Ich versuchte, mein Gehirn dazu zu befragen, aber es arbeitete immer noch nicht mit.

Mein Therapeut hatte mir gesagt, ich solle meinem Instinkt folgen, wenn mir ein Ort, eine Person oder ein Gegenstand bekannt vorkam, obwohl ich nicht wusste, warum.

„Es wird Ihnen wieder einfallen, Emery. Manchmal braucht das Gehirn nur eine Starthilfe. Wie ein Auto mit einer leeren Batterie", hatte er gesagt.

Ein Jahr nach dem Unfall wartete ich immer noch auf die Starthilfe, und meine Batterie fühlte sich an, als ob sie nie wieder zum Leben erwachen würde. Die einzige Möglichkeit war, mein Leben so zu akzeptieren, wie es jetzt war. Ein Neuanfang, hatte meine Mutter gesagt.

Mein Therapeut hatte zugestimmt.

Warum spürte ich dann diesen Schmerz in meiner Brust, der sich sehr nach Trauer anfühlte? Als hätte ich etwas so Wichtiges in meinem Leben verloren, dass das Fehlen dessen körperlich schmerzhaft war, obwohl ich keine Ahnung hatte, was es war.

Ich war fast am Ende der Privatstraße angekommen, die vom Haus meiner Eltern auf die Hauptstraße führte, als ich ein vertrautes Gesicht sah. Ich verlangsamte den Wagen bis zum Stillstand.

„Hey, Mr. Kowalski, ist es nicht an der Zeit, dass Sie für heute Schluss machen?"

„Oh, hallo, Emery. Ich bin hier fast fertig. Sie wissen ja, wie sehr Ihre Mom darauf achtet, dass die Hecken ordentlich bleiben." Er setzte die Heckenschere ab und drehte seine Handgelenke. Gartenarbeit war harte Arbeit für einen Mann seines Alters, aber soweit ich wusste, wollte er sich nicht zur Ruhe setzen. „Und wo wollen Sie hin? Irgendwohin, wo es Spaß gibt?"

„Ich fahre nur in die Stadt, um eine Freundin zu besuchen."

Er nickte. „Sie haben die Stadt immer gemocht. Haben die Tage gezählt, bis Sie gehen konnten. Seit Sie ein kleiner Junge waren."

„Daran erinnere ich mich."

„Ich nehme an, Sie werden bald wieder zurückziehen, jetzt, wo Sie einen Job haben und so", meinte er.

Was?

„Was meinen Sie?", fragte ich.

Mr. Kowalskis Augenbrauen verengten sich für einen Moment. „Ich nehme an, Sie erinnern sich nicht mehr daran. Es tut mir leid, mein Sohn. Ich habe vergessen, was passiert ist."

„Schon gut, aber was meinten Sie, als Sie sagten, ich würde zurückziehen?"

„Nun", antwortete er und kratzte sich an seinem kurzen Bart, „Sie sind vor etwa zwei Jahren in die Stadt gezogen. Das war sehr plötzlich. Ich mische mich nicht in die Familienangelegenheiten ein, wie Sie wissen, aber Sie waren an einem Tag hier und am nächsten weg. Dann passierte der Unfall, und Sie waren wieder da."

„Mr. Kowalski, kann ich Sie um einen Gefallen bitten? Können wir dieses Gespräch unter uns behalten?"

„Natürlich, mein Sohn."

Ich winkte ihm zum Abschied und fuhr weiter. Seine Worte gingen mir auf dem Weg in die Stadt immer wieder durch den Kopf. War ich ausgezogen? Warum hatte meine Mutter nichts gesagt? Sicherlich hätte ich es bemerkt, wenn ich erst vor Kurzem zurückgezogen wäre.

„Willkommen zu Hause, Emery", sagte Mom und öffnete die Tür zu meinem Zimmer.

„Danke, Mom."

Ich schaute mich um. Alles war mir vertraut. Dasselbe Bett. Eine Decke über dem Stuhl in der Ecke. Ein Stapel Bücher auf dem Schreibtisch. Aber ich konnte das Gefühl nicht loswerden, dass ich nicht nach Hause kam.

„Alles ist so, wie du es verlassen hast. Deine Sachen sind im Schrank. Ich gehe nach unten, um nach dem Essen zu sehen. Mach es dir bequem und ich rufe dich, wenn es fertig ist."

„Okay. Ich danke dir."

Sie warf mir noch einen letzten Blick zu, bevor sie das Zimmer verließ. Seltsam, dass sie mich darauf hinwies, wo meine Kleidung lag, als ob das nicht offensichtlich wäre.

Ich atmete tief durch und blickte in den Garten vor meinem Fenster.

Nach drei Monaten im Krankenhaus war ich endlich wieder draußen. Körperlich fühlte ich mich gut. Aber der Rest? Der Arzt hatte mir geraten, einen Therapeuten aufzusuchen, um alles zu besprechen, was passiert war.

Ich lachte in mich hinein. Wenn ich mich nur erinnern könnte, was passiert war.

Ich wusste nur, dass ich das Gefühl nicht loswurde, dass etwas nicht stimmte.

Ich zwang mich, präsent zu sein und mich auf Ellie und das Essen zu konzentrieren.

Der Botanische Garten war leicht zu finden. Auf dem Parkplatz war viel los, aber ich erwischte noch eine Lücke. Ellie hatte sich noch nicht gemeldet, also war ich wahrscheinlich zu früh dran, trotz der kurzen Ablenkung durch meine Mutter.

Offenbar fand das Abendessen in einem Raum neben dem Rosengarten statt, aber ich wollte nicht ohne Ellie hineingehen. Ich stieg aus dem Auto aus, holte mein Handy heraus und schickte ihr eine Nachricht, während ich auf das große Gebäude zuging.

Der Metallrahmen mit den Glasscheiben, der den Eingang des Gebäudes bildete, kam mir irgendwie bekannt vor. Ich wusste, dass ich seit meinem Unfall nicht mehr im Botanischen Garten gewesen war, also fragte ich mich, ob dies vielleicht ein Ort war, den ich vor meinem Unfall besucht hatte.

Ich bezahlte meine Eintrittskarte und wartete auf Ellies Antwort. Erst danach wurde mir klar, dass ich wahrscheinlich keinen Eintritt hätte zahlen müssen, da wir an einer privaten Veranstaltung teilnahmen, aber so konnte ich mir zumindest das Innere des Gebäudes ansehen.

Ich nahm ein Faltblatt mit der Karte in die Hand und ging durch die Lobby. Es war ein halb offener Raum mit einem Glasdach über einem Bereich mit einem Baum und einigen Pflanzen, was ihm einen Hauch von Außenwelt verlieh.

Mein Handy läutete mit einer Nachricht.

ELLIE

Fünf Minuten. Ich helfe dem heißen Kellner mit seinem Tablett.

EMERY

Du denkst, dass du das in fünf Minuten schaffst, wenn du das heiße Kleid trägst, von dem ich denke, dass du es trägst?

ELLIE

Tatsächlich helfe ich ihm nur, aber du hast mich auf eine Idee gebracht. Zehn Minuten.

Ich lachte vor mich hin und steckte das Handy weg.

Zehn Minuten später war keine Spur von Ellie zu sehen, also ging ich auf die Toilette. Ich kam gerade heraus, als mich jemand auf dem Weg hinein anrempelte.

„Tut mir leid", sagte der Typ schnell. Ein Schauer lief mir über den Rücken, und ich drehte mich um, um mich zu vergewissern, dass es ihm gut ging, aber ich sah nur seinen Hinterkopf. Dunkelblondes Haar, leicht zerzaust, und dann war er schon weg.

Ich zuckte mit den Schultern und ging in die Mitte der Lobby. Vielleicht könnte ich das Rosenzimmer finden und mich dorthin begeben, um Ellie zu treffen, anstatt zu warten.

Die Bereiche des Botanischen Gartens waren gut beschriftet, es sollte also nicht schwierig sein, den Weg zu finden.

Als mein Blick auf das Schild für die Pfingstrosen-Kollektion fiel und ein seltsamer Blitz, gefolgt von einer Reihe von Bildern, vor meinen Augen vorbeizog, hatte ich das Gefühl, dass meine Welt auf den Kopf gestellt worden war.

Eine Gruppe von Menschen steht mit dem Rücken zu mir.

Ein Mann ohne Gesicht, der mir zugewandt ist, aber auf der anderen Seite der Gruppe steht.

Pfingstrosen. Hunderte von blühenden Pfingstrosen. Diese konnte ich deutlich sehen.

Diese Momente, in denen mein Gehirn versuchte, sich wieder aufzurappeln, erwischten mich jedes Mal unvorbereitet. Das brachte mich aus dem Gleichgewicht, und ich hasste es ebenso sehr, wie ich die Gelegenheit begrüßte, dass eine Erinnerung zurückkehrte.

Ich bemerkte nicht, dass ich zusammengebrochen war, bis ich die Augen öffnete und sah, dass ich auf dem Boden lag.

„Geht es Ihnen gut?", fragte ein Mann, der neben mir kniete. „Ich habe bemerkt, dass Sie auf das Schild geschaut haben, und plötzlich war es, als würden Ihnen die Beine versagen. Möchten Sie, dass ich einen Krankenwagen rufe?"

Atme tief durch, Emery.

„Ähm … nein …" Ich sah mich um und war dankbar, als ich sonst niemanden sah. „Mir geht es gut." Ich stand auf, und der Mann half mir auf eine Bank in der Nähe. „Ich brauche nur einen Moment. Es geht mir gut, ich verspreche es."

„Ich möchte Sie nicht allein lassen, aber ich muss gehen", entschuldigte er sich. Ich nickte.

„Meine Freundin wird jeden Moment hier sein. Ich werde hier auf sie warten."

„Wenn Sie sich sicher sind."

Ich hob meine Hand, um seine zu schütteln und bemerkte meine zitternden Finger. Ich schloss meine Hand und atmete tief durch, und als der Mann außer Sichtweite war, rief ich Ellie an.

„Hey, Emmy-Schatz. Bitte sag mir, dass du mich nicht aufgibst und gehst. Die böse Braut von der Southside macht mich wahnsinnig, und ich bin kurz davor, diese Party zu verlassen. Tut mir leid, dass es so lange gedauert hat. Ich bin in einer Minute bei dir."

„Ellie", sagte ich mit zittriger Stimme.

„Emery, was ist los? Wo bist du?"

„Draußen, im großen Flur neben der Lobby. Ich … etwas Seltsames ist passiert. Ich glaube, ich habe mich an etwas erinnert."

Sie schnappte nach Luft. „Willst du mich verarschen? Das ist ja gigantisch. Ich suche Adam und entschuldige mich dafür, dass ich das Essen verlassen muss."

„Nein! Nein, das kannst du nicht tun. Deine Familie wird verärgert sein."

„Sie werden es überleben."

Obwohl ich mich wirklich schlecht wegen Ellie fühlte,

war ich auch erleichtert. Ich musste Ellie erzählen, woran ich mich erinnert hatte, weil ich meinem Gehirn nicht traute, es nicht wieder zu vergessen.

Außerdem brauchte ich Hilfe, um es zu entschlüsseln.

Wer war der Kerl ohne Gesicht?

4
—
LEX

Ich zwang mich, zur Toilette zu gehen. Es war schon schlimm genug, dass meine Angst durch die Decke schoss und ich nur noch am seidenen Faden hing. Die Vorstellung, dass Emery der Fremde mit den lockigen Haaren war, mit dem ich gerade zusammengestoßen war, war ein neuer Tiefpunkt.

Ich wusch mir das Gesicht mit kaltem Wasser ab und ging wieder hinaus, aber anstatt in den Rosensaal zurückzukehren, ging ich am Ticketbereich in der Lobby vorbei und aus dem Gebäude.

Männer und Frauen in weißen Hemden und schwarzen Hosen gingen durch eine Tür an der Seite des Gebäudes ein und aus.

Bingo.

Ich folgte ihnen. Niemand stellte sich mir in den Weg, als ich durch den Catering-Bereich ging. Mit meinem weißen Hemd und der dunkelgrauen Hose konnte ich als einer von ihnen durchgehen. Ich schnappte mir eine Flasche Champagner und ein Tablett mit Trüffeln und ging wieder hinaus.

„Hey, wo willst du denn hin? Die Veranstaltung ist da drüben", sagte jemand und hielt mich auf.

„Ähm, ja, da sind ein paar Gäste draußen. Ich dachte mir, die wollen nicht außen vor gelassen werden. Sie sehen irgendwie wichtig aus."

Der Typ starrte mich einen Moment lang an.

„Okay, gut, aber komm gleich wieder. Die Braut hat einen Wutanfall, und wir brauchen alle Hände an Deck im eigentlichen Veranstaltungsraum."

„In Ordnung, Boss."

Ich hatte keinen Plan, also folgte ich meinen Füßen, bis ich wieder im Gebäude war, an derselben Stelle, an der ich vor einem Jahr gestanden hatte.

Mein Herz klopfte wie wild, als ich Emery von der Pfingstrosen-Sammlung zum Parkplatz folgte.

Seine Hand war warm in meiner und sein Griff war fest. Er ließ mich nicht los. Das war doch ein gutes Zeichen, oder?

Der Teich auf der anderen Seite des Parkplatzes war im Sommer immer voll von Leuten, die auf der Wiese picknickten, aber heute war er fast leer.

Die Sonne ging langsam unter und verlieh dem Himmel einen orange-roten Farbton. In der Ferne konnte ich bereits das Blau hinter den Bergen hervorlugen sehen. Vielleicht war es aber auch nur meine Einbildung.

Emery begleitete uns zu einem der Pavillons. Die meisten waren mit Rosensträuchern, Efeu und anderen Kletterpflanzen bewachsen, die etwas Schatten oder, in unserem Fall, Privatsphäre boten.

Privatsphäre wofür?

Wollte er mich sanft abservieren?

Vielleicht hatte ich unsere ganze Beziehung missverstanden.

Vielleicht liebte Emery mich nicht so, wie ich ihn liebte. Vielleicht war er noch nicht bereit, zu heiraten.

Verdammt! Hatte ich mit dem Antrag alles vermasselt?

„Kann ich es zurücknehmen? Können wir so tun, als wäre das heute nicht passiert? Bitte, Emery." Meine Stimme brach, als ich losplapperte. „Ich gebe meiner Grandma die Schuld, dass ich ein hoffnungsloser Romantiker geworden bin. Sie hat mir all diese Geschichten über sie, meinen Grandpa und meine Eltern erzählt, über wahre Liebe und ein glückliches Leben danach. Meine Eltern sind so glücklich. Ich wollte das Gleiche, ich habe dir Pastéis de Nata gemacht." Das letzte Wort platzte ich so laut heraus, dass Emery stehen blieb und sich umdrehte.

Er zog mich näher zu sich, bis wir uns Nase an Nase in die Augen sahen.

„Hast du das wirklich ernst gemeint, was du gesagt hast?", fragte er. Der nächste Pavillon war nur ein paar Meter entfernt.

„Ja, ich habe dir Pastéis de Nata gemacht. Sie sind wirklich gut. Vielleicht meine bisher beste Charge."

Er lachte, trat zurück und zog mich in die Gartenlaube. „Willst du mich heiraten?" Seine Hand streichelte meine Wange. „Oder willst du es zurücknehmen?"

Ich schluckte. „Ich wäre der glücklichste Mann auf Erden, wenn ich die Chance hätte, den Rest meines Lebens mit dir zu verbringen. Verheiratet oder nicht."

„Ich möchte dich auch heiraten."

„Ist es wegen der Pastéis de Nata?" Ich atmete aus, zum gefühlt ersten Mal, seit wir meine Familie in der Pfingstrosen-Sammlung zurückgelassen hatten.

„Du hast mich erwischt. Ich habe immer gesagt, wenn ein Mann jemals Pastéis de Nata für mich backen würde, würde ich ihn heiraten. Im Grunde lässt du mir keine andere Wahl." Er beugte sich vor und presste seine Lippen auf meine.

Vielleicht waren es die Nerven, weil ich den Heiratsantrag so lange geplant hatte, vielleicht die Tatsache, dass ich fast nicht damit gerechnet hatte, dass er Nein sagen würde, oder vielleicht war es einfach die Wirkung, die Emery auf mich hatte, aber ich brauchte ihn plötzlich wie meinen nächsten Atemzug.

Ein Feuer entfachte in meinem Bauch, das sich bis in jedes einzelne Nervenenden ausbreitete. Ich vertiefte den Kuss und drückte Emery gegen die Ecke des Pavillons, die Schutz vor neugierigen Blicken bot.

Ich war nicht so naiv, darauf zu vertrauen, dass meine Familie uns nicht folgen würde. Sie würden uns genug Abstand geben, dass sie nicht unbedingt unsere geflüsterte Unterhaltung hören konnten, aber sie würden uns beobachten.

„Jesus, Lex, wir müssen hier weg", flüsterte Emery in meinen Mund.

„Das ist schon okay."

„Nein", erwiderte er, zog seinen Mund weg, legte meine Hand auf seinen Schritt und stöhnte, als ich meine Handfläche gegen seine Erektion drückte. „Wir müssen hier raus, aber so kann ich das nicht."

„Ich kann mich darum kümmern, Baby."

„Lex!"

„Gut. Aber ich bringe dich jetzt zu mir nach Hause. Ich muss dich unbedingt nackt sehen." Widerstrebend löste ich mich von ihm.

Er sah hinreißend zerzaust aus, als hätte ihn der große böse Wolf verschlungen. Ich war kein Wolf, und mit meinen ein Meter siebzig war ich auch nicht gerade groß, aber die Pläne, die ich hatte, wenn wir bei mir zu Hause ankamen, würden definitiv unter unanständig fallen.

„Da ist nur eine Sache", sagte er, wobei sich sein Gesichtsausdruck plötzlich veränderte. „Ich wollte das nicht vor deiner Familie tun, weil ..."

„Sie sind zu viel. Glaub mir, ich weiß es. Wir können ihnen aus dem Weg gehen. Ich sage Adam Bescheid, und er sorgt dafür, dass wir einen sicheren Weg zum Parkplatz bekommen", erklärte *ich und nahm seine Hand, bevor ich in Richtung des Gebäudes schaute, um sicherzugehen, dass wir nicht in einen Hinterhalt geraten würden.*

Ich konnte nicht glauben, dass er tatsächlich Ja gesagt hatte. Emery wollte mein Ehemann sein. Okay, der Antrag war nicht ganz so gelaufen, wie ich es geplant hatte, dank meiner sich einmischenden Familie, aber ich hatte ein Ja bekommen, und das war alles, was zählte.

„Warte. Das ist es nicht." Emery zog an meiner Hand und hielt mich auf, bevor ich uns hinausschleifen konnte.

„Was ist es dann?"

„Ich muss weg, um mich um eine Familien… Sache zu kümmern. Meinst du … vielleicht … könnten wir die Verlobung geheim halten, bis ich zurück bin?"

Ich sah Emery an, war mir aber nicht sicher, was ich in seinem Gesichtsausdruck suchte.

Als ob er wüsste, was ich dachte, bevor ich es dachte, sagte er: „Ich liebe dich so sehr, Lex. Ich würde nie etwas tun, was dich verletzen könnte. Es sind doch nur ein paar Tage. Ich verspreche, wenn ich zurück bin, können wir die Verlobung richtig feiern. Zur Hölle, wir können sogar zusammenziehen. Mein Mietvertrag wird nächsten Monat auslaufen." Er zuckte mit den Schultern. „Wenn du den Rest deines Lebens mit mir verbringen willst, solltest du dich daran gewöhnen, mich jeden Tag zu sehen, oder?"

Ich lächelte und zog ihn näher zu mir. „Jeden einzelnen Tag, Baby. Für den Rest unseres Lebens."

Diese Worte wiederholten sich in meinem Kopf, während ich auf die Pfingstrosenblüten vor mir starrte.

„Wir können zusammenziehen. Ich liebe dich so sehr, Lex." Und die Schlimmsten von allen: „Ich würde dir nie wehtun."

Die Bläschen in meinem großen Schluck Champagner

stiegen in meine Nase und ließen mich husten. Ich hasste Champagner, aber es schien eine gute Idee gewesen zu sein, die Flasche zu nehmen, als ich an dem Kellner vorbeigegangen war, der sie geöffnet hatte, um ein Tablett mit Gläsern zu füllen. Genauso wie ich das volle Tablett mit den Schokoladentrüffeln genommen hatte.

Ich hatte gehört, wie Avó sich leise darüber beschwert hatte, dass diese ausgefallenen Trüffel den vielen traditionellen portugiesischen Backwaren nicht das Wasser reichen konnten. Natürlich war sie über dieses Verbrechen gegen das gute Essen verärgert, und natürlich hatte ich es auf mich genommen, ihr zu helfen, indem ich ein großes Stück der besagten Trüffel in meinem Bauch verschwinden ließ.

Es bestand eine sehr gute Chance, dass ich jeden Moment in die nächste Pfingstrose kotzen würde.

Ich stöhnte auf, als ich das Echo von Schritten hinter mir hörte.

„Lass mich in Ruhe."

„Das kannst du nicht tun, kleiner Bruder. Es ist meine Verlobungsfeier, und wenn du grüblerisch bist, bin ich auch grüblerisch. Gib Mom und Dad die Schuld. Oder den Genen oder so einem Scheiß", meinte Adam und setzte sich neben mich auf den Boden.

„Ich bin nicht grüblerisch."

„Warum liegst du dann in der Pfingstrosen-Sammlung, umgeben von einem halb aufgegessenen Trüffeltablett und einer zugegebenermaßen zu vollen Champagnerflasche, um grüblerisch zu sein?" Adam hob die Flasche auf und nahm einen großen Schluck.

„Verdammt, das ist das gute Zeug. Ich will gar nicht daran denken, wie viel mich das kostet."

In seinem hellgrauen Anzug, den eleganten Schuhen und den gestylten Haaren hätte ich meinen Zwilling fast nicht erkannt.

„Ich … heile", sagte ich, nahm zwei Trüffel und stopfte sie mir in den Mund.

„Ach wirklich? Das sieht nämlich so aus, als würdest du deine Emotionen essen, und *das*", – er deutete auf das Tablett neben mir –, „ist noch nicht mal das gute Zeug. Lass dich von Avó nicht dabei erwischen, wie du die isst."

„Eigentlich helfe ich ihr ja. Die müssen in dem schwarzen Loch verschwinden, das mein Körper ist. Ich leiste einen Dienst an unserem Erbe."

Adam bediente sich an ein paar Trüffeln, und eine Weile waren nur wir beide, die Flasche Champagner und das Tablett mit den Trüffeln zu sehen.

Je länger wir schweigend dasaßen, desto schwerer fiel es mir, nicht das Gefühl zu haben, dass ich meinem Bruder den Tag ruinierte. Der Entschluss, den ich gestern Abend gefasst hatte, war in sich zusammengebrochen, sobald ich den Botanischen Garten betreten hatte, aber genug war genug. Wenn ich wollte, dass sich mein Leben änderte, musste ich es zulassen, dass es sich änderte.

Scheiß auf Emery. Ich hatte mehr verdient.

„Komm schon", sagte ich und stand plötzlich auf.

„Hm?"

„Du hattest recht, und es tut mir wirklich leid, dass ich dich von deinem wichtigen Tag abgehalten habe. Heute geht es nicht um mich. Ich habe lange genug gejammert. Jetzt ist Schluss."

Adam starrte mich ungläubig an, aber er musste die Entschlossenheit in meinem Gesicht gesehen haben, denn er umarmte mich fest. Wir machten uns auf den Weg zurück zur Party, als Ellie, Victorias Schwester, auf uns zukam.

„Hey, ähm …"

„Adam?", fragte ich und deutete auf meinen Bruder.

Sie lächelte und zuckte mit den Schultern. „Es ist immer noch schwer, euch beide zu unterscheiden. Tut mir leid."

„Suchst du nach Victoria?", fragte Adam.

„Eigentlich habe ich nach dir gesucht. Ich möchte mich dafür entschuldigen, dass ich früher gehe, aber mein Freund braucht mich."

Ich hatte immer den Eindruck, dass Victoria und ihre Schwester sich nicht gerade nahestanden. Ellie war mir immer als eine nette, bodenständige Frau erschienen, wenn auch ein wenig exzentrisch.

„Ist alles in Ordnung? Können wir irgendwie helfen?", fragte ich.

Ihre Stirn legte sich in Falten, aber sie schüttelte den Kopf. „Nein. Er hatte letztes Jahr einen wirklich schlimmen Unfall und hat sein Gedächtnis verloren. Eigentlich wollte er heute als meine Begleitung kommen, aber er hatte eine Art Anfall oder Flashback oder so etwas. Ich muss einfach bei ihm sein und mich vergewissern, dass es ihm gut geht."

Adam, der bei weitem der Taktvollste von uns war, umarmte Ellie sofort.

„Geh und hilf deinem Freund. Wir hoffen, dass er okay ist", sagte er.

„Wie ich ihn kenne, hat er sich wahrscheinlich daran erinnert, dass sein Lieblingseis doch nicht gesalzenes Karamell mit Toffee-Stückchen ist." Sie kicherte, aber es war leicht zu erkennen, dass sie sich Sorgen machte.

„Gibt es jemanden, dem wir sagen sollen, dass du weg bist?", fragte ich.

„Ich werde meinen Eltern später Bescheid geben." Sie drehte sich um und ging zurück zum Ausgang, bevor sie sich wieder zu uns umdrehte. „Hey, Lex, kennst du den Bauernmarkt beim alten Kino am Sloane Square?"

„Ja, da gehe ich normalerweise sonntagmorgens hin. Warum?"

Sie schien einen Moment lang über etwas nachzudenken. „Nur so. Ich bin auf der Suche nach einem neuen Bäcker und habe mich gefragt, ob es sich lohnt, auf diesem Markt vorbeizuschauen.“

Ich lächelte. „Das ist auf jeden Fall die richtige Adresse, wenn du Kohlenhydrate brauchst.“

„Das hört man gern. Vielleicht treffen wir uns ja dort.“

Sie drehte sich um und ging los, wobei sie ihr Tempo beschleunigte.

„Hm.“

Ich sah Adam an. „Was denkst du?“

„Wenn ich nicht wüsste, dass sie weiß, dass du schwul bist, hätte ich gedacht, sie würde mit dir flirten.“

Ich lachte. „Die Trüffel sind dir zu Kopf gestiegen. Komm schon, lass uns die Liebe deines Lebens finden.“

„Victoria?“

Jetzt war ich an der Reihe zu lachen. „Nein. River. Er wird mir Gesellschaft leisten, während du dich mit deinen Schwiegereltern unterhältst. Noah ist wahrscheinlich schon dabei, eine dunkle Ecke zu entweihen und den tropischen Pflanzen eine schöne Zeit zu bereiten.“

Er stieß mich mit dem Ellbogen an, und zum ersten Mal seit langer Zeit lachte ich, weil ich es wollte und nicht, weil ich glaubte, es tun zu müssen.

5

EMERY

„Ich hoffe, du bist bereit für den besten Gourmet-Gangbang deines bisherigen Lebens." Ellie verschränkte die Hände vor der Brust, als ich mich unserem Treffpunkt auf dem Bauernmarkt näherte.

„Ich weiß nicht, ob ich Angst haben soll, weil du es als Gangbang bezeichnest oder weil du davon ausgehst, dass es mehr als einmal passieren wird. Und wer sagt schon Gourmet und Gangbang im selben Satz?"

„Sei kein Spielverderber, Em. Ich dachte, du wärst bei der Aussicht auf Kohlenhydrate und Kaffee etwas fröhlicher."

Ich hatte keine schlechte Laune … ich hatte nur eine harte Woche hinter mir. Zwischen dem, was Mr. Kowalski letztes Wochenende gesagt hatte, der seltsamen Erinnerung im Botanischen Garten und der Tatsache, dass ich meine Mutter nicht davon abbringen konnte, dass ich mit dem Sohn ihrer Freundin ausgehen sollte, fühlte ich mich wie ein alter nasser Lappen. Ausgewrungen und an den Rändern leicht ausgefranst.

„Und ich dachte, wir wären hier, um Gemüse zu kaufen", meinte ich.

Sie schlang ihren Arm um meinen und zog mich über die Straße. „Kaffee wird aus Bohnen gewonnen. Das ist doch ein Gemüse, oder? Die Brownies vom Coffee Cart werden mit Avocado gemacht. Das ist auch ein Gemüse."

„Kaffeebohnen sind der Kern der Frucht, die am Kaffeebaum wächst, und Avocados sind Früchte."

Ich brauchte sie nicht anzusehen, um zu wissen, dass sie mit den Augen rollte.

„Spiel mir nicht den Oberlehrer vor. Es ist Wochenende und wir haben frei, also lass uns ein bisschen Spaß haben. Komm schon, das ist genau das, was du brauchst."

Ich hob eine Augenbraue und schnaubte.

„Na schön", erwiderte sie übertrieben dramatisch. *„Ich* brauche den Brownie und den Kaffee. Was soll ich sagen? Das Dessert von gestern Abend hat mich die ganze Nacht wachgehalten."

„Wie oft muss ich dir noch sagen, dass Tinder und Uber Eats nicht das Gleiche sind?"

Sie zog mich näher zu sich. „Sag das dem Typen, der die ganze Nacht mit seinem Mund auf meiner ..."

Ich hielt ihr den Mund mit meiner Hand zu. „Nein! Nein, ich muss die Details deiner ... gastronomischen Erfahrungen nicht wissen." Ich erschauderte. Ich liebte Ellie, aber sie hatte keinen Filter und kein Schamgefühl.

Trotz ihres offensichtlichen Bedürfnisses nach Kaffee hielten wir zuerst an einem Stand, der Produkte auf Honigbasis verkaufte.

„Hey, Callan", sagte sie zu dem großen Kerl hinter dem Auslagetisch so leise, dass es fast ein Flüstern war. „Hast du das Zeug?"

„Hi, Ellie. Als ob ich jemals meine beste Kundin vergessen würde." Er holte eine Tüte unter dem Tisch hervor und reichte sie ihr. „Ich hoffe, es ist alles in Ordnung."

Sie tippte sich an die Nase, als würden sie einen

geheimen Austausch vornehmen, und reichte ihm dann einige gefaltete Scheine.

„Nächsten Monat zur gleichen Zeit?", fragte er.

„Bis du endlich nachgibst und dich von mir ausführen lässt."

„Du weißt, dass ich einen ziemlich anspruchsvollen Mann in meinem Leben habe, der meine ganze Aufmerksamkeit in Anspruch nimmt. Ein hübsches Mädchen wie du hat mehr verdient." Er zwinkerte, und ein kleines Grübchen erschien auf seiner Wange.

Ich beobachtete ihren Austausch und Ellies untypisches Erröten, wartete aber, bis wir außer Hörweite waren, bevor ich sie in die Rippen stieß.

„Willst du mir etwas mitteilen?"

„Nein. Der Honig gehört mir allein. Ich verbrauche zwei Gläser im Monat, und die Lavendelseife ist nicht dein Duft."

„Du weißt, dass ich das nicht gemeint habe."

Um uns herum bewegten sich die Leute zwischen den Ständen wie bei einem geübten Tanz. Ich hielt mich einfach an Ellie fest, damit wir in der Menge nicht auseinandergerissen wurden. Vor allem, weil ich jetzt sehr neugierig auf sie und Mr. Honey Man war.

Sie zuckte mit den Schultern. „Da gibt es nichts zu erzählen. Ich bin vielleicht ein bisschen in Callan verknallt, aber ich weiß, dass daraus nie etwas werden wird."

„Warum nicht?"

„Weil er ein verwitweter Vater eines Kleinkindes ist, der für seinen Job lebt. Wir sind nur Freunde, aber du kennst mich. Ich kann einem guten Mann oder einer guten Frau mit dunklen Augen und einem karierten Flanellhemd nicht widerstehen."

„Ganz zu schweigen von den Grübchen."

Sie rollte mit den Augen und biss sich auf die Lippe. „Die Grübchen, nicht wahr?"

„Also, erzähl mir von dem Essen gestern Abend. Das PG-Zeug, bitte", flehte ich, als wir den Weg zum Kaffeewagen entlanggingen.

„Er heißt Ten, das ist die Abkürzung für Tennessee."

„Ist das ein echter Name?"

Sie schnaubte. „Anscheinend schon. Und sein riesiger –", sie schaute sich nach empfindlichen Ohren um, „– Schwanz ist es auch."

„Ellie", warnte ich.

„Ich stelle nur die Fakten fest. Das ist reine Biologie, also spiel nicht die errötende Jungfrau für mich. Wie auch immer, Ten hat die Killer-Kombination von AHS."

„Attraktiver Hünen Schwanz?"

„Aussehen. Hirn. Schwanz."

„Du meinst, er ist heiß, kann aber auch eine Unterhaltung führen, vor allem, wenn er nackt ist."

Sie lachte. „Ganz genau. Also wollte ich natürlich nichts mit ihm zu tun haben. Kannst du dir vorstellen, ich würde ihn treffen, nur um herauszufinden, dass er in Wirklichkeit ein fünfunddreißigjähriges männliches Kind ist, das noch bei seiner Mutter lebt und sich weigert, etwas anderes als Ramen zu essen?"

„Du hast dir das gut überlegt."

„Wenn du dir die Mühe machen würdest, dein Tinder-Profil anzuschauen, würdest du es verstehen."

Jetzt war ich an der Reihe, zu lachen. „Ich habe kein Tinder-Profil."

Ihr schelmisches Lächeln bestärkte mich nur darin, dass ich ihr nicht trauen konnte.

„Eleanor Elizabeth Stanton, was hast du getan? Nein. Sag es mir nicht. Ich ziehe es vor, es nicht zu wissen. Wenn ich es nicht sehe, existiert es nicht."

„Ich werde nichts sagen."

„Also, wie hast du dein Problem mit dem männlichen Kind überwunden?"

Ein paar Stände weiter, wo wir hinwollten, fiel mein Blick auf einen Mann. Er war von uns abgewandt, aber irgendetwas an ihm zog mich an. Er schaute von seinem Gemüse zu dem Mann auf, der den Stand betrieb, und lächelte. Meine Lungen vergaßen, was Luft war, und mein Gehirn zerfiel zu Brei.

Verdammte Scheiße.

„…also der Typ sagte, wenn ich Lust hätte, würde er ein Mädchen kennen, das mir gefallen würde. Ich habe ihm nie von meinen Vorlieben erzählt, also weiß ich nicht, ob es um Sex oder um Vorlieben geht. Beides wäre okay, weißt du. Spaß ist Spaß, aber manchmal will ein Mädchen einfach mal die Sau rauslassen und sich durch die Stadt vögeln. Alle ficken und so. Den Postboten, den Klempner, die Frau, die den Kindern über die Straße hilft, die Oma …"

„Was?", fragte ich und wurde plötzlich auf die Anzahl der Ficks aufmerksam, die sie gerade genannt hatte. „Wessen Oma willst du ficken?"

„Keine Sorge, ich habe keine Oma-Perversion. Ich habe nur versucht, deine Aufmerksamkeit zu erregen. Wen starrst du an?"

Ich deutete in die Richtung des mysteriösen Mannes.

„Oh, heiliger Zufall. Ich hätte es nicht besser timen können, wenn ich es versucht hätte", sagte sie und klang seltsam aufgeregt.

„Was meinst du?"

„Das ist Lex. Er ist der Zwilling von Adam. Ich wollte euch beide letztes Wochenende vorstellen, aber …"

Sie brauchte nicht zu beenden, was sie sagen wollte. Ich hatte mich die ganze Woche über superschlecht gefühlt, weil ich sie von ihrer Familie weggerissen hatte, obwohl sie mir versichert hatte, dass sie ihre Zeit viel besser nutzen würde, wenn sie sich jedes Detail meiner Rückblende wieder und wieder anhören würde. Ganz zu schweigen von dem riesigen Eis, das wir zusammen gegessen hatten, als wir wieder bei ihr Zuhause angekommen waren.

Ellie ging auf den Kerl zu, ich direkt hinter ihr, und hoffte, dass es nicht allzu peinlich werden würde.

„Hey, Lex, wie schön, dich hier wiederzusehen. Darf ich dir meinen Freund Emery vorstellen?" Sie konnte ihren Satz nicht beenden, weil Lex sich zur gleichen Zeit umdrehte, als ich meine Hand ausstreckte, um seine zu schütteln, und dabei versehentlich den Kaffee umstieß, den er in der Hand hielt.

Der Becher fiel mit einem Plopp auf den Boden. Der Deckel löste sich und verschüttete den größten Teil des Kaffees auf Lex' Bein.

„O Mist, das tut mir so leid. Hast du dich verbrannt?", fragte ich und sah mich nach Taschentüchern oder einem Lappen um. Vielleicht hatte der Kaffeewagen etwas, das wir benutzen konnten. Die hatten bestimmt irgendwo einen nassen Lappen. Man musste nur auf meine verdammte Ungeschicklichkeit vertrauen. Nur ich konnte den ersten Kerl verbrühren, zu dem ich mich seit Ewigkeiten hingezogen fühlte. Oder zumindest seit ich mich erinnern konnte.

„Ich … äh … ich …", stammelte er.

„O Gott, bitte entschuldige dich nicht. Es wäre demütigend, wenn du das tust. Es war ganz allein meine Schuld. Ich hätte besser aufpassen müssen."

Er starrte mich weiter an, als hätte er einen Geist gesehen, und da dämmerte mir die Erkenntnis.

Es war das erste Mal seit dem Unfall, dass so etwas passierte, aber statistisch gesehen musste es einfach irgendwann passieren.

„Scheiße. Wir sind uns schon einmal begegnet, nicht wahr?" Ich stöhnte und rieb mir über die Augen, bevor ich in seine umwerfenden babyblauen Augen blickte. Gott, der Typ war … Alles an ihm schrie nach Gelassenheit und ruhigem Selbstvertrauen, von der Art, wie sein Haar gestylt war – oben etwas länger, aber an der richtigen Stelle gestylt – bis hin zu den Klamotten, die er trug: hellbraune Chinos und ein Jeanshemd.

Er sagte nichts, und so erzählte ich ihm in meinem Bedürfnis, die Gesprächslücke zu füllen, was mir passiert war. „Ich hatte vor einem Jahr einen Unfall. Es war ziemlich schlimm, und die Ärzte haben mich in ein Koma versetzt, bis die Schwellung in meinem Gehirn zurückgegangen ist. Als ich aufwachte, konnte ich mich an nichts mehr erinnern, weder an den Unfall noch an die Zeit davor. Ich habe praktisch die letzten drei Jahre meines Lebens verloren.“

„Du … hast … sie … verloren?“

„Ja. Ich kann mich an nichts mehr erinnern.“ Ich seufzte. „Ich hoffe, falls wir uns schon einmal begegnet sind, war ich nicht blöd zu dir oder so.“

Er runzelte die Stirn. Er schien sich nicht an den Kaffeespritzern auf seiner Jeans zu stören. „Du … ähm … nein, wir haben nicht …“

„Nun, jetzt habt ihr euch kennengelernt“, meinte Ellie, wobei ihr Blick von mir zu Lex wanderte. „Ich wollte euch letztes Wochenende vorstellen, aber wir sind gegangen, bevor ihr euch kennenlernen konntet.“

Sie schien den intensiven Blick, den Lex mir zuwarf, nicht zu bemerken. Ich spürte, wie sich mein Inneres erhitzte, obwohl ich mir nicht sicher war, ob es daran lag, dass ich mich zu ihm hingezogen fühlte, oder ob er Superkräfte hatte und mich mit den unsichtbaren Lasern in seinen Augen von innen heraus aufheizte.

„Schön, dich kennenzulernen“, sagte Lex und hielt mir seine Hand hin.

Ich streckte meine aus und tat so, als wäre der kleine Funke, den ich bei unserer Berührung spürte, nur in meinem Kopf, denn es war so lange her, seit ich mich zu einem anderen Mann hingezogen fühlte, dass ich mich wieder wie ein Teenager fühlte.

„Freut mich auch, dich kennenzulernen, Lex."

„Lex, kann ich mir dein Handy leihen?", fragte Ellie, und Lex reichte es ihr, ohne den Blickkontakt mit mir zu unterbrechen. Es war intensiv, aber ich … hasste es nicht.

Lex' Blick löste sich von meinem, und er kratzte sich im Nacken. Vielleicht war er nicht so selbstbewusst, wie er aussah. Irgendwie gefiel mir das.

Nicht, dass irgendetwas passieren würde. Er war … sowas von außerhalb meiner Liga.

„Okay, also Lex, du hast jetzt Emerys Handynummer, damit ihr euch noch mal treffen könnt. Ihr könnt mir beide in eurer Hochzeitsrede danken", sagte Ellie.

„Was?" Lex quiekte förmlich, seine Augen trafen endlich auf meine, bevor er sich wieder abwandte.

Ich holte tief Luft, bevor ich mir eine Hirnverletzung zufügte.

„Wie auch immer, wir müssen jetzt los. Stimmts, Em? Wir haben noch diese … Sache vor dem Mittagessen." Ellie nahm meinen Arm und schob mich praktisch in die Richtung, aus der wir gerade gekommen waren.

Ich schaute hinter uns und sah, wie Lex mich wieder anstarrte. Er sah … verloren aus.

„Warum hast du das getan? Ich hatte noch nicht einmal die Gelegenheit, ihm anzubieten, ihm einen neuen Kaffee zu kaufen", meinte ich.

Sie klopfte mir auf den Arm. „Glaub mir. Er wird so lange an den Typen denken, der ihm einen Entschuldigungskaffee hätte spendieren sollen, bis er sich nicht mehr zurückhalten kann, dich anzurufen."

„Warum sollte ich wollen, dass er an mich denkt? Vor

allem als die Person, die ihn mit heißem Kaffee überschüttet hat?"

Ellie nörgelte. „Weil Lex Single und hinreißend ist, und du bist Single und hinreißend. Ihr seid beide supernette Menschen, also werde ich nicht zulassen, dass sich einer von euch an einen Trottel vergeudet, wenn ihr mit dem anderen zusammen sein könnt."

„Was ist das nur mit den Frauen in meinem Leben, die mich mit Männern verkuppeln wollen, die ich nicht kenne?" Ich stöhnte auf. „Jetzt *brauche ich* einen Kaffee und wahrscheinlich zwei Muffins, um dieses Trauma wiedergutzumachen."

Wir gingen in das erste Café mit einem freien Tisch, was laut Ellie an Markttagen ein kleines Wunder war.

Dieser Bauernmarkt war anders als der neben der Schule. Alles schien viel gehobener zu sein, während der bei der Schule viel persönlicher war. Die Bauern dort bauten ihre Produkte selbst an, und es gab keine Werbung für Websites und Online-Shops.

Ellie kam mit zwei Kaffees und einer Schachtel mit Gebäck zurück.

„Nimm dir, was du willst. Den Rest nehme ich mit nach Hause. Ich muss mich für morgen stärken. Ten verbringt den Sonntag mit mir. Und jetzt erzähl mir, was mit deiner Mom los ist."

Ich lehnte mich auf meinem Stuhl zurück und nahm einen langen Schluck von meinem Zimt-Latte. „Sie will, dass ich den Sohn ihrer Freundin ausführe. Er war jahrelang in Europa, aber jetzt ist er zurück, und offenbar kennt er niemanden."

„Warum denn nicht? Hast du den Kerl schon mal getroffen und magst ihn nicht, oder was?"

„Nein. Ich kenne ihn gar nicht."

„Dann geh mit ihm aus und schaff dir deine Mom vom Hals."

Ich lachte. „Ich dachte, du wolltest mich mit Lex verkuppeln. Du weißt schon, der Typ, für den ich einen Beweis habe, dass er heiß ist."

„Du bist derjenige, der gesagt hat, dass du noch nicht bereit für eine Beziehung bist. Ich sehe nichts Schlimmes darin, mit dem Kerl auszugehen, den deine Mom vorschlägt, nur so zum Spaß. Du sollst ihn ja nicht gleich heiraten. Und wenn Lex dann anruft, gehst du mit ihm aus."

Ich fuhr mit meinem Daumen über den Henkel meiner Kaffeetasse. „Ich weiß nicht."

„Du musst nicht alle Antworten haben, Em. Du darfst es nach und nach herausfinden." Sie nahm einen großen Bissen von einem gefüllten Donut und beendete damit das Gespräch.

Ich nahm mir einen Schokoladenmuffin und zog das Papier ab, bevor ich ihn mit meinen Händen in zwei Hälften teilte.

Konnte ich es tun? Konnte ich es versuchen?

Wenn der Erinnerungsblitz eine einmalige Sache war, musste ich akzeptieren, dass ich mit meinem Leben weitermachen und in die Zukunft blicken musste, anstatt ständig zu versuchen, meine Vergangenheit aus Fetzen wieder aufzubauen.

Ich schaute auf mein Handy, wo eine ungelesene Nachricht von meiner Mutter angezeigt wurde.

Ich entsperrte das Handy und antwortete:

EMERY

Kann ich Fredericks Nummer haben?

6

———

LEX

Dreissig Minuten, nachdem ich auf dem Bauernmarkt auf Emerys Rücken gestarrt hatte, war ich wieder in meiner Wohnung und rannte zwischen meiner offenen Küche und dem Wohnzimmer hin und her, wobei ich einen Pfad in den Holzboden einpflügte.

Die Lebensmittel, die ich gekauft hatte, hatte ich achtlos in den Kühlschrank geworfen und ein Grünkohlblatt war in der Tür eingeklemmt, aber an Essen zu denken, war das Letzte, was mir in den Sinn kam.

Es klingelte einmal an der Tür, bevor meine Brüder und River mit dem Schlüssel, den ich ihnen für Notfälle gegeben hatte, in die Wohnung strömten.

„Warum musste ich vier Steaks aus dem Restaurant klauen?", fragte River und ging direkt auf den Kühlschrank zu. „Wenn ich deswegen gefeuert werde, ziehe ich euch alle mit runter."

„Es war Roter Alarm", meinte Adam.

„Roter Alarm", wiederholte River erstaunt.

„Ja, das ist der schöne Moment, wenn einer von uns in

Not ist und die anderen alles stehen und liegen lassen und mit Essen und Schnaps herbeieilen", sagte Noah.

„O Mann, erinnerst du dich noch an das erste Mal, als wir ihn ausgerufen haben?", fragte Adam. „Lex dachte, wir hätten Moms Goldfisch getötet. Wir sind den ganzen Tag durch die Nachbarschaft gezogen und haben um Geld für Jobs gebeten, damit wir genug bekommen, um einen neuen Goldfisch zu kaufen, damit Mom nicht merkt, dass der alte Paprica durch einen viel jüngeren Fisch ersetzt wurde."

„Das war der Hammer", meinte Noah. „Dad sagte, wir seien verflucht, und Mom meinte, unsere unternehmerischen Bemühungen bedeuteten, dass wir für große Dinge bestimmt seien."

„Wie alt wart ihr?", fragte River.

„Leute!", rief Adam und starrte mich an, woraufhin sich alle umdrehten, als hätten sie gerade erst bemerkt, wo sie waren. „Roter Alarm, schon vergessen?"

Großes Lob für die Zwillings-Telepathie.

„Tut mir leid, Bruder. Okay, ihr setzt euch alle hin und ich hole das Bier", sagte Noah und ging zur Tür.

„Wo gehst du hin?", fragte ich.

„Zum Auto. Ich habe es in der Kühlbox vergessen."

„Warum hast du es nicht mitgebracht?"

„Für den Fall, dass wir ins Krankenhaus fahren müssen." Er starrte mich an, als ob es offensichtlich wäre.

„Wir hatten diese Diskussion auf dem Weg", erklärte River. „Wenn wir im Krankenhaus landen würden, würden wir das Bier nicht mitnehmen, weil wir es brauchen würden, um die Steaks kühl zu halten."

„Warum sollten wir im Krankenhaus landen?"

River warf mir einen „Du-weißt-schon"-Blick zu.

Meine Brüder waren geistesgestört. River war auch nicht besser. Langsam dachte ich, ich hätte meine Großmutter anrufen sollen, damit sie mit mir über diese Situation sprechen konnte.

Als Noah mit dem Bier zurückkam, ließen sie sich alle nieder. Adam und River auf der großen Couch, Noah auf dem Stuhl und ich auf dem Boden.

Immer, wenn wir alle bei mir abhingen, gab es genug Sitzgelegenheiten für uns vier, aber ich war zu unruhig und würde wahrscheinlich aufstehen, um noch etwas herumzulaufen, also machte ich mir nicht die Mühe, meinen üblichen Platz neben Adam einzunehmen.

„Okay, kleiner Bruder, was ist los?", fragte Adam.

„Ich war heute Morgen auf dem Bauernmarkt und habe Ellie getroffen."

„Victorias Schwester?"

„Ja. Sie wollte mich einem Freund vorstellen …" Ich hielt inne, um Luft zu holen, denn das Bild von Emerys Gesicht, als ich mich umgedreht hatte, brannte noch immer in meinem Kopf.

Er sah so gleich und doch anders aus. Das gleiche wilde lockige Haar, die gleichen grünen Augen, aber er war nicht der gleiche Emery.

„Er ist süß, aber du weißt nicht, wie du ihn um ein Date bitten sollst", unterbrach Noah meine Gedanken.

„Du willst Tipps, was du bei deinem ersten Date für den Typen kochen sollst", fügte River hinzu.

„Nein", sagte Adam. „Das sind keine Gründe für einen Roten Alarm."

Noah hob sein Bier an die Lippen. „Du brauchst Sex-Tipps. Es ist schon eine Weile her, und du bist nervös. Ich verstehe dich, Bruder. Ich meine, ich glaube, ich war noch nie in dieser Situation, aber ich kann das nachempfinden."

„Du bist so eine männliche Hure", sagte Adam.

„Warum? Nur weil ich gern Sex habe?"

„Wirst du denn nie müde?", fragte Adam.

„Wovon? Mich zu amüsieren? Das Leben ist zu kurz." Er stellte sein leeres Bier auf den Couchtisch und lehnte sich auf dem Stuhl zurück.

„Es war Emery", platzte es aus mir heraus.

Was folgte, war völliges Schweigen.

Alle sahen sich an, bevor River fragte: „Bist du sicher?"

„Natürlich bin ich mir sicher. Glaubt ihr, ich würde den Mann, in den ich verliebt bin, in nur einem Jahr vergessen?"

Noah seufzte, und Adam sah mich mitleidig an. Ich hätte ihnen am liebsten eine reingehauen.

„Lex …"

Ich stand auf. „Ihr könnt mich alle mal. Ich brauche euer Mitleid nicht."

„Was brauchst du denn?", fragte Adam.

„Hilfe, um herauszufinden, wie es weitergeht."

„Was meinst du?", fragte Noah. „Willst du die Option *Lass uns herausfinden, wo er lebt, damit wir ihm in den Arsch treten können* oder … warte, sag mir nicht, dass du an … denkst."

„Ignorier ihn, er ist immer bereit, jemanden zu ficken oder zu schlagen", sagte Adam. „Erzähl uns genau, was auf dem Markt passiert ist."

„Er hat mich dazu gebracht, meinen Kaffee zu verschütten, und sich dann entschuldigt. Ich war wie erstarrt. Ich wusste nicht, was ich tun oder sagen sollte." Ich fuhr mir mit den Händen durchs Haar und schritt wieder durch den Raum zwischen Wohnzimmer und Küche. „Anscheinend hatte er vor einem Jahr einen Unfall und lag im Koma. Als er aufwachte, hatte er keine Erinnerung an das, was passiert war. Es scheint, dass er die letzten drei Jahre verloren hat."

„Das ist … wow", bemerkte River. „Wie ist das möglich?"

Was sollte ich sagen? Dass ich gar nicht gemerkt hatte, wie wenig ich über Emery gewusst hatte, bis ich ihn nicht mehr erreichen konnte? Dass ein paar Tage nachdem er gesagt hatte, er müsse zu seiner Familie, sein Handy abgestellt und seine Wohnung ausgeräumt worden war? Dass ich bereit gewesen war, einen Mann zu heiraten, der sich nie wirklich über seine Vergangenheit oder seine Familie geäußert hatte, obwohl mir die Familie so wichtig war? Und vor allem, dass ich damit zufrieden gewesen war, weil ich so wahnsinnig verliebt war?

„Ich weiß nicht, aber die Art und Weise, wie er reagierte, als er mich sah? Das war nicht vorgetäuscht. Er wusste wirklich nicht, wer ich bin", sagte ich.

„Glaubst du, er lügt, um sich aus der Situation zu ziehen? Stell dir vor, du gehst am Wochenende auf den Bauernmarkt und triffst dort deinen Ex. Den Ex, den du ohne Grund geghosted hast", sagte Noah. „Ich würde auch so tun, als würde ich dich nicht kennen, nur um zu entkommen. Vielleicht täusche ich mich, aber es könnte auch sein, dass ich so etwas Ähnliches schon mal gemacht habe."

Ich rollte mit den Augen. „Ich bezweifle, dass das bei Emery der Fall war. Ich kannte ihn, erinnerst du dich? Ich kannte sein Gesicht besser als meins, und ich habe meins mein Leben lang in Adam gesehen."

Aber die Hintergrundinformationen hatten mir gefehlt.

„Es gibt nur einen Weg, um herauszufinden, ob er die Wahrheit sagt. Frag Ellie", sagte Adam.

„Ich habe seine neue Nummer. Ellie hat sie in meinem Handy gespeichert."

„Dann ruf ihn an und triff dich mit ihm, um zu reden", sagte River.

Noah hob seine Hand. „Ich denke, du solltest ihn anrufen und ihn um ein Date bitten. Nimm ihn mit zu einem der Orte, an denen ihr zusammen wart, und schau, wie er sich verhält. Dann kannst du sehen, ob er lügt."

„Was, und so tun, als hätten sie keine Beziehung

gehabt?", fragte River. „Was ist aus dem guten altmodischen Gespräch geworden?"

„Du sagst es, Kumpel. Altmodisch", meinte Noah.

„Ich bin mir da nicht sicher. Es fühlt sich falsch an, als würde ich ihn austricksen oder so."

„Betrachte es mal aus der Sicht des Mannes. Er wacht ohne Erinnerung an die letzten Jahre auf, weiß also nicht, ob er in jemanden verliebt war, ob er Single war, ob er ein Idiot war. Alles ist ein Reset. Du kannst ihn nicht für etwas beschuldigen, von dem er nicht weiß, dass er es getan hat."

Noah nickte. „Da hast du recht, River, aber wie kann er es nicht wissen? Hat er sein Handy nicht gecheckt? Es hätte Nachrichten, Fotos und Kontakte gegeben. Was ist mit seiner Wohnung? Hatte er nicht die Ersatzzahnbürste von jemandem im Bad? Kleidung, die nicht seiner Größe entsprach?"

„Ich stimme zu", sagte Adam, und River sah ihn an. „Dagegen kann man nichts einwenden."

„Was soll ich also tun?"

Drei Augenpaare starrten mich an, bevor Adam sprach. „Ich glaube, das weißt du schon."

Stimmte das? Hatte ich versucht, mir auszureden, Emery zu kontaktieren, weil ich Angst vor dem hatte, was ich herausfinden würde? Oder hoffte ein Teil von mir immer noch, dass unsere Geschichte ein anderes Ende finden würde?

„Scheiß drauf. Ich schmeiße den Grill an. River, hol die Steaks. Lasst uns einen draufmachen."

Erst als ich am nächsten Morgen aufwachte, bereute ich, dass ich Noah nicht aufgehalten hatte, als er zu seinem Auto gegangen war, um eine Flasche Scotch zu holen, die er offenbar für Notfälle dort aufbewahrte.

Als ich ihn darauf angesprochen hatte, hatte er nur gesagt: *„Wir machen die Flasche jetzt auf, oder?"* Und das wars. Die Existenz des zwölf Jahre alten Scotch in seinem Auto war gerechtfertigt.

Heute war kein Tag, um zur Arbeit zu fahren. Oder ansatzweise pünktlich zu sein.

Als ich endlich ankam, stand auf meinem Bildschirm ein Hinweis, dass wir um zwölf Uhr ein Treffen im Konferenzraum hatten. Ich schaute auf meine Uhr. Es war schon zehn Minuten nach.

Da ich schon spät dran war, ging ich in die kleine Küche, die wir uns teilten, und füllte mir eine Tasse mit frischem Kaffee.

Ich konnte mich nicht an ein Treffen heute erinnern. Normalerweise buchten wir montags keine Treffen. Heute war der Tag, an dem wir entweder Kunden besuchten oder E-Mails und Arbeit nachholten.

Die Gesichter meiner ganzen Familie wandten sich mir zu, als ich den Konferenzraum betrat. Abgesehen von Adam, Noah und River, die drinnen Sonnenbrillen trugen und ihre Hände zum Stützen ihrer Köpfe benutzten.

„Was ist passiert?", fragte ich und griff nach dem nächstgelegenen Stuhl.

„Noch ist nichts passiert", sagte mein Vater. „Deine Mom, deine Grandma und ich sind in die beste Werbe- und PR-Agentur der Stadt gekommen, um festzustellen, dass sie von einer unreifen Gruppe junger Männer geführt wird, die es für okay halten, in diesem erbärmlichen Zustand zur Arbeit zu erscheinen."

„Eigentlich ist heute mein freier Tag", meinte River und hob eine Hand.

„Es tut weh, mit den Augen zu rollen", stöhnte Noah.

„Findest du das lustig?", fragte Dad mit seiner Ich-bin-der-Boss-dieses-Haushalts-Stimme. „Du hast Glück, dass wir nicht irgendwelche anderen Kunden sind."

„Dad, wir sind durchaus in der Lage, unseren eigenen

Zeitplan zu managen. Wir geben bei unseren Kunden immer unser Bestes", sagte ich.

„Genau. Unsere Kunden tauchen nicht einfach auf. Und du bist nicht einmal ein Kunde", erklärte Adam.

Ich schaute in seine Richtung, nur um Victorias mörderischen Blick zu erhaschen. Was hatte sie hier zu suchen?

„Hattest du ein schönes Wochenende, Victoria?", fragte ich.

„Ja, bis Adam nach Hause kam und roch, als hätte eine Schnapsbrennerei auf ihn gekotzt. Ihr solltet das noch vor der Hochzeit hinter euch bringen", sagte sie.

Ich bemerkte, wie Avós Lippen zuckten, aber nicht auf eine gute Art. Niemand schimpfte mit ihren Jungs, es sei denn, es war vorher genehmigt worden, was Victoria noch nicht wusste.

„Ihr habt dieses Treffen einberufen, also lasst uns loslegen, damit wir alle an die Arbeit gehen können", sagte ich, und Noah schnaubte. Ja, heute würde wenig Arbeit erledigt werden, nur weil gestern …

Ein scharfer Schmerz durchfuhr mein Gehirn, als ich mich an den Grund erinnerte, warum wir alle verkatert waren.

„Nächsten Monat ist der dreißigste Jahrestag vom Lusitana", sagte Mom und beendete das Familiengespräch, um sich auf das Geschäftliche zu konzentrieren. „Wir wollen euch für die Feierlichkeiten engagieren. Wir wollen Werbung machen, unsere prominenten Kunden sollen in ihren sozialen Netzwerken über unser Essen sprechen, und wir wollen ein Familienessen veranstalten und all unsere besten und treuesten Kunden einladen."

Noah, Adam und ich sahen uns alle an. Wir hatten in der Vergangenheit immer etwas für das Unternehmen getan, aber im Moment waren wir zu beschäftigt, um etwas so Großes auf die Beine zu stellen.

„Wann habt ihr das beschlossen?", fragte River.

„Letzten Dienstag bei der wöchentlichen Besprechung", sagte Dad.

„Ich war bei der wöchentlichen Besprechung, und das wurde nicht besprochen."

Dad sah River an und klopfte ihm auf die Schulter. „Wir haben auf dem Heimweg darüber gesprochen. Wir wollten es dir gegenüber erwähnen, aber wir dachten, wir könnten auch damit warten, es all unseren Kindern gleichzeitig zu sagen."

River versuchte, seine Frustration zu verbergen, aber er war nicht nüchtern genug. Victoria warf ihm einen Seitenblick zu, bevor sie sich einmischte.

„Das ist ein so wichtiges Datum für das Lusitana. Ich bin sicher, dass ihr mehr als alle anderen wollt, dass die Feier ein Erfolg wird. Warum solltet ihr das in die Hände von jemand anderem legen?"

„Sie hat recht", sagte Adam.

Zwei Stunden und eine Runde Kaffee und Gebäck später winkten wir unseren Eltern zum Abschied.

River folgte uns, weil er noch im Restaurant vorbeischauen wollte, und Victoria sagte, sie sei nur vorbeigekommen, um zu sehen, wie es Adam ging, bevor sie sich mit einer Freundin zum Mittagessen traf.

„Das nenne ich mal an den Rand der Klippe getrieben werden und einen Schubs bekommen", meinte Noah.

„Wessen Idee war es, dass wir als Kellner arbeiten, um unseren Kunden zu zeigen, dass wir immer noch ein Familienbetrieb sind?", fragte ich und starrte Adam an.

„Tut mir leid."

„Für jemanden, der noch nicht zur Familie gehört, hat Victoria eine Menge über uns zu sagen", meinte Noah.

Ich konnte Noahs Meinung nicht ganz widersprechen. Dies hätte ein Familientreffen sein sollen. Vielleicht musste ich mich aber auch erst an den Gedanken gewöhnen, dass

Victoria bald zur Familie gehören würde und ein Recht darauf hatte, ihre Meinung zu sagen, vor allem, weil sie diese Feier viel ernster zu nehmen schien als wir drei.

Adam stand auf.

„Danke, Jungs", sagte ich, bevor sie beide in ihren Büros verschwanden.

„Wofür?"

„Dass ihr unseren Eltern nichts von Emery erzählt habt. Ich versuche immer noch, es zu verarbeiten."

„Wir halten dir den Rücken frei", erklärte Adam. „Ich habe noch zu tun. Wir sollten ein Treffen anberaumen, um den Jahrestag vom Lusitana zu besprechen. Sie haben uns nicht viel Zeit gelassen, also müssen wir alle Hebel in Bewegung setzen, damit es klappt." Und dann war er weg.

„Was ist los mit dir?", fragte ich Noah. Meine Gefühle für Victoria schwankten genauso wie ihre offensichtlichen Launen, aber Adams Glück war mir wichtiger.

„Was sieht er in ihr? Er ist nicht einmal er selbst, wenn sie in der Nähe ist."

„Das ist Adams Sache, nicht unsere." Ich stand auf, um in mein Büro zu gehen.

„Hast du dich entschieden, was du wegen Emery unternehmen wirst?", fragte er.

Ich seufzte. „Ich bin mir nicht sicher. Ich glaube, ich weiß es."

„Was wirst du tun?"

„Das Einzige, was ich kann."

7

EMERY

Ich machte zögernde Schritte über die Straße in Richtung des italienischen Restaurants, das ich vorgeschlagen hatte, nachdem ich den Sohn der besten Freundin meiner Mutter angerufen hatte.

Mit einem Restaurant in Cliffborough befanden wir uns auf neutralem Boden, und wenn dieses Date schiefging, würde ich wenigstens mit einem Bauch voller Pasta nach Hause gehen und musste nicht so weit fahren, um bei Ellie zu pennen, wenn ich keine Lust hatte, nach Hause zu fahren.

Frederick Rhys-Myr war am Telefon ganz nett gewesen. Ich war zusammengezuckt, als klar wurde, dass er meinen Anruf nicht erwartet hatte, aber sobald ich mich vorgestellt hatte, hatte sich das komplett geändert.

Sein britischer Akzent machte mich an, das musste ich zugeben. Ich wusste nicht, wie viel Zeit Frederick im Vereinigten Königreich verbracht hatte, aber er hatte den Akzent eindeutig aufgeschnappt, auch wenn er bei dem einen oder anderen Wort ein wenig entglitt.

Ellie wollte, dass ich mich verabredete, nicht wahr? Mit

einem weit gereisten Mann auszugehen, der sich wahrscheinlich auch unterhalten konnte, war kein schlechter Anfang.

Das hieß aber nicht, dass ich nicht verdammt nervös war.
Ich konnte mich nicht daran erinnern, wann ich das letzte
Mal ein Date gehabt hatte. Buchstäblich. Und die, an die ich
mich erinnerte, würde ich am liebsten vergessen, wenn ich
die Wahl hätte.

Ich hatte mein Auto in einer Seitenstraße in der Nähe
geparkt und dankte meinem Glücksstern für den freien Platz.
Diese Gegend am Fluss grenzte an das Finanzviertel, sodass
es immer eine Frage der Wahrscheinlichkeit war, ob hier viel
los war, weil alle nach der Arbeit ausgingen, oder ob es leer
war, weil die Leute die Stadt für ein Wochenende auf dem
Land verließen.

Als ich mich dem Restaurant näherte, öffnete sich die
Tür. Ich trat zur Seite, bis ich bemerkte, dass die Person, die
herauskam, mich anlächelte.

„Du musst Emery sein. Oh, bist du nicht einfach hinreißend? *Mwah. Mwah.*"

Die Luftküsse und die superhohe Stimme überraschten
mich und ließen mich zusammenzucken.

*Wer macht überhaupt Luftküsse? Machen Europäer
Luftküsse?*

„Mom hat nie gesagt, dass ihre Freundin so einen süßen
Sohn hat. Ich wäre schon früher aus Europa zurückgekommen", fuhr er fort, legte seine Hand auf meinen Arm und
ließ sie hinuntergleiten, bis er meine Hand ergriff und sie an
seine Lippen führte

„Ähm … ja … schön, dich kennenzulernen, Frederick",
antwortete ich und versuchte, den Mann vor mir zu
verarbeiten.

Er war ganz und gar nicht das, was ich erwartet hatte. In
der Tat war er geradezu verwirrend. Groß, mit breiten Schultern, einer schmalen Taille, hellblauen Augen und fast

schwarzem Haar. Wenn er nicht das seltsamste Ensemble aus grauen Chinos und gemustertem Hemd in Kombination mit einem Halstuch getragen hätte, könnte man meinen, er wäre der Traum eines jeden schwulen Mannes. Ganz zu schweigen von den Halbschuhen und den fehlenden Socken.

Aber dieses Hemd? Gott, da taten mir die Augen weh.

„Kommst du mit rein? Wir haben den besten Tisch im Restaurant, und man hat mir versichert, dass wir in Ruhe speisen können. Hasst du es nicht auch, wenn du versuchst, ein Gespräch zu führen, und ständig von anderen Leuten unterbrochen wirst, die laut sind? Das ist eine ganz furchtbare Erfahrung."

Ich wusste nicht, was ich sagen sollte, also folgte ich ihm hinein, bis wir an einem Tisch für zwei Personen in einer Nische saßen, die wie ein separater Raum aussah.

Ein Kellner kam zu uns, sobald wir uns gesetzt hatten.

„Guten Abend ... Wow, Schatz, was hast du denn da an? Das Hemd schreit förmlich nach einem schwulen Baby, das verzweifelt versucht, jemanden rumzukriegen", sagte der Kellner, und sein Mund klaffte vor Frederick auf.

Er war ein winziges Ding von einem Mann mit größeren Eiern als ich, denn ich hätte niemals den Mut gehabt, das zu sagen, was er gerade zu jemandem gesagt hatte, der locker doppelt so groß war wie er.

„Wie bitte?", fragte Frederick.

Ich stützte meine Ellbogen auf den Tisch, um mir mit den Händen den Mund zuzuhalten und nicht zu lachen.

„Ich meine, es geht mich ja nichts an, aber jeder weiß, dass man eine Mischung aus einjährigen und mehrjährigen Pflanzen braucht, damit ein Garten auch wirklich funktioniert." Er deutete auf die verschiedenen Blumen auf seinem Hemd.

„Hm?"

„Wie auch immer, was kann ich euch bringen?"

Der Kellner drehte sich schließlich zu mir um und schenkte mir ein „Was-zum-Henker-willst-du-mit-diesem-Kerl"-Lächeln.

Ich schaute Frederick an, der immer noch die Stirn in Richtung des ahnungslosen Kellners runzelte, und wandte mich dann wieder an den Kellner. „Können wir bitte die Speisekarte haben?"

„O ja, natürlich. Ich Dummerchen. Ich bin gleich wieder da."

„Er ist ein bisschen unhöflich, nicht wahr?", fragte Frederick, als der Kellner gegangen war.

Ich lachte. „Ich glaube, er ist nur ein wenig exzentrisch."

Frederick sah auf sein Hemd hinunter. „Ist es so hässlich?"

Ich rümpfte die Nase. „Ich kann nicht behaupten, dass es meine erste Wahl wäre, aber man trägt es eben. Wenn es dir gefällt, kannst du es tragen."

„Ich dachte, es würde dir gefallen." Seine Schultern sackten ein wenig ein, und ich kam mir wie ein Idiot vor.

„Warum dachtest du, es würde mir gefallen?" Das war nicht die richtige Frage, aber ich war neugierig, warum er diese Annahme getroffen hatte.

„Ähm, weil du … ähm …"

„Bitte sehr", unterbrach uns der Kellner. „Ihr könnt mit den Antipasti beginnen oder direkt das Hauptgericht nehmen. Ich bin eher der Typ für Hauptgerichte. Warum sich mit einem schlaffen Salat herumschlagen, wenn man eigentlich die Auberginen- Platte will, oder?"

Ich schnaubte. „Gutes Argument. Was sind die Spezialitäten des Hauses?"

„Die Achteinviertelzoll-Pizza gibt es in allen Geschmacksrichtungen. Die Spaghetti-Fleischbällchen sind zum Sterben gut, und wenn ich den Koch frage, legt er dir ein extra Bällchen rein." Er zwinkerte Frederick zu, und ich musste mir ein Lachen verkneifen. „Die Vollkorn-Fettuccine sind auch gut, wenn man sich selbst hasst, und mal sehen –“, er tippte sich ans Kinn, „– ach ja, ich heiße Ren mit *R*. Das hätte ich wohl früher sagen sollen.“

„Wie kommt es, dass die Pizza acht und ein Viertel Zoll groß ist? Laut Speisekarte sind es neun“, meinte Frederick und schaute auf die schicke Speisekarte.

Ren sah sich um, und als er zufrieden schien, räusperte er sich und sagte: „Schatz, ich weiß, wie sich neun Zoll anfühlen, und diese Pizzen? Die sind alles andere als neun Zoll groß. Außerdem machen acht und ein Viertel Zoll dich nicht satt. Nicht bei einem Mann wie dir.“

Frederick hustete, sein Gesicht wurde röter als eine in der italienischen Sonne gereifte Tomate. „Ich denke, es ist Zeit für uns zu gehen.“

„Lässt du uns einen Moment allein?“, fragte ich Ren, der lächelte und uns verließ, während er etwas vor sich hin sang. „Das Menü hier ist gut. Können wir nicht bleiben?“

„Na gut“, meinte Frederick, wobei seine Stimme plötzlich zwei Oktaven tiefer war. Er schien sich sofort zu korrigieren. „Natürlich, mein Schatz. Für dich tue ich alles. Ich freue mich wirklich darauf, dich besser kennenzulernen.“

Er hob die Hand, um Ren zu rufen, der angerannt kam, als wären wir die wichtigsten Gäste. Es herrschte eine komische Stille, als Ren, der diesmal seltsam ruhig war, unsere Bestellungen der Ziti-Pasta und Caesar-Salat aufnahm und uns wieder allein ließ.

„Ähm … also, wie ist das Leben in Europa?“, fragte ich.

Frederick freute sich über meine Frage. „Es war wunderbar. Europa ist so liberal, so offen, so gebildet. Und die Mode?“ Er legte eine Hand auf sein Herz und stieß einen langen Seufzer aus.

Eine Weile ließ ich ihn über sein Leben in London und seine vielen Reisen durch Europa plaudern. Ich versuchte, mich für das, was er sagte, zu interessieren, aber ich musste immer wieder an den Bauernmarkt denken und wünschte mir, Lex hätte die Nummer, die Ellie ihm gegeben hatte, benutzt, um mich um ein Date zu bitten.

Ach du scheiße. Sei nicht so unhöflich, Emery. Denk dir eine Frage aus. Sei freundlich. Immerhin ist er hier und er ist kein Idiot.

„Und du hast ein Wirtschaftsstudium abgeschlossen?", fragte ich.

„Ja, aber genug von mir. Erzähl mir von dir."

„Ähm, ich bin Grundschullehrer. Ich liebe es, zu unterrichten." Ich spielte mit meiner Gabel und überlegte, was ich ihm noch erzählen sollte. Ich wollte die Amnesie nicht erwähnen, denn das würde zu weiteren Fragen führen, die ich nicht beantworten konnte.

Ich fühlte mich plötzlich sehr unvorbereitet auf diesen Teil meines Lebens.

Manchmal fühlte es sich an, als würde ich mich ganz neu outen.

Hey, ich bin Emery und ich bin schwul, und übrigens erinnere ich mich auch an einen großen Teil meines Lebens nicht mehr, aber erzähl mir von dir.

„Würdest du mich bitte entschuldigen? Ich muss nur kurz auf die Toilette."

„Sicher."

Mir entging nicht, dass seine Schultern noch einmal nachgaben, als ich wegging.

Hatte ich es vermasselt? War er interessiert? Ich hatte nicht das Gefühl, dass er so sehr auf mich stand. Egal, wie oft er mich mit seinem halb britischen Akzent Liebling oder Schatz nannte.

„Emery?"

Obwohl wir uns nur einmal getroffen hatten und er

dabei kaum gesprochen hatte, erkannte ich die Stimme sofort.

„Lex, hi."

Er stand an der Theke, die Hände in den Jeanstaschen. Wieder einmal konnte ich seinen durchdringenden Blick nicht ganz entziffern. Vielleicht hatte ich eine Vorliebe für blaue Augen. Ich fand Fredericks Augen auch sehr schön. Aber Lex' Augen waren … etwas Besonderes.

„Bist du wegen eines Dates hier?", fragte ich und erschauderte über meine Frage.

Er schüttelte den Kopf. „Nein, ich hole nur das Abendessen ab. Ich wohne nicht weit von hier. Ihre Ziti-Pasta ist die beste, und ich hatte keine Lust, für mich selbst zu kochen."

„Oh."

„Du bist allein hier?", fragte er.

Ich schaute in Richtung meines Tisches, dankbar, dass ich mein Date von hier aus nicht sehen konnte. „Nein, ich bin … ähm … mit einem Freund hier."

Er nickte. „Ein Date?"

„Nein, er ist nur … irgendwie … ich weiß es nicht."

Er hob die Brauen und lächelte. „Du weißt nicht, ob du ein Date hast?"

„Doch. Er ist ein Freund der Familie."

Wir wurden von einer Frau unterbrochen. „Mr. Spencer? Hier ist Ihre Bestellung. Viel Spaß damit."

Lex nahm die Schachtel und starrte sie einen Moment lang an, bevor er mich wieder ansah. „Ich schätze, ich sollte dich wieder zu deinem Date gehen lassen."

„Ja."

Das war lächerlich. Wir hatten uns insgesamt zehn Minuten lang getroffen, ohne ein sinnvolles Gespräch oder den Austausch grundlegender Informationen. Ich wusste nichts über den Kerl, außer seinem Namen und dass er der Zwillingsbruder von Ellies zukünftigem Schwager war.

Warum wurde mir ganz flau im Magen, wenn ich in seiner Nähe war?

„Ich sollte …“

„Ja. Genieße den Rest deines Dates“, meinte er, bevor er zur Tür ging und mir noch einmal hinterherschaute, nur um dann nach draußen zu verschwinden.

Als ich auf der Toilette war, schaute ich auf mein Handy. Wie erwartet hatte ich ein Dutzend Nachrichten von Ellie.

ELLIE

Okay … wie sieht er aus? Ich frage für eine Freundin.

Diese Freundin bin ich.

Komm schon, Em. Die Spannung bringt mich noch um!

Warte … bist du tot?

Nein, antworte nicht darauf. Muss ich ein Rettungsteam schicken?

Oh … OH! Du machst gerade mit ihm rum!

Zeigs ihm, Tiger! Ich erwarte am Montag an meinem Schreibtisch alle unanständigen Details.

Ich rollte mit den Augen und steckte das Handy weg. Ich würde sie denken lassen, was immer sie wollte.

Bevor ich wieder zu Frederick ging, betrachtete ich mich im Spiegel. Mein Haar war das übliche ungezähmte Durcheinander und meine Sommersprossen machten immer noch den Eindruck eines Puzzlebildes, aber meine Augen waren etwas heller als sonst.

Trotz der Unbehaglichkeit, zum ersten Mal seit meiner Erinnerung ein Date zu haben, reichte es offenbar aus, dass sich mein Magen für einen anderen Mann umdrehte, um einen kleinen Funken in mein Leben zu bringen. Wenn nur die Person vom Date und derjenige, der mir Schmetterlinge im Bauch bescherte, identisch wären.

Seufz.

Als ich an den Tisch zurückkehrte, war das Essen da, und Ren und Frederick schienen in einer Art Patt zu sein.

„Oh, ähm, ich weiß nicht, wie du heißt", sagte Ren zu mir.

„Ich bin Emery."

„Also, Emery, wie ich schon zu der Person da drüben sagte" - er zeigte auf Frederick - „ich kann ihm helfen. Ich biete meine Dienste nicht jedem an, den ich treffe, aber Schatz, er braucht dringend Hilfe ... und diese Augen." Er biss sich auf die Lippe und rollte mit den Augen. „Diese Augen haben etwas Besseres verdient, als in diesem ... diesem ... aus welchem Stoff ist das Hemd denn gemacht? Weiß er, dass es Naturfasern gibt?"

„Ich bin hier, weißt du?"

Ren schnaubte. „Aber du hörst nicht zu. Die Blumen sind alle falsch."

„Wenn sie dich so sehr stören, dann hier." Frederick zog sein Hemd aus und reichte es Ren, dessen Augen sich beim Anblick von Fredericks durchtrainiertem Oberkörper, der nun durch sein Unterhemd hindurchzusehen war, geradezu überschlugen.

Ich lachte. „Soll ich euch allein lassen?" Ich deutete auf die beiden. Das war das lustigste Date, an das ich mich erinnern konnte.

„Nein!", sagten sie beide.

„Ach, verdammt noch mal, ich bin nicht einmal schwul",

sagte Frederick und ließ seine hohe Stimme und, was noch wichtiger war, seinen britischen Akzent fallen.

„Ich wusste, dass es ein falscher Akzent war“, meinte Ren und deutete mit dem Finger auf mein Date. „Kein Brite, der etwas auf sich hält, würde jemals diese schrecklichen Blumen bei einem Date tragen.“

„Du bist nicht schwul?“, fragte ich verblüfft. War diese ganze Dating-Sache für ihn ein Witz gewesen? „Warum bist du gekommen?“

„Weil … ähm …“

„Ich lasse euch mal allein“, sagte Ren.

„Und jetzt gehst du einfach. Danke, dass du den Stift aus der Granate gezogen hast!“, bellte Frederick.

Ich war noch dabei, alles zu verarbeiten, als Ren sich zu Frederick umdrehte. „Schatz, wenn du jemals etwas herausfinden musst, ruf mich an. Wie ich schon sagte, ich kann dir helfen, und ich weiß, was man mit neun Zoll macht.“ Er warf Frederick das Hemd zurück.

Ich stand auf und ließ genug Geld auf den Tisch fallen, um die Rechnung zu bezahlen. „Ich denke, wir sollten für heute Schluss machen.“

Die kühle Abendbrise trug nicht dazu bei, dass ich mich weniger dumm, leichtgläubig oder naiv fühlte. Kein Wunder, dass ich keine Verbindung zu Frederick gespürt hatte. Er täuschte alles vor, von seinem Akzent bis zu seiner Sexualität. War er überhaupt der Sohn von Mrs. Rhys-Myr? Oder hatte ich mich verwählt, und er hatte aus Jux und Tollerei mitgespielt?

„Emery, warte.“

Ich hielt inne, weil ich nicht wollte, dass er vor den Leuten, die auf der Außenterrasse des Restaurants aßen, eine Szene machte.

„Bitte lass es mich erklären“, bettelte er.

„Das ist nicht wichtig. Du bist nicht schwul, und ich war

sowieso nicht interessiert. Du hast mich nur ... wie einen Idioten dastehen lassen.“

Er seufzte. „Es tut mir so leid. Das war nicht meine Absicht.“

„Was war denn deine Absicht?“

Er fuhr mit den Händen über das hässliche Hemd, das er wieder angezogen hatte, ohne sich die Mühe zu machen, es zuzuknöpfen, bevor er es in seine Chino gesteckt hatte.

„Vor Jahren habe ich mich meiner Mom gegenüber versehentlich als schwul geoutet, um sie mir vom Hals zu schaffen. Das ist eine lange Geschichte, aber nachdem ich es getan hatte, ließ sie mich in Ruhe. Es war ihr sogar egal, als ich mich für Colleges in London beworben habe.“

Das war nicht in Ordnung, und er tat mir leid, aber er hatte es doch nicht nötig, mich auch noch zu hintergehen, oder? Ich verschränkte die Arme und bedeutete ihm, fortzufahren.

„Keiner ihrer Freunde hatte Söhne, also war es eine sichere Wette. Ich würde mich nie verstellen müssen, und ich dachte, eines Tages würde ich sagen, dass ich ein Mädchen getroffen hatte, das mir gefiel. Aber sobald ich zurückkam, sprach sie nur noch von dir. Dass ich dich unbedingt kennenlernen müsse, weil du so ein guter Mann bist, und dass ich mich niederlassen müsse und so weiter. Ich hätte nie gedacht, dass du mich anrufen würdest, und als du es getan hast, geriet ich in Panik. Dann habe ich mir gedacht, wenn ich so unausstehlich wäre, würdest du mich nicht mehr sehen wollen.“

„Und wenn ich dich gemocht hätte?“

Er trat vor und berührte meinen Arm. „Dann hätte ich die Wahrheit gesagt. Das musst du mir glauben. Ich hätte dich nicht so hintergangen, Emery.“

Ich nickte. „Okay. Ich schätze, es tut mir leid, dass du das

Gefühl hattest, das tun zu müssen. Ich weiß, wie … schwierig Mütter sein können."

„Können wir trotzdem Freunde sein?", fragte er, und es war das erste Mal in dieser Nacht, dass ich das Gefühl hatte, den echten Frederick zu sehen.

„Natürlich."

„Soll ich dich nach Hause fahren? Oder ich bringe dich zu deinem Auto."

Ich schüttelte den Kopf. „Nein, danke. Ich werde noch ein wenig spazieren gehen, bevor ich nach Hause fahre."

Die Tür des Restaurants öffnete sich und Ren kam herausgerannt. Er warf Frederick einen mörderischen Blick zu und drehte sich dann zu mir um.

„Hier", sagte er und hielt eine Schachtel in der Hand.

„Was ist das?"

„Dein Abendessen."

Ich lächelte und nahm die Schachtel entgegen. „Danke."

„Dein Essen ist in der Mülltonne. Vielleicht kannst du hinten rausgehen und es suchen. Vergiss nicht, das Hemd aus Versehen hineinzuwerfen", sagte Ren, bevor er zurück ins Restaurant ging.

„Weißt du, ich glaube, er kann mich nicht besonders leiden."

Ich lachte. „Wie kommst du darauf?"

Er lächelte, und das gefiel mir. Er war also hetero. Das war okay, denn selbst als ich gedacht hatte, er sei schwul, hatte mein Bauch nicht so auf ihn reagiert wie auf Lex.

„Freunde?", fragte ich.

„Freunde." Frederick gab mir einen Kuss auf die Wange und ging.

Vielleicht würde die Nacht nicht mehr so schlimm werden. Ich könnte mich an den Fluss setzen und meine Nudeln essen und dann spät genug nach Hause fahren, um nicht von meiner Mutter über das Date ausgequetscht zu werden.

Nachdem ich diese Entscheidung getroffen hatte, überquerte ich die Straße und sah mich erneut dem Mann gegenüber, der für die Schmetterlinge in meinem Bauch verantwortlich war.

„Lex?"

8
___
LEX

Dieses Lächeln. Verdammt. *Dieses* Lächeln. Dasselbe, das Emery mir zugeworfen hatte, als wir uns vor zwei Jahren zum ersten Mal getroffen hatten. Ich wollte weinen und gleichzeitig jubeln.

„Du bist … hier", meinte er.

„Das bin ich. Ich habe beschlossen, meine Ziti-Pasta hier draußen zu essen, weil der Abend so schön ist."

Ich konnte nicht zugeben, dass ich den Heimweg angetreten, aber nicht einmal einen halben Block weit gekommen war, bevor ich mich umgedreht hatte. Vom Fenster des Restaurants aus hatte ich Emery und sein Date nicht sehen können, was meine Neugier nur noch gesteigert hatte. Wer war der Typ? Amüsierte sich Emery? War das nur ein Date, oder war es etwas Ernstes?

Der Drang zu bleiben war stärker als meine Willenskraft, und schließlich hatte ich mich mit meinem kalten Abendessen in der Hand auf die Bank auf der anderen Straßenseite gesetzt, nachdem ich ins Restaurant zurückgekehrt war, um nach einer Plastikgabel zu fragen.

Sein Lächeln wurde breiter. „Ziti-Pasta ist mein Lieblingsessen."

Ich weiß.

„Geht es dir gut? Ich will nicht neugierig sein, aber ihr saht nicht so fröhlich aus", meinte ich.

„Ja, mir gehts gut. Aber ich habe ein bisschen Hunger, deshalb wollte ich mich an den Fluss setzen und zu Abend essen." Er hob eine Schachtel hoch, die wie die Schachtel aussah, in der sich mein Abendessen befunden hatte.

„Darf ich mich zu dir setzen?"

„Klar."

Wir überquerten die Brücke zur Nordseite, wo es eine schöne Uferpromenade mit vielen Bänken und Lichtern gab.

„Ich nehme an, dein Date ist nicht so gut gelaufen", sagte ich und wollte unbedingt wissen, was genau passiert war und warum Emery so lange im Restaurant gewesen war, aber nicht zu Abend gegessen hatte. Ganz zu schweigen von dem angespannten Gespräch, das ich aus der Ferne mitbekommen hatte.

„Das kann man wohl sagen. Er war nicht gerade mein Typ."

„Zu viele Blumen?"

Er schnaubte. „Nicht schwul."

„Tut mir leid, was? Hast du gerade gesagt, er ist nicht schwul?"

Emery wies auf einen Picknicktisch, und wir setzten uns einander gegenüber. Er entfernte die Gabel, die mit Klebeband an der Schachtel befestigt war, und öffnete sie dann. Ich konnte die frischen Nudeln riechen.

„Gott, das riecht göttlich", meinte er und stürzte sich sofort darauf. „Also ja, er ist nicht schwul. Und lass dich von der schlechten Wahl seines Hemdes nicht beirren. Das war alles nur gespielt."

„Warum hat er dich dann um ein Date gebeten?"

Emery schaute vom Essen auf. „Wie kommst du darauf, dass er mit mir ausgehen wollte?"

„Jeder wäre ein Narr, wenn er es nicht wollte."

Der sanfte Schein der Laternen, die entlang des Flusses standen, verriet die Röte, die über sein Gesicht kroch. Ich brauchte nicht noch mehr Licht, um genau zu wissen, wie es aussah. Ich hatte alle Farben von Emery schon einmal kartiert und kannte sie auswendig.

„Ich habe ihn gefragt, ob er mit mir ausgeht."

„Und du wusstest nicht, dass er nicht schwul ist?"

Er schüttelte den Kopf. „Nein. Ich habe ihn noch nie getroffen. Ich wollte nur … meine Mutter loswerden und versuchen, jemanden zu daten."

„Zu daten … versuchen?"

„Ich habe mich seit dem Unfall nicht mehr verabredet. Ich gehe zu einem Therapeuten, der mir hilft, alles zu verarbeiten, was passiert ist, aber du willst sicher nicht meine traurige Geschichte hören."

Ich will alles wissen. Ich will wissen, wo du gewesen bist, warum ich nie von dem Unfall erfahren habe, warum du deine Wohnung verlassen hast. Ich will wissen, ob es noch eine Chance gibt … Das wollte ich sagen, aber stattdessen meinte ich: „Du kannst mir alles erzählen, was du willst."

Er seufzte und legte seine Gabel ab. „Ich schätze, wir waren einfach zwei Jungs, die einen Weg gesucht haben, den Erwartungen, die an uns gestellt wurden, zu entkommen. Ich kann mich also nicht darüber aufregen, dass er gelogen hat. Und am Ende hat er reinen Tisch gemacht."

„Es kann schwer sein, Erwartungen zu erfüllen."

Er nickte. „Ellie erwähnte deinen Zwillingsbruder Adam, und es gibt noch einen Bruder?"

„Ja, Noah. Er ist der Älteste. Und dann gibt es noch meine Mom, meinen Dad und meine Grandma. Ganz zu schweigen von all den Onkeln, Tanten und Cousins und

Cousinen, die wir in Portugal haben. Wir sind eine große Familie mit viel Geschichte und Traditionen, ich weiß also, wie es ist, wenn Erwartungen an einen gestellt werden."

Emery legte seine verschränkten Hände unter sein Kinn. „Du bist Portugiese?"

„Ja. Nun ja, ich bin Halbportugiese. Mein Vater ist Amerikaner."

„Wow. Ich wollte schon immer mal die Mittelmeerländer besuchen."

Ich weiß.

Über Dinge zu sprechen, die ich bereits wusste, fügte eine Ebene der Täuschung hinzu, die mir unangenehm war. Je länger ich mit Emery zusammen war, desto mehr wollte ich mit der Wahrheit herausplatzen. Oder zumindest mit *meiner* Wahrheit.

Ich wollte wissen, was er mir nicht gesagt hatte, als wir zusammen gewesen waren.

„Erzähl mir von deiner Familie", bat ich stattdessen.

Emery schob alle sonnengetrockneten Tomaten beiseite, was mich zum Lächeln brachte.

„Sie sollten nicht so verschrumpelt sein. Das ist einfach falsch. Tomaten sollen saftig sein. Das ist …"

„Teufelswerk", fuhr ich für ihn fort, bevor ich mich stoppen konnte.

„Woher wusstest du, dass ich das sagen würde?", fragte er.

Weil du es jedes Mal gesagt hast, wenn du Ziti-Pasta gegessen hast, aber du hast sie trotzdem immer beim Italiener bestellt.

„Ein Glückstreffer. Meine Gran mag keine Pilze. Sie nennt sie Teufelswerk. Sie sagt, dass nichts Natürliches dazu bestimmt ist, sowohl schleimig als auch essbar zu sein."

Emery lächelte. „Ich mag Pilze. Du hast nach meiner

Familie gefragt. Es gibt nur mich und meine Eltern. Ich habe keine Geschwister."

„Ah, der Fluch des Einzelkindes", scherzte ich. „Also, erzähl mal, was machst du so?"

„Willst du spazieren gehen? Das Essen war toll, aber sättigend, und ich konnte nicht widerstehen, alles aufzuessen."

„Außer die Tomaten."

Er lächelte. „Außer die Tomaten."

Er warf seine fast leere Schachtel in einen nahe gelegenen Mülleimer, und wir gingen zum Weg am Fluss. „Ich bin Grundschullehrer. Ich arbeite an der gleichen Schule wie Ellie. So haben wir uns eigentlich kennengelernt."

Emerys Gesicht leuchtete, wie jedes Mal, wenn er über seine Schüler gesprochen hatte, als wir noch zusammen gewesen waren. So seltsam es auch klingen mochte, es gefiel mir, dass er immer noch unterrichtete.

„Du erinnerst dich also an Dinge wie deine Ausbildung?"

„Irgendwie schon. Ich erinnere mich nicht mehr an mein Masterstudium, also nehme ich Online-Kurse, um das nachzuholen, und lese mir die Unterlagen durch."

„Und was ist mit der ganzen Arbeit, die du für den Abschluss gemacht haben musst?"

Er zuckte mit den Schultern. „Ich weiß nicht, was damit passiert ist."

Ein weiteres Rätsel. Eine weitere Frage ohne Antwort, diesmal allerdings für uns beide. Ich wusste, dass er all seine Materialien sorgfältig geordnet und in einer Kiste in seiner Wohnung aufbewahrt hatte.

Ich legte meine Hand auf seine Schulter und drückte sie. „Es tut mir wirklich leid, dass dir das passiert ist." Ich wusste, dass ich ihn nicht berühren sollte, aber ich sehnte mich verzweifelt nach einer Art Verbindung, und ein freundlicher Schulterdruck war doch in Ordnung, oder?

Er sagte nichts, aber das Nachgeben seiner Schultern sagte

mir alles, was ich wissen musste. Er ging neben mir weiter und wies mich auf die verschiedenen neuen Geschäfte hin, die am Flussufer entstanden waren. Zumindest daran erinnerte er sich.

„Wie wäre es mit Eis?", fragte ich.

„Es ist, als ob du mich in- und auswendig kennst." Er strahlte

Wenn er das nur wüsste. Obwohl es offenbar eine große Seite an ihm gab, die ich nicht kannte. Zum Beispiel wusste ich nichts über seine Familie. Er hatte das Thema immer vermieden, und da wir so viel Zeit mit meiner Familie verbracht hatten, war sie auch zu seiner Familie geworden.

Erst als ich keinen Kontakt zu ihm aufnehmen konnte, wurde mir klar, wie wenig ich über seine Vergangenheit wusste.

„Was ist deine Lieblingseissorte?", fragte ich.

„Auf jeden Fall Karamell mit Toffee-Stückchen. Der Laden im Einkaufszentrum in der Gegend von Greenfield – The Ice Cream Parlor? Die haben das beste Eis."

Ich ergriff seine Hand und zog ihn vom Flussufer weg.

„Wohin gehen wir?"

„Zum wirklich besten Eiscafé der Welt."

Er lachte. „Das werde ich wohl beurteilen."

Die Eisdiele, zu der ich ihn mitnahm, hatte erst vor ein paar Monaten eröffnet. Ich fand es toll, dass ich Emery diese erste Erfahrung mit Margots fantastischem Eis ermöglichen konnte. Ich wäre nicht so zuversichtlich, wenn ich nicht während der Arbeit an ihrer Eröffnungskampagne mehrere Proben probiert hätte.

„Wusstest du, dass man zwölf Liter Milch braucht, um eine Gallone Eis herzustellen?", fragte Emery.

„Nö."

„Wusstest du, dass Schokoladeneis vor Vanille erfunden wurde?"

Ich lachte. „Wie viele Fakten kennst du denn über Eiscreme?"

Er rümpfte die Nase. „Eine ganze Menge."

Margot war wie immer damit beschäftigt, eine große Schlange von Eisliebhabern zu bedienen. Es war nicht schwer, nach ihrem Zeug süchtig zu werden.

„Willst du mal raten, wie oft man an einer Kugel Eis lecken muss, um sie aufzuessen?", flüsterte Emery, während wir in der Schlange warteten.

„Zweihundertmal", schätzte ich.

Er schüttelte den Kopf. „Fünfzig."

„Unmöglich." Ich versuchte, in meinem Kopf zu rechnen. „Das ist zu wenig."

„Vielleicht hast du nur eine kleinere Zunge als der Durchschnitt", sagte er und schnaubte.

Ich zog ihn näher zu mir und flüsterte ihm ins Ohr: „Wie wärs, wenn ich es dich ausprobieren lasse?"

Er zitterte und lehnte sich an mich. Seine Augen trafen meine, und zwischen seinen Augenbrauen bildete sich eine winzige Falte, als könne er nicht verstehen, wie es dazu gekommen war, dass wir gemeinsam hier waren.

Eine winzige Bewegung, und meine Lippen würden auf seinen liegen. Wie würde es sein, diesen Emery zu küssen? Einen Emery, der so ähnlich wirkte, aber irgendwie auch nicht.

„Lex! Ich wusste nicht, dass es da draußen so windig ist. Was hat dich hierher geweht?", fragte Margot.

„Mein Freund hier glaubt mir nicht, wenn ich sage, dass dein Eis das beste der Welt ist."

Sie schürzte ihre Lippen. „Ah, ein Ungläubiger."

Emery errötete und seine Sommersprossen traten noch mehr hervor. „Ich wollte nur sagen, dass mein Lieblingseis …"

„Nein", unterbrach Margot ihn. „Lass mich dir zeigen, was dein Lieblingseis ist."

Sie schnappte sich eine Waffeltüte und wählte zwei Geschmacksrichtungen aus, die sie mit ihrem Spatel in einer Schüssel mischte, bevor sie zwei perfekte Kugeln formte und sie in die Waffeltüte legte.

„Ich schätze, da muss man hundertmal lecken, hm?", fragte ich.

Emery errötete noch stärker und nahm Margot die Eiswaffel ab.

Als er das erste Mal daran leckte, war es, als würde man einem Kind beim Eintritt in den Zirkus zusehen. Sein Gesichtsausdruck war voller Staunen. Als ob das Leben, wie er es kannte, auf den Kopf gestellt worden wäre.

„Du hast dich nicht geirrt", meinte er. „Was für eine Art von Magie ist das?"

Margot reichte mir eine Waffel und winkte mich ab, als ich bezahlen wollte.

„Das sind alles Bio-Zutaten und eine Leidenschaft für gutes Eis. Aber ich glaube, ich habe meinen Meister gefunden. Ich sollte mich davor hüten, dass du neben mir einen Eisladen aufmachst."

„Ich esse es lieber, danke", sagte Emery. „Was ist das für eine Sorte?"

„Erdnussbutterbecher und Schokoladen-Brownie. Ich mache die Becher und die Brownies selbst", erklärte Margot stolz.

„Du bist unglaublich talentiert und ein Superstar", sagte ich ihr auf dem Weg nach draußen.

„Ja, ganz genau", sagte Emery, den Mund voller Eiscreme.

Wir gingen den Weg an den Geschäften entlang und zurück zur Brücke.

Eine Weile war es ganz still, während wir unser Eis

genossen. Jedes Mal, wenn ich einen Blick auf Emery warf, sah er so aus, als würde er versuchen herauszufinden, warum das Eis so gut war.

Ich wusste, dass ich nicht mehr viel Zeit hatte, bis wir wieder getrennte Wege gehen würden. Meine Nervosität nahm zu. Genau wie bei unserer Begegnung auf dem Markt wusste ich nicht, ob ich ihn wiedersehen würde.

„Vielen Dank für den Spaziergang und das Eis, Lex. Ich glaube, ich habe eine neue Lieblingssorte.“

Ich biss mir auf die Lippe. Er kaufte immer Erdnussbuttereis und fügte Erdnussbutterbecher und übrig gebliebene Brownies hinzu, die ich bei mir daheim hatte. Es bestand kein Zweifel, dass Margots Eis besser war als die im Laden gekaufte Variante.

„Ich habe den Abend auch sehr genossen, Emery.“

Wir kamen am Ende der Brücke an.

„Ich gehe in diese Richtung“, sagte ich und deutete in Richtung meiner Wohnung.

„Ich parke in der anderen Richtung“, meinte er.

Jede Sekunde, in der wir uns anstarrten, nutzte ich, um mir sein Gesicht einzuprägen und nach neuen Sommersprossen Ausschau zu halten. Ich hoffte, das würde nicht das Ende sein.

„Also ...“, begann er. „Wirst du die Nummer benutzen, die Ellie in deinem Handy gespeichert hat?“

Ich lächelte. „Lass mich nachdenken. Du siehst jetzt nicht mehr so verärgert aus wie eben, als du aus dem Restaurant kamst, und dein Lieblingseis gefällt mir. Ich glaube, ich werde es wohl tun.“

Er beugte sich vor und küsste mich auf die Wange. „Mach das.“

Und dann ging er weg, drehte sich um, als er ein paar Meter entfernt war, und lächelte.

„Bis bald, Lex.“

„Bis bald, Emery."

War es unser Schicksal gewesen, uns wieder zu treffen? Es würde nur eine Frage der Zeit sein, bis Ellie zwei und zwei zusammenzählte oder Emery zu einem der Sonntagsessen meiner Familie mitbrachte.

Die ganze Zeit, in der ich gedacht hatte, es sei vorbei, schienen wir nur auf Stand-by gewesen zu sein und darauf gewartet zu haben, dass sich das richtige Rädchen in Bewegung setzte.

Nichts hat sich in Bewegung gesetzt. Nicht, bis du die Wahrheit sagst.

Ich musste nur einen Weg finden, es zu tun, ohne Emery mit meinen Lügen zu verletzen, denn einer Sache war ich mir absolut sicher:

Emery log nicht. Er erinnerte sich wirklich nicht an mich.

Ich musste nur herausfinden, was nach dem Unfall passiert war. Wer oder was hatte ihn dazu gebracht, alles, was er kannte, einfach auf eine Art zurückzulassen, die er nicht zu hinterfragen schien?

9

———

EMERY

„Hey, Em. Hör mal, ich hatte gehofft, du könntest mir beim Organisieren helfen", sagte Ellie, als ich ins Lehrerzimmer kam.

An den meisten Tagen aß ich in meinem Klassenzimmer zu Mittag, während ich meine Arbeit nachholte, und schloss mich dann für den Rest der Pause den Lehrern an.

Heute hatte ich Lust auf eine Veränderung. Ich war mit meiner Benotung fertig und es war ein sonniger Tag, daher wollte ich mir einen Kaffee aus dem Lehrerzimmer holen und vielleicht draußen sitzen.

„Womit brauchst du Hilfe?", fragte ich.

„Das ist egal. Ich muss wissen, was dieses Lächeln auf dein Gesicht gezaubert hat."

Da war kein Lächeln. Oder doch? Okay, ich hatte also gute Laune. Verklagt mich.

„Das bildest du dir nur ein. Womit brauchst du Hilfe? Ich frage nur dieses eine Mal, und dann bist du auf dich allein gestellt."

Sie stöhnte auf. „Na schön. Ich bin für die Aktivitäten

am letzten Tag des Jahres vor den Sommerferien verantwortlich. Ich habe mich gefragt, ob du mir dabei helfen willst."

„Ja, das klingt lustig."

„Toll! Und jetzt sag mir, was dich glücklich macht." Sie
schnappte nach Luft. „Ich kann nicht glauben, dass ich das
vergessen habe. Ist das Date mit dem Typen deiner Mom gut
gelaufen? Ich habe dir immer noch nicht verziehen, dass du
nicht auf meine Nachrichten oder Anrufe geantwortet hast,
aber wenn du eingelocht hast, könnte ich dir das verzeihen."

„Er ist nicht der Typ meiner Mom. Das klingt einfach
nur falsch."

Sie winkte mich ab. „Lenk nicht ab, Livingston. Spuck
aus, was los ist."

„Es gibt nichts zu erzählen." Ich ging zur Kaffeemaschine, wo eine andere Lehrerin geduldig darauf wartete, dass
der Kaffee kochte. „Hey, Nadine, wie gehts?"

„Hi, Emery. So wie immer. Kinder sind Kinder und
Kaffee ist der Treibstoff."

Nadine stand kurz vor der Pensionierung, aber man
könnte meinen, sie fürchtete sich vor dem Tag, an dem es
soweit war. Die Frau lebte für ihre Schüler. Lehrer wie sie
hatten mich dazu inspiriert, selbst einer zu werden, obwohl
ich die Privatschule, die ich näher an meinem Wohnort
besucht hatte, gehasst hatte.

„Was hast du da?" Sie hielt ein Flugblatt in der Hand.

„Oh, mein Lieblingsrestaurant, Lusitana, veranstaltet
nächsten Monat eine Jubiläumsfeier. Man kann an der Verlo-
sung eines Fünf-Gänge-Menüs teilnehmen, und der gesamte
Erlös geht an eine LGBTQ+ Wohltätigkeitsorganisation."

„Das ist ja eine tolle Idee", meinte ich.

„Ja, schade, dass ich es wahrscheinlich nicht schaffen
werde. Mein Mann muss an diesem Wochenende arbeiten,
und ich möchte nicht allein gehen. Weißt du, dort hat er mir
vor so vielen Jahren dort einen Antrag gemacht. Das Lusitana

hatte gerade erst eröffnet, und es hatte sich noch nicht herumgesprochen, dass das Essen dort fantastisch ist. Wir waren eine der wenigen Gäste, und die Besitzer, Jack und Carla, haben uns einen ganz besonderen Abend bereitet."

Mein Herz setzte einen kleinen Schlag aus, wie immer, wenn Nadine von ihrem Mann und ihrem gemeinsamen Leben sprach. Wie sie gesagt hatte, waren sie zwar nicht mit Kindern gesegnet, aber sie hatten ein Leben voller Liebe und gemeinsamer Abenteuer.

„Nadine, wenn du mit dem zweitbesten Ersatz zufrieden bist, würde ich dich gern zu diesem Abendessen einladen", bot ich an.

„Ach du meine Güte, wirklich?"

Die Kaffeemaschine hörte auf zu plätschern, also schnappte ich mir zwei Tassen und schenkte uns jeweils eine Tasse ein.

„Ja. Das klingt nach einer tollen Sache, und sie ist nicht ganz selbstlos. Ich möchte dich über deine Lehrtätigkeit ausfragen."

Sie lachte. „Da hast du dir was vorgenommen." Sie gab mir einen Kuss auf die Wange und tätschelte meinen Arm. „Du solltest dich für den Anlass schick machen."

„Für mein erstes Date mit einem Mädchen? Immer."

Zu sehen, wie sie lächelnd den Raum verließ, war der Höhepunkt meines Tages, denn sobald ich mich neben Ellie auf die alte Couch setzte, sah ich ihr Erzähl-mir-alles-Livingston-Gesicht.

„Hast du jemals über Botox nachgedacht, Eleanor? Eines Tages werden diese Falten anfangen, deine Stirn zu runzeln", scherzte ich.

„Du kommst lächelnd rein, fragst Nadine, ob sie mit dir ausgeht, und jetzt machst du Witze? Wenn du nicht gerade eine neue beste Freundin gefunden hast, ist es wohl an der Zeit, dass du mir alles erzählst."

„Botox ist kein Witz", sagte ich und schnaubte in die Kaffeetasse. Ellie schlug gegen meinen Arm, sodass ich fast den Kaffee verschüttete.

„Übrigens, wusstest du, dass das Lusitana das Restaurant von Lex' Eltern ist?"

„Ach wirklich?", fragte ich, nahm einen Schluck von meinem Kaffee und versuchte, so zu tun, als würde mich diese Information überhaupt nicht interessieren.

„Ja, *wirklich*. Aber es ist deine andere Verabredung, die mich interessiert."

Heute trug sie ein Kleid, das mit Bildern von Gartengeräten gemustert war. Spaten, Harken, Hacken, Mistgabeln, alles Mögliche. Wenn ich raten sollte, lernte ihre Klasse gerade etwas über Landwirtschaft, Pflanzen und wie man etwas anbaute.

Vielleicht konnte ich sie ablenken, indem ich sie nach ihrem Unterricht fragte, bis es an der Zeit war, unsere Schüler vom Mittagessen abzuholen. Ihr Blick sagte mir jedoch, dass ich *keine Chance* hatte.

„Okay, gut. Mein Date mit Frederick war eine ziemliche Katastrophe." Ich gab ihr einen Überblick über die Ereignisse des Wochenendes bis zu dem Gespräch vor dem Restaurant.

„Er ist also hetero", stellte sie fest.

„Es scheint so."

„Aber er hat wunderschöne blaue Augen, tiefschwarzes Haar und Bauchmuskeln."

„Ganz viele."

Sie brach in Gelächter aus. „Ich glaube, ich muss diesen Typen kennenlernen."

„Ich dachte, du stehst auf deinen Mr. Southern State."

„Tue ich auch. Ich habe Ten wiedergesehen, und wir hatten eine tolle Zeit. Aber eine Frau muss sich ihre Optionen offenhalten, oder? Für den Fall, dass das Wetter in Tennessee plötzlich kühl wird."

Ich lachte. „Du bist unzurechnungsfähig."

„Danke. Dein Date ist also ins Wasser gefallen. Wieso bist du dann so glücklich?"

Es hatte keinen Sinn, etwas vor Ellie zu verbergen. Ich hoffte nur, sie würde keine große Sache daraus machen.

„Ich habe Lex getroffen."

Ellie wartete geduldig, während ich ihr von meinem Abendessen mit Lex auf der Bank am Flussufer, unserem Spaziergang und dem Eis erzählte. Als sie sich nicht mehr zurückhalten konnte, schlug sie in die Luft und sah sehr selbstgefällig aus.

„Ich wusste es! Ich hätte euch beide früher verkuppeln sollen."

Ich rollte mit den Augen. „Du hast uns nicht verkuppelt. Wir haben uns zufällig auf dem Markt getroffen und dann im Restaurant."

Sie grinste. „Ja, weil ich nicht wusste, dass die Wahrscheinlichkeit, dass er auf dem Markt sein würde, sehr hoch ist."

„Weißt du, niemand mag einen Klugscheißer."

„Obwohl ...", begann sie.

„Obwohl, was?"

Ellie drehte sich auf der Couch um und sah mich an. „Ich sollte dir das wahrscheinlich nicht sagen, weil es persönlich ist, aber ich mag Lex und liebe dich. Victoria sagte, dass Lex letztes Jahr eine wirklich schlimme Trennung hatte. Der Typ hat ihn einfach verlassen oder so."

„Das ist ... Es tut mir so leid, dass ihm das passiert ist. Was hat das mit mir zu tun?"

„Nichts. Sei einfach ... vorsichtig. Mit seinen Gefühlen und deinen."

Ich nickte. Das Letzte, was ich wollte, war jemanden zu verletzen, am allerwenigsten Lex.

Ellie war sehr voreilig, wenn sie glaubte, dass wir schon

Gefühle entwickelten. Vielleicht sollte sie sich besser auf ihren Unterricht konzentrieren.

„Ich muss die Kinder abholen, bevor wir zu spät kommen“, sagte ich und stand auf.

Ellies Worte blieben mir im Gedächtnis, bis meine Klasse mich mit ihren Possen ablenkte. Ich sollte mir wirklich ein paar der Sprüche meiner Kinder aufschreiben, denn sie würden sich hervorragend für eine Stand-up-Comedy-Nummer eignen.

Auf der Heimfahrt aus der Stadt heraus fragte ich mich, ob Lex sein Versprechen, meine Telefonnummer zu benutzen, einlösen würde. Es war zwei Tage her, seit wir uns getroffen hatten, und mein Handy war ärgerlicherweise stumm.

Aus Egoismus wollte ich mehr über Lex erfahren. Er hatte diese Intensität an sich, wenn er sich auf mich konzentrierte, aber es war etwas anderes, wenn er über seine Arbeit oder seine Brüder sprach. Ich wollte ihn verstehen, aber dazu musste ich mehr Zeit mit ihm verbringen. Da Ellie die Gelegenheit nicht genutzt hatte, als sie meine Nummer in seinem Handy gespeichert hatte, um mir tatsächlich eine Nachricht zu schicken oder mich anzurufen, hatte ich seine Nummer nicht.

„Emery“, sang meine Mutter, als ich durch die Tür kam.

Ich seufzte und folgte ihrer Stimme in die Küche, wo ich sie beim Gemüseschneiden mit einem Koch vorfand, der oft zu ihr kam, um mit ihr zu kochen.

„Hallo, Mom.“

„Hallo, mein Lieber. Hattest du einen guten Tag bei der Arbeit?“

„Ja, hatte ich. Die Kinder arbeiten an einem Projekt, um eine Windmühle zu bauen ...“

„Das ist schön. Ich möchte alles über dein Date mit

Frederick hören. Du bist erst sehr spät nach Hause gekommen, also nehme ich an, dass es gut gelaufen ist."

Ich seufzte. Es sollte mich nicht überraschen, dass sie mehr an der Verabredung interessiert war als an dem, was ich auf der Arbeit tat.

„Ja, Mom. Er ist ein wirklich netter Kerl."

Sie unterbrach ihre geübten Bewegungen auf dem Schneidebrett und sah mich an.

„Nur nett?"

Ich schaute den Koch an, der professionell genug war, um weiterzuarbeiten, als ob er das Gespräch nicht mitbekäme. Darüber hatte ich mich immer gewundert. Menschen, die in fremden Häusern arbeiteten und von denen man erwartete, dass sie in den Hintergrund traten.

Das machte mich unruhig, denn manche Gespräche waren privat, und ich war mir ziemlich sicher, dass der Mann lieber nicht dabei sein wollte, als so tun zu müssen, als wäre er nicht da.

„Du willst doch nicht, dass ich dir jedes einzelne Detail erzähle, oder?", fragte ich und versuchte, meiner Stimme eine gewisse Tonlage zu schenken, damit sie nicht weiter nachhakte. Wenn ich meiner Mutter eines zutrauen konnte, dann war es Prüderie.

Sie lachte. „O nein, meine Güte. Das nicht. Ich will nur wissen, ob ihr euch gut verstanden habt. Werdet ihr wieder miteinander ausgehen?"

„Wir haben uns gut verstanden, und ich weiß es nicht." Ich ging zurück zur Tür.

„Ich schon. Jeanelle und ihr Mann kommen zum Abendessen vorbei. Ich habe ihnen gesagt, sie sollen Frederick mitbringen. Schließlich ist es nur recht und billig, dass wir ihn kennenlernen."

Ich fuhr mir mit den Fingern durchs Haar und spürte das Ziehen auf der Kopfhaut, als sie sich in meinen Locken verhedderten. „Es ist ein Wochentag, Mom. Ich muss arbeiten.“

„Jeder isst zu Abend, Emery. Sieh zu, dass du um halb neun hier bist.“

„Ja, Mom.“

Ich ging in mein Zimmer, wütend und frustriert. Mein großer Tag war nicht so großartig. Ich wollte heute Abend wirklich etwas recherchieren, um den Kindern bei ihrem Projekt zu helfen. Sie bauten ein Windrad und wollten herausfinden, wie man es mit Solarenergie betreiben konnte.

Zwei Stunden später, nach einer beruhigenden Dusche und etwas Lektüre, kam ich herunter, um unsere Gäste für den Abend zu begrüßen.

Frederick war dieses Mal angemessener gekleidet. Obwohl ich der Meinung war, dass jeder das tragen sollte, womit er sich wohlfühlte, war das Hemd wirklich scheußlich gewesen.

„Gute Kleiderwahl“, sagte ich in sein Ohr, als er mich mit einem Kuss auf die Wange begrüßte.

Sein Lachen kitzelte mich am Ohr. „Mach dir keine Sorgen. Das Gruselhemd ist im Müll.“

„Ach, sehen sie nicht toll zusammen aus?“, sagte Mrs. Rhys-Myr und schlug die Hände vor die Brust.

„Mom, wir hatten dieses Gespräch bereits. Lass die Dinge ihren natürlichen Lauf nehmen“, meinte Frederick. „Wenn du uns jetzt entschuldigen würdest. Ich würde gern kurz mit Emery unter vier Augen sprechen.“

„Natürlich, mein Schatz“, sagte meine Mutter nur allzu fröhlich. „Emery, bring Frederick in die Bibliothek.“

Seine flehenden Augen machten mich traurig, also tat ich, was man mir sagte.

Kaum hatte ich die Tür zur Bibliothek hinter uns geschlossen, ließ sich Frederick auf die Couch fallen.

„Es tut mir so leid, Emery. Sie wollte es nicht sein lassen.

Ich habe gesagt, dass wir nur Freunde sind, aber sie wollte nichts davon hören.“

Ich seufzte. „Ich weiß nicht, warum sie so versessen darauf sind, dass wir zusammenkommen.“

„Wie ich meine Mom kenne, geht es um eine Art Wettbewerb mit den anderen Frauen in ihrem Country Club. Ich wette, es steht eine Hochzeit an.“

„Woher weißt du das?“, fragte ich, und er sah mich an, als wäre es offensichtlich. Unsere Mütter waren beide Prominente mit einem sorgfältig gestalteten öffentlichen Leben.

„Und wenn wir es vortäuschen?“, fragte er.

„Was? Bist du verrückt?“ Das war eine ganz schlechte Idee.

„Ja, du hast recht. In zwei Wochen hätten sie wahrscheinlich schon unsere Hochzeit geplant, und dann müssten wir es durchziehen.“ Er sah so niedergeschlagen aus, dass ich kurz davor war, ihm zuzustimmen.

Mein Handy klingelte in meiner Tasche, also holte ich es heraus. Die Nachricht war von einer unbekannten Nummer, aber als ich sie öffnete, wusste ich sofort, wer es war.

LEX

Hallo, Mr. Erdnussbutterbrownie. Was denkst du über Friedhöfe?

Ich lachte.

„Was ist denn so lustig?“, fragte Frederick.

„Nichts. Tut mir leid, ich antworte nur kurz.“

EMERY

Für dich Mr. Erdnussbutterbrownie-Eiscreme. Und das kommt auf den Blickwinkel an.

LEX

Das ist zu lang. Vielleicht nenne ich dich einfach EBBE. Obwohl das komisch klingt. Peanut passt. Du musst dir keine Sorgen machen, ich habe nicht vor, zum Serienkiller-Grab-Enthusiast zu werden.

EMERY

Natürlich. Das wäre auch ein harter Job. Du solltest jemand fürs Grabausheben engagieren. Beim im Dreck buddeln macht man sich schmutzig.

LEX

Schmutzige Dinge machen mir nichts aus, aber du hast die Frage nicht beantwortet.

EMERY

Warum habe ich das Gefühl, dass die Antwort gefährlicher ist, als ermordet zu werden?

LEX

Treffen wir uns Samstag um Acht beim St. George's Cemetery?

EMERY

Okay.

Seine Antwort war ein Smiley und ein Erdnuss-Emoji.

„Du triffst dich mit jemandem", sagte Frederick ohne Biss oder Groll in der Stimme.

„Nein. Nicht wirklich. Wir haben uns gerade erst kennengelernt."

„Aber du magst ihn."

„Ja, er ist nett." Ich konnte mein wachsendes Lächeln nicht unterdrücken, umso mehr, als Frederick es erwiderte. Ich dachte einen Moment darüber nach, was er gesagt hatte. „Das wird wahrscheinlich nach hinten losgehen, aber … was wäre, wenn wir es tun würden?"

„Was tun?"

„So tun, als würden wir uns verabreden. Wie das lang-samste Date in der ganzen Welt der Dating-Geschichte. Im Schneckentempo. Keine Erwähnung von Verlobung oder Hochzeit. Wir werden bis auf Weiteres Jungfrauen sein."

Er schnaubte. „Das Schiff ist schon vor langer Zeit abgefahren."

Ich zuckte mit den Schultern. „Was sagst du dazu?"

„Kumpel, ich würde dich küssen, wenn ich auf Jungs stehen würde."

„Die Dame protestiert zu viel für einen Hetero … Typen."

Er lachte. „Nee. Aber ich werde so tun, als würde ich dich daten. Es gibt nichts Zeitaufwändigeres, als wenn deine Mom versucht, dich mit dem nächstbesten geeigneten Jung-gesellen zu verheiraten, während du damit beschäftigt bist, einen Job zu suchen. Allein die Ablenkungsmanöver sind schon SWAT-Team-tauglich. Nicht, dass ich jemals zur Polizei gehen wollte."

„Nun", sagte ich, stand auf und streckte meine Hand aus. „Ich hoffe, du hast in Europa ein paar Schauspielstunden genommen."

Er stand auf, nahm meine Hand und küsste sanft ihren Rücken. „Geh voran, Liebling."

10

LEX

In die Küche meiner Eltern zu treten, war wie ein Schritt in eine andere Welt. Im Gegensatz zur modernen Einrichtung des restlichen Hauses meiner Kindheit, das meine Eltern neu gestaltet hatten, nachdem Adam und ich aufs College gegangen waren, war die Küche weitgehend unverändert geblieben.

Sie hatten die Wände gestrichen und die Küchenschränke neu gebeizt, die Vinyltischdecke ausgetauscht und die Terrakottafliesen gereinigt, aber als das alles erledigt war, war die Küche einfach nur eine sauberere Version ihres früheren Selbst.

Wie mein Vater immer sagte, hatte es keinen Sinn, etwas zu ändern, was nicht kaputt war, und die Küche war gewiss nicht kaputt. Sie war der am meisten benutzte Raum im Haus, und oft, wenn wir alle zum Essen kamen, betrat niemand von uns das Wohnzimmer.

Die Küche war das lebendige Herz des Hauses, und in ihr befand sich normalerweise die Seele, die es am Leben hielt.

„Hallo, Mom", sagte ich, näherte mich von hinten und küsste sie auf die Wange.

„Olá meu filho, tudo bem?"

„Ja, Mama, alles ist in Ordnung. Kann ich dir helfen?"

Sie deutete auf die Schale mit Erbsen aus dem Garten. „Avó hat sie heute Morgen gepflückt, und ich gebe sie in den Eintopf. Wenn du sie für mich schälen könntest, wäre das toll."

Ich setzte mich an den großen Esstisch und machte mich an die Arbeit. Meine Schulfreunde hatten die Vinyltischdecke, die an den Tisch geheftet war, seltsam gefunden. Ich hatte sie nicht hinterfragt, weil ich es nicht anders kannte, aber nachdem ich die Häuser meiner Freunde besucht hatte, wurde mir klar, wie anders unseres war.

Ja, sie war nicht so schön wie der Holztisch darunter, aber wir hatten all unsere Mahlzeiten, Geburtstagsfeiern und Bastelarbeiten um diesen großen Tisch herum veranstaltet, und meine Eltern hatten sich zu keinem Zeitpunkt Sorgen gemacht, dass etwas beschädigt werden könnte. Ein feuchtes Tuch und Reinigungsspray reichten aus.

„Wo ist Dad?"

„In der Garage. Er versteckt sich."

Ich lachte. „Vor dir?"

„Er wird dort bleiben, wenn er weiß, was gut für ihn ist."

„O nein, was hat er denn dieses Mal gemacht?"

„Er war für die Wäsche zuständig, und jetzt ist meine ganze Unterwäsche rosa. Es ist ja nicht so, als hätte er nicht schon eine Million Mal Wäsche gewaschen oder als hätte ich ihm nicht gesagt, er solle nachsehen, ob sein neues rotes Hemd nicht bei den anderen ist, weil ich es morgen von Hand waschen würde. Aber nein, er hat darauf bestanden, dass es nicht abfärben würde." Sie hob die Hände, als ob sie mit Gott selbst sprechen würde.

„Wie oft musst du es ihm noch sagen, nicht wahr?",

fragte ich, da ich die Worte, die sie schon eine Million Mal gesagt hatte, auswendig kannte.

„Ganz genau. Wo sind deine Brüder?", fragte sie.

Ich zuckte zusammen. „Mom, hast du deine Kinder verloren? Jeder weiß, dass man sie nicht der Obhut des Jüngsten überlassen darf." Sie warf ein nasses Geschirrtuch nach mir, das mit einem feuchten Plopp auf mein Gesicht traf. „Das ist Kindesmisshandlung."

„Kindesmisshandlung ist es, wenn ich dich nach Hause schicke, bevor du meinen Lavendelhonigkuchen probieren darfst."

Ich stand auf und schlang meine Hände um ihre Taille. „Ich liebe dich, Mamã. Tu és tão linda. Perfeita."

„Deine Komplimente nützen dir nichts, wenn ich diese Erbsen nicht bekomme."

„Ja, Ma'am."

„Ich wusste, dass er sich bei ihr einschleimen würde."

Mom und ich drehten uns zur Küchentür, wo Noah und Adam standen.

„Oh, kommt her, ihr beiden", sagte sie, und im Nu umarmten wir sie alle gemeinsam.

„Meu deus, es ist so schön, dass ihr alle wieder bei mir seid."

„Und wo ist jetzt der Kuchen?", fragte Noah.

„Noah Spencer, vor dem Mittagessen bekommst du keinen Kuchen. Und jetzt geh und sieh nach deinem Dad und stell sicher, dass er nicht noch etwas anderes tut, was er nicht tun sollte."

Er rollte mit den Augen und ging durch die Küchentür in die Garage.

„Wo ist Avó Jacinta?", fragte Adam.

„Sie ist in ihrem Zimmer und sieht sich die Sonntags-messe im Fernsehen an. Sobald sie ihre Gebete beendet hat, kommt sie herunter."

Adam setzte sich zu mir an den Tisch und half mit den Erbsen.

Meine Familie war katholisch, und meine Brüder und ich waren alle getauft worden, aber die Einzige, die praktizierte, war meine Großmutter. Ich mochte es, dass sie trotz allem, was sie durchgemacht hatte – vom Verlust meines Großvaters in so jungen Jahren über das Aufziehen einer eigenen Familie in einem fremden Land bis hin zur Unterstützung ihrer Enkelkinder, als wir uns als schwul geoutet hatten –, ihren Glaube nie verloren hatte.

Sie kannte den Unterschied zwischen Gut und Böse. Das Schlechte war überall und das Gute war in ihr. So sah ich das auch. Sie war unsere eigene Heilige. Eine unvollkommene Heilige mit einer frechen Ader und einer Leidenschaft für Schokoladen-Brownies.

Als Mom die Küche in dieselbe Richtung wie Noah verließ, wahrscheinlich weil sie nicht darauf vertraute, dass Noah sich nicht auf Dads Seite schlagen würde, wandte sich Adam in einem leisen Ton an mich. „Hast du dir überlegt, was du wegen Emery tun wirst?"

Die Frage kam so unerwartet, dass mir fast ein Bündel Erbsen auf den Boden gefallen wäre.

„Psst, ich will nicht, dass sie es wissen. Nicht, bevor ich es entschieden habe."

„Und wann wird das sein?"

Ich schnaufte. „Ich weiß es nicht. Ich habe ihn letztes Wochenende gesehen."

„Wirklich? Wo denn?"

„Er war bei einem Date in dem italienischen Restaurant am Fluss."

„Er war was?"

Ich hob die Hand, um ihn vor falschen Schlüssen zu bewahren. „Das spielt keine Rolle. Die Verabredung endete nicht gut, aber ich war danach dort. Wir sind dann noch spazieren gegangen und haben Eis gegessen."

Adam gestikulierte, damit ich fortfuhr. Ich hielt inne, als ich glaubte, oben ein Geräusch zu hören.

„Er erinnert sich wirklich nicht an mich."

„Wie war es, mit ihm zusammen zu sein? War es seltsam?"

Ich atmete tief ein und aus. „Es war gut. Als würde ich ihn wieder kennenlernen. Stell dir vor, du bekommst eine zweite Chance, dich in die Liebe deines Lebens zu verlieben. Was würdest du tun?"

Er schüttelte den Kopf. „Ich weiß es nicht. Ich meine, in der Theorie ist es eine schöne Sache. Aber was passiert, wenn die Wahrheit ans Licht kommt?"

„Ich weiß. Ich weiß."

„Wirst du ihn wiedersehen?", fragte er.

„Ja, heute Abend."

„Wirst du es ihm sagen?"

Ich hielt inne. „Ich weiß es nicht. Wie würdest du dich fühlen, wenn du vergisst, dass du Victoria kennst, und denkst, du hättest sie gerade erst kennengelernt, und sie dir dann von eurer Beziehung erzählt?"

„Das wäre definitiv eine große Sache, die ich verkraften müsste."

„Was, wenn dieser Emery sich nie in mich verlieben könnte? Was, wenn das erste Mal ein Glücksfall war?"

Er lehnte sich in seinem Stuhl zurück. „Machst du dir darüber wirklich Sorgen?"

„Natürlich tue ich das. Würdest du das nicht auch? Glaubst du denn ohne den geringsten Zweifel, dass Victoria sich in jeder einzelnen Version ihres Lebens in dich verlieben würde?"

Er kniff die Augen zusammen, den Blick auf das Muster der Tischdecke gerichtet. „Ich weiß es wirklich nicht. Was ist, wenn nicht er das Problem ist, sondern du? Bist du immer noch in ihn verliebt oder in die Vorstellung, wie er früher war? Wenn der Unfall ihn verändert hat, weil ihm wichtige Informationen aus den letzten drei Jahren fehlen, würdest du dich dann immer noch in ihn verlieben?"

„Wo sind die beiden? Bei allem, was heilig ist, ich schwöre, die meisten Tage leite ich eine Kindertagesstätte statt eines Haushalts."

Wir drehten uns beide zu unserer Großmutter um, die plötzlich in der Küche aufgetaucht war.

„Ah, os meus netinhos estáo em casa", sagte sie.

Ich stand auf, um sie in eine Umarmung zu ziehen. „Ja, Avó, wir sind da. Bist du fertig mit deinem Rendezvous mit Gott?"

Sie gab mir einen wohlverdienten Klaps auf den Hintern. „Mach dich nicht über meinen Glauben lustig, Neto. Wenn ich nicht für euch alle bete, tut es keiner."

„Hey, Avó, rate mal, was ich für dich gekauft habe", meinte Adam und zeigte auf eine Schachtel, von der ich nicht bemerkt hatte, dass er sie hereingetragen hatte.

Avó rannte praktisch zum Tresen und quiekte, als sie die Schachtel öffnete und ich sah, dass sie vier Bolas de Berlin enthielt, ihre Lieblingskrapfen mit portugiesischer Füllung.

„Leck mich am Arsch", murmelte ich.

Adam streckte mir die Zunge heraus. „Daran hättest du selbst denken müssen."

„Wie auch immer, wo ist denn deine Verlobte, Adam?", fragte Avó.

„Sie hat viel zu tun, deshalb konnte sie nicht kommen. Sie kommt das nächste Mal."

Der Blick, den Avó ihm zuwarf, sagte eine ganze Menge. Obwohl Victoria Adam heiraten wollte, schien sie kein Fami-lienmensch zu sein, was seltsam war, denn ihre Schwester

Ellie schien die Art von Person zu sein, die für ein gutes Familienessen lebte. Dysfunktion und so weiter.

Bislang war Victoria nur an dem Tag, an dem Adam sie der Familie vorgestellt hatte, zu einem Essen bei meinen Eltern erschienen. Sie waren seit ein paar Monaten zusammen gewesen, und er hatte gedacht, es würde ernst werden.

Es stand mir nicht zu, etwas zu sagen, aber ich hatte das Gefühl, dass Adam wusste, wie die Familie dachte. Wir wollten Victoria in der Familie willkommen heißen, aber es war nicht einfach, wenn sie sich von uns und gelegentlich auch von Adam fernhielt.

„Kommt, Jungs, lasst uns den Tisch für das Mittagessen decken, und dann könnt ihr mir helfen, das Buch für den Buchclub dieses Monats auszusuchen", sagte Avó. „Ich bin mit der Auswahl dran, und ich will etwas Skandalöses."

„Muss ich mir danach die Augen waschen?", fragte Adam.

„Wenn ich es mir recht überlege, ist das vielleicht ein besserer Job für Lex."

„Warum?", fragten wir beide.

Sie ging zum Schrank, um Trinkgläser herauszuholen, während ich die Teller holte und Adam das Besteck.

„Weil ich eine pikante schwule Romanze will. Auf der Verlobungsfeier habe ich mit Ellie gesprochen. Sie ist ein Schatz, oder? Feurig. Voller Temperament. Jedenfalls hat sie von einer Buchreihe gesprochen, in der die Jungs in Portugal sind. Sie sind in der Kindheit beste Freunde und dann jahrelang getrennt. Einer geht nach Amerika und kehrt dann nach dem Tod seiner Eltern zurück."

Wir starrten Avó beide an.

„Was?", fragte sie.

„Avó, River liest diese Bücher. Sie sind ziemlich scharf", sagte Adam.

„Je pikanter, desto besser. Ich will, dass die alten Frauen im Club ihren Puls richtig spüren. Das wird wie Cardio."

Ich schnaubte. Da hatte sie nicht unrecht. Die schwulen Liebesromane, die ich bis jetzt gelesen hatte, konnten ziemlich explizit sein. Obwohl der Gedanke, dass meine Großmutter sie lesen könnte, schon sehr seltsam war. Nach Adams Gesichtsausdruck zu urteilen, dachte er das Gleiche.

„Du solltest auch ein paar davon lesen, Adam. Vielleicht lernst du ja was", meinte sie, und ich brach in Gelächter aus.

„Avó!"

„Was? Ich glaube nicht eine Sekunde, dass er noch Jungfrau ist."

„Ich kann Dad nicht finden", erklärte Noah und kam mit zwei Flaschen Rotwein aus der Garage zurück. Zweifellos eine zum Mittagessen und eine als Entschuldigung bei Mom. „Wer ist eine Jungfrau?"

„Niemand ist eine Jungfrau", stöhnte Adam. „Herrgott."

„Nimm den Namen des Herrn nicht missbräuchlich in den Mund, Adam Spencer."

„Tut mir leid, Avó. Ist ja nicht so, dass ich die Bücher nicht gelesen hätte."

Mir fiel fast ein Teller runter. „Tut mir leid, was?"

„Welche Bücher?", fragte Mama und kam in die Küche, gefolgt von Papa, der ein wenig rot im Gesicht war. Nun, sie hatte ihn gefunden, und so wie er aussah, hatte sie ihm entweder wieder eine Standpauke gehalten, oder sie hatten sich versöhnt. Ich vermutete, dass es Letzteres war, und das war kein Gedanke, mit dem ich mich beschäftigen wollte.

„Adam liest Schwulenpornos", sagte Noah.

„Das habe ich nicht gesagt."

„Hat jemand die Erbsen in den Eintopf getan?"

„Nein."

„Muss ich …"

„Musst du hier alles machen?", sagten alle im Chor.

Gott, war das schön, Zuhause zu sein.

„Geht euch vor dem Essen die Hände waschen, während ich mich um die Erbsen kümmere", befahl sie, und wir verließen alle die Küche in Richtung Badezimmer.

„Fühlt es sich manchmal so an, als wären wir noch nicht ausgezogen?", fragte Adam.

„Früher hast du keine Pornos gelesen, also nein, es fühlt sich nicht so an, als wären wir nicht ausgezogen", antwortete Noah.

„Hast du es getan, während ich im Zimmer war?", keuchte ich und eskalierte die Situation.

„Oh, um Himmels Willen …" Er unterbrach sich, bevor Avó ihn fluchen hörte. „River schwärmte von diesem einem Buch, also habe ich es gelesen. Es war ein bisschen seltsam, über zwei Männer zu lesen, aber die Geschichte war gut. Das ist alles."

Noah begegnete meinem Blick, als wir uns die Hände wuschen.

Nachdem Adam gegangen war und gedroht hatte, sich bei Mom zu beschweren, wandte sich Noah an mich.

„Alles in Ordnung mit dir?"

„Ja, warum?"

„Ich wollte nur nachfragen, weißt du. Wegen der ganzen Sache mit Emery."

„Keine Sorge, Adam hat die brüderliche Sorgfaltspflicht bereits erfüllt."

Er nickte. „Du weißt doch, dass ich für dich da bin, oder?"

„Okay, kannst du mir sagen, was ein Mann zu einem Date mit seinem Ex-Freund anziehen sollte, der sich nicht mehr an ihn erinnert? Ist leger gekleidet zu gezwungen? Lässig *leger* nicht gezwungen genug?"

„Kleiner Bruder, du musst den Kerl erneut beeindrucken.“

Ich lachte. „Ja, sehe ich auch so.“

Wir aßen mit der Familie zu Mittag, bevor ich mich entschuldigte und früher ging, während Adam und Noah mich vertraten.

Sobald ich daheim war, duschte ich und suchte mir die Klamotten aus, die ich am Abend tragen wollte. Wenn es nur so einfach wäre, mein Gehirn davon abzuhalten, zu denken, dass Emery nicht auftauchen würde.

11

EMERY

„DU BIST DA."

Ich musste einen Moment verschnaufen. „Ja. Tut mir leid, der Verkehr auf dem Weg in die Stadt war der Wahnsinn, und ich musste ein bisschen weit weg parken, aber ich bin da."

„Ich bin froh, dass du es geschafft hast." Lex lächelte und wippte auf seinen Füßen.

„Dachtest du, ich würde nicht kommen?"

„Nein. Nein! Natürlich nicht."

Ich war mir da nicht sicher, aber ich drängte nicht. Schließlich war ich ja hier.

„Warum sind wir auf einem Friedhof und nicht in Margots Eisdiele? Und muss ich mir Sorgen machen, dass ich es heute Abend nicht mehr nach Hause schaffe?"

Er lachte, und die Anspannung in seinen Schultern löste sich ein wenig. Hatte er sich wirklich Sorgen gemacht, dass ich nicht auftauchen würde? Dann erinnerte ich mich an Ellies Worte, dass Lex' Freund ihn verlassen hatte.

„Keine Margot für dich heute, aber es gibt ein Diner in

der Nähe, das die besten Waffeln macht, also wenn du nach der Tour hungrig bist, können wir dorthin gehen."

„Tour?"

Lex hielt seine Hände hoch, schüttelte sie und machte unheimliche Geräusche.

„Willkommen zur St. George's Geistertour. Muahahaha."

„Geistertour?" Ich sah mir die anderen Leute um uns herum an, und abgesehen von einer Gruppe von Mädchen, die alle *Junggesellinnen-Party-T-Shirts* trugen, schienen alle anderen zu zweit zu sein.

„Sind das alles Paare, die ein Date haben?"

„Ich denke schon."

Ich spürte ein leichtes Kribbeln in meinem Bauch. „Sind *wir* … auf einem Date?"

Lex legte seinen Arm um meine Schulter und zog mich näher heran. Ich war gefährlich nahe daran, den Leuten Dinge zu zeigen, die sie nicht sehen sollten. Dicke, erregte Dinge, denn Lex war mit Abstand der schönste Mann, den ich je kennengelernt hatte, und dazu war er auch noch ziemlich nett. Im Grunde das Kryptonit eines jeden schwulen Mannes.

Als er mir ins Ohr flüsterte, hielt ich den Atem an.

„Ich weiß nicht. Was denkst du? Wir haben stimmungsvolle Beleuchtung und jede Menge Plätze zum Verstecken und Knutschen. Wenn es aussieht und sich anfühlt wie ein Date …"

„Ist es wohl ein Date", beendete ich, und er lächelte. Die Schmetterlinge in meinem Bauch tobten sich aus.

Ein Scheinwerfer leuchtete auf einen Sockel am Eingangstor des Friedhofs, gefolgt von dem verstärkten Klang von etwas, das wie Herzklopfen wirkte.

Alle wandten sich dem Licht zu. Das Geräusch wurde etwas leiser, und dann sprang eine schwarze Katze auf den Sockel.

„Guten Abend, allerseits. Ich bin Damien Blackdye, und ich werde heute Abend euer Führer sein. Bevor wir hineingehen, könnt ihr euch eine Taschenlampe nehmen, damit ihr seht, wo ihr eure Füße hineinstecken müsst."

Hinein? Meint er auf?

Ein Blick zu Lex verriet mir, dass er dasselbe verstanden hatte.

„Es ist eine sprechende Katze", meinte ich.

„Ich bin mir ziemlich sicher, dass sie unecht ist." Er zuckte mit den Schultern. „Es ist eine Fälschung, oder?"

„Heute Nacht ist Vollmond", fuhr Damien fort, „also werdet ihr die Taschenlampe wahrscheinlich nicht brauchen, aber sie ist immer nützlich." Jemand ging mit einer Tasche herum und verteilte Taschenlampen, also nahmen wir eine. „Die Regeln sind einfach: Haltet Ausschau nach Geräuschen und Lichtern. Die Geister lieben es, sich einem Publikum zu zeigen. Aber fasst nichts an. Denkt daran, dass hier Angehörige und Freunde der Menschen begraben sind. Erweist ihnen den Respekt, den sie verdienen. Versucht, nicht wegzulaufen, denn die Führung wird nicht anhalten, um euch zu suchen, sodass ihr selbst zurückfinden müsst. Oh, und viel Spaß."

„Unser Fremdenführer ist eine unheimliche sprechende Katze?", fragte ich und hoffte, einen Menschen hinter den Schatten auftauchen zu sehen.

„Vielleicht ist es eine besessene Katze."

„Oder eine Katzenerscheinung."

„Was glaubst du, was für ein Leben sie geführt hat, um in einem Job zu landen, bei dem sie Menschen auf einem Friedhof herumtreiben muss?" Ich schüttelte mich vor Lachen, was mir einen kurzen Blick von einem älteren Ehepaar einbrachte.

„Glaubst du, sie sind hier, um sich die Immobilien anzuschauen?", fragte Lex und nickte in ihre Richtung.

„O mein Gott, das hast du nicht gerade gesagt."

Wir hielten uns ein wenig zurück und warteten darauf, dass alle der Katze durch das kleine Seitentor auf den Friedhof folgten.

Derselbe Typ, der die Taschenlampen verteilt hatte, stand an der Spitze der Gruppe.

Die Katze hockte auf seiner Schulter.

„Das ist Luzifer, mein Geschäftspartner."

Der Mann bewegte sich nicht, und in der Dunkelheit war es schwer zu erkennen, wer da sprach.

„Wer ist wer?", fragte ich halblaut.

„Ich sage, der Typ ist Luzifer. Ich glaube, er gehört der Katze. Wenn du ihn oft blinzeln siehst, ist das wahrscheinlich ein Hilferuf."

Ich stieß Lex mit dem Ellbogen an, damit er aufhörte. Ich wollte nicht rausgeschmissen werden, bevor die Tour überhaupt begonnen hatte.

Alle folgten Damien, oder Luzifer, als er zwischen einer Reihe von Gräbern hindurchging. Er erzählte ein paar Geschichten über die Menschen, die dort begraben waren, aber keine Geister schlossen sich der Führung an.

Die Junggesellinnen erschreckten sich gegenseitig, denn jedes Mal, wenn eine von ihnen eine andere berührte, sprangen sie alle hoch.

„Ich schätze, ich sollte dich in meiner Nähe behalten", sagte Lex mit leiser Stimme.

„Wegen der Geister?"

„Weil du unsere einzige Taschenlampe in der Hand hältst."

„Ah, natürlich."

Damien-oder-Lucifer blieb in einem kreisförmigen Raum stehen. Alle Gräber lagen in der Mitte, und es war gerade genug Platz für alle, um dort zu stehen.

„Dieses Grab hier sieht nicht wie das Grab von

jemandem aus, der im Leben viel erreicht hat, aber wusstet ihr, dass der Mann, der hier begraben liegt, behauptet, er habe die Glühbirne erfunden?", fragte er.

„Ich dachte, Thomas Edison hat die Glühbirne erfunden", erwiderte der Mann des älteren Paares.

„Jeder weiß, dass Thomas Edison zwar die erste praktische Glühbirne erfunden hat, dass aber einige andere Erfinder den Weg bereitet haben. Tatsächlich haben Alessandro Volta, dem die Erfindung der elektrischen Batterie zugeschrieben wird, Humphrey Davy, James Bowman Lindsay, Warren de la Rue, William Staite und Joseph Swan den Weg geebnet", murmelte ich leise vor mich hin.

Ich spürte, wie meine Wangen warm wurden, als ich sah, wie Lex mich anstarrte. „Tut mir leid. Das ist eine Angewohnheit aus dem Unterricht."

„Es ist niedlich. Ich mag es."

Und ich mochte die Art, wie sein Blick die Hitze in meinem Bauch förderte. Wie lange konnte ich es aushalten, bis ich mir einen Kuss stahl? Ich konnte darüber hinwegsehen, dass wir von toten Menschen umgeben waren und es dunkel war.

„Worüber denkst du nach?", fragte er.

„Nichts."

„Warum wirst du dann rot?" Er fuhr mit einer Hand über meine Wange. „Dein Gesicht ist warm."

Ich schluckte. *Küss mich, verdammt.*

„Es ist ein warmer Abend, und du bist heiß."

Er lachte. „Findest du das wirklich?"

„Ich meinte deine Temperatur. Weil du mir so nahe bist und … Ich halte jetzt die Klappe." Gott, könnte ich noch peinlicher sein?

„Nein, ich glaube, du findest mich heiß."

Jemand in unserer Nähe machte ein leises Geräusch, als Luzifer-oder-Damien erklärte: „John Masterson III. hatte all sein Hab und Gut verkauft, um nach New Jersey zu reisen, wo Thomas Edison sein Labor hatte. Er wollte mit den großen Erfindern zusammenarbeiten und seine Spuren in der Geschichte hinterlassen. Die wenigen verfügbaren Aufzeichnungen sagen nicht viel über den jungen John aus. Seine Familie bestand aus Kaufleuten und verdiente viel Geld mit dem Handel von Teppichen und Polstermöbeln. Einem Tagebuch zufolge, das nach seinem Tod in seinem Haus gefunden wurde, behauptete er, Thomas habe seine Idee für die Glühbirne gestohlen. Nachdem er New Jersey verlassen hatte, gab er den Rest seines Geldes dafür aus, dies zu beweisen. Er starb völlig mittellos."

„Aber ist er ein Geist?", fragte eines der Mädchen des Junggesellinnenabschiedes. „Ich habe noch keine Geister gesehen."

„Halt die Klappe, Tracy. Wir haben uns für die *Vorstellung* von Geistern angemeldet, nicht für die Realität", meinte eine andere.

Ich versuchte, ungerührt zu bleiben, als Lex mit seiner Hand meinen Arm hinunterfuhr, bis seine Finger meine berührten. Gott, er roch so gut. Wenn ich es nicht besser wüsste, würde ich sagen, er roch vertraut, was ein lächerlicher Gedanke war. Auf jeden Fall hoffte ich, dass wir noch viel mehr Zeit an diesem Abend so nah beieinander verbringen würden.

Die Taschenlampe fiel fast auf den Boden, als ich unter der Berührung zitterte, aber er fing sie auf und drückte den kleinen Knopf, um sie auszuschalten.

„Was ..."

„Pst", flüsterte er mir ins Ohr. „Folge mir."

Niemand schien es zu bemerken, als wir langsam ein paar Schritte zurückgingen, bis wir auf einer Weggabelung waren. Lex nahm meine Hand und führte mich weg, bis wir außer Sichtweite der Gruppe waren.

Er schaltete die Taschenlampe ein und richtete sie auf die Gräber.

„Wonach suchst du?", fragte ich.

„Nach wem. Ich bin auf der Suche nach jemandem."

Je länger er suchte, desto weiter entfernten wir uns von der Gruppe, bis wir den Führer und die Leute nicht mehr hören konnten.

„Das ist unheimlich", sagte ich.

Er lachte. „Das soll es auch sein. Es ist ein Friedhof. Ah, hier", meinte er.

Ich folgte dem Licht, bis ich zwei Gräber nebeneinander sah, um die herum die schönsten Pfingstrosen wuchsen. Sie waren alle geschlossen, weil es Nacht war, aber ich konnte die verschiedenen Farben erkennen.

„Das ist wunderschön", sagte ich, und mein Herz blieb mir unerklärlicherweise im Hals stecken. „Wer sind sie?"

Lex zog mich näher zu sich und legte seinen Arm um mich, sodass wir praktisch Nase an Nase standen. „Das sind Vincent und Clara. Claras Lieblingsblume war die Pfingstrose. Ihr Bruder Vincent arbeitete im Botanischen Garten, als dieser 1865 eröffnet wurde. Er war verantwortlich für die heutige Pfingstrosen-Sammlung. Clara starb recht jung und hat die Pfingstrosen ihres Bruders nie blühen sehen. Mit Erlaubnis des Botanischen Gartens nahm Vincent Ableger von seinen Rosen und pflanzte sie hier ein, denn er wusste, dass Clara irgendwann von ihren Lieblingsblumen umgeben sein würde. Er hat nie geheiratet, und als er starb, wurde er neben seiner Schwester begraben."

Ich umarmte Lex. Die Wärme seines Körpers drang zu mir durch. „Das ist eine so schöne Geschichte. Danke, dass du mich hierhergebracht hast. Wusstest du, dass Pfingstrosen meine Lieblingsblumen sind?"

Er nickte. Zumindest glaubte ich, dass ich sein Nicken

an mir gespürt hatte. Es war schwer zu sagen, weil er mich so fest an sich drückte.

Als er sich zurückzog, sah ich ihm in die Augen. Der Mond ließ sie dunkel erscheinen, aber ich konnte eine Emotion in ihnen sehen, die ich nicht lesen konnte.

„Wenn dies ein Date wäre, wie würdest du es auf einer Skala von eins bis fünf bewerten? Eins bedeutet, dass du mich nie wieder sehen willst, und fünf, dass wir uns auf jeden Fall wieder sehen werden und vielleicht …"

Ich biss mir auf die Lippe, um nicht zu stöhnen, als sein Arm meinen Rücken streichelte, von den Schulterblättern bis hinunter zu meinem Steiß. Das war wirklich vielversprechend, und ich wollte unbedingt herausfinden, was eine Fünf bedeutete.

„Ähm, bis jetzt würde ich sagen, eine Drei", sagte ich.

„Drei? Mann, ich muss mich steigern."

„Ich habe keine Geister gesehen", erklärte ich. „Dafür bekommst du einen Punkt abgezogen."

„Aber ich habe dir die Pfingstrosen gezeigt", sagte er und fuhr mit dem Daumen über meine Lippen.

„Na gut. Also eine Vier."

„Ich würde wirklich gern eine Fünf bekommen. Was muss ein Mann tun, um eine Fünf zu bekommen?"

Die Energie um uns herum knisterte. Das könnte der Punkt sein, an dem es kein Zurück mehr gab. Der Moment, auf den ich gewartet hatte, seit ich Lex getroffen hatte. Denn ja, kein Mann, der bei Verstand war, würde sich nicht sofort auf seine Lippen stürzen und sich fragen, wie sie wohl schmeckten.

In den letzten Wochen waren sie der Mittelpunkt vieler meiner Träume gewesen. Sogar unter der Dusche hatte ich mir bei dem Gedanken an sie einen runtergeholt.

„Ich glaube … du weißt schon", brachte ich hervor, meine Stimme war ein leises Flüstern in der Nacht.

„Emery ..." Seine Stimme brach. „Bitte versprich mir, dass du nicht weggehst."

Ich hatte keine Ahnung, wovon er sprach, außer vielleicht von dem, was Ellie über seinen Ex erwähnt hatte, aber es war ein Leichtes, dieses Versprechen zu geben. Ich hatte nicht die Absicht, mich weit von Lex zu entfernen. Je näher ich ihm war, desto besser, und deshalb schlang ich meine Arme fester um ihn.

Seine Lippen trafen auf meine und raubten mir den Atem. Ich sank gegen ihn, und die harten Flächen seines Körpers verwandelten mein Gehirn in einen weichen Brei. Ich wollte mir vorstellen, wie Lex ohne seine Kleidung aussah, aber ich war viel zu vertieft, um einen bewussten Gedanken zu fassen.

Die unverkennbaren Umrisse seiner Erektion drückten gegen meine.

Ich führte meine Hand an seine Wange, vertiefte den Kuss, öffnete mich für ihn und erlaubte ihm, die Vertiefungen meines Mundes zu erkunden. Lex schmeckte nach Lust und Hitze und all den verbotenen Dingen, zu denen ich mich unweigerlich hingezogen fühlte.

Der Kuss hätte Stunden andauern können. Ich konnte es nicht sagen. Vielleicht würden wir sogar auf dem Friedhof eingeschlossen werden. Aber das war mir egal. Ich würde ihn küssen, bis die Sonne aufging.

„Lex", stöhnte ich gegen seine Lippen. Ich brauchte mehr und wusste, dass es hier nicht möglich war.

Als er sich zurückzog, atmete er schwer.

Die Taschenlampe flackerte auf dem Boden und ließ uns beide zusammenzucken. Ich wusste nicht einmal, wann sie heruntergefallen war.

„Das ist wahrscheinlich der Geist von John Masterson dem Dritten, der uns etwas beweisen will", sagte ich. „Du hast dir deine fünf Punkte redlich verdient."

„Oh, Emery." Er küsste mich erneut, ein keuscher Kuss, der sich viel intimer und persönlicher anfühlte als der erste. Seine Finger fuhren durch meine Locken und ließen meine Kopfhaut kribbeln.

„Ich kann deine Sommersprossen sogar im Mondlicht sehen", stellte er fest, als er den Kuss schließlich beendete.

Ich wusste nicht, was ich sagen sollte, außer: *Können wir uns noch mehr küssen? Woanders, wo wir uns ausziehen können?*

Eine Erkenntnis traf mich. Ich war nicht in Panik geraten, als er mich geküsst hatte. Im Gegensatz zu all den anderen Malen, bei denen ich jede Art von Intimität oder auch nur die Nähe eines anderen Mannes vermieden hatte, weil ich Angst hatte, nicht geheilt zu sein, war es dieses Mal anders gewesen.

Ich brauchte mich nicht geheilt zu fühlen, um mich von Lex gewollt zu fühlen.

Mein romantisches Herz warnte mich, dass dies alle Anzeichen für die Liebesgeschichte meines Lebens oder für ein gebrochenes Herz aufwies, aber sich darüber Gedanken zu machen, was es sein würde, war etwas für den Emery von morgen.

Der heutige Emery würde Lex weiter küssen, bis es Zeit für Waffeln war.

12

LEX

DIE ZUSAMMENARBEIT mit meinen Brüdern bedeutete, dass zu jeder Zeit einer oder beide wie eine kleine Elefantenherde in mein Büro stürmten.

Wie meine Mutter es immer beschrieb, machte ich die Bilder, Adam die Worte und Noah den Small Talk.

Offensichtlich hatte ich als einer der Grafikdesigner und Art Director unserer Agentur keinen Bedarf an Platz oder Privatsphäre, und ich hatte irgendwie mehr Zeit als die beiden.

Adam war einer unserer Werbetexter und auch der Creative Director. Man sah ihn oft durch die Glasfenster seines Büros auf und ab gehen und mit sich selbst reden. Er sagte, er fände die Worte besser, wenn er sie laufen ließe, was immer das auch heißen mochte. Die einzige Person, die ihn unterbrechen durfte, wenn er so war, war River, der sich immer gern dazu hinreißen ließ, ihm zu helfen.

Noah war der Leiter der Buchhaltung. Der Mann für Geld und Netzwerke. Dank ihm hatten wir einige der begehrtesten Kunden in der Stadt an Land gezogen und an einigen wirklich interessanten Projekten gearbeitet. Wenn es einen Mann gab, der vom unaufdringlichen Flirten leben konnte, dann war das mein Bruder.

Meine Aufgabe war es, die gesamte Gestaltung für unsere Kunden zu übernehmen, sodass ich keine Ruhe brauchte, um mir Worte einfallen zu lassen. In der Tat lief im Hintergrund meist das Radio. Ich musste auch nicht ständig unterwegs sein und mit Leuten reden wie Noah. Was irgendwie bedeutete, dass ich Freiwild war.

Aber es gab Tage, an denen es sich auszahlte, der Laufbursche zu sein, so wie heute.

Ich parkte an Emerys Schule, gerade als die Glocke das Ende des Tages ankündigte. Ich war zu früh, aber das war mir egal. Ich stieg aus dem Auto und lehnte mich gegen die Tür, um meine Umgebung in Augenschein zu nehmen.

Emerys alte Schule war ähnlich aufgebaut gewesen, sodass das Treiben nach dem Unterricht vom Parkplatz aus gut zu sehen war. Das Gedränge der Kinder, die zu ihren Eltern rannten. Die besten Freunde, die sich an den Händen hielten und sich immer umarmten, bevor sie getrennte Wege gingen. Die Körpersprache der Eltern, die viele Geschichten über das Drama in der Schule erzählten.

In der Schule wurden so viele lebenslange Erinnerungen geschaffen. Ich hatte das Privileg, meinen Bruder und River während der ganzen Zeit an meiner Seite gehabt zu haben. Es gab viele Erinnerungen, die ich für immer in Ehren halten würde, und ein paar, die ich lieber vergessen würde.

Ich hörte ein Klingeln aus dem Auto, also streckte ich meinen Arm durch das Fenster und nahm mein Handy aus der Halterung.

EMERY

Du weißt, dass ich erst in einer Stunde
Schluss habe.

Ich lächelte bei der Vorstellung, wie Emery aus dem Fenster in seinem Klassenzimmer sah und mich erblickte, während ich am Auto wartete.

LEX

Ich habe vorhin den Eistruck vorbeifahren hören. Die Kinder werden schneller draußen sein, als du Eiscreme sagen kannst.

EMERY

Wenn du mir eins besorgst, werde ich beim Aufräumen nicht so pflichtbewusst sein.

LEX

Geht nicht. Ich habe einen kleinen Becher mit einer bestimmten Eissorte von einer bestimmten Eisdiele, die die neue Lieblingssorte einer bestimmten Person ist.

EMERY

Verdammt sollst du sein. Schon auf dem Weg!!!

Ich lachte, und einen Moment lang fühlte ich mich wie der alte Lex. Derjenige, der am Schultor stand und darauf wartete, dass sein Freund herauskam, damit sie am Fluss spazieren gehen konnten, ein Date hatten oder einfach nur einkaufen gingen, gefolgt von einem gemütlichen Abend, an dem sie Eis aßen und Filme schauten.

Ein paar Minuten später marschierte Emery die Stufen zum Schultor hinunter. Ein paar Eltern hielten ihn an, um mit ihm zu plaudern, und jedes Mal schaute er mich an und lächelte entschuldigend, obwohl er ihnen seine volle Aufmerksamkeit schenkte.

„Weißt du", sagte ich, „ich dachte, ich müsste kommen und dich mit Gewalt mitnehmen."

Er lachte. „Ein Glück, dass Ellie bereit war, mich zu

decken. Obwohl ich gestehen muss, dass mir ein mit meinem neuen Lieblingseis bewaffneter Kidnapper lieber wäre."

„Gut zu wissen." Ich streckte meine Hand aus, und er nahm sie. Ich zog ihn an der Hand, bis er nahe genug war, um sein Eau de Toilette zu riechen, aber in einem Abstand, der für eine Grundschule angemessen war. „Komm, lass uns irgendwohin gehen, wo ich dich küssen kann. Es ist jetzt zweiundsiebzig Stunden her, und ich habe Entzugserscheinungen."

Eine wunderbare Röte kroch über sein Gesicht und betonte seine Sommersprossen. Gott, wie ich seine Sommersprossen liebte.

„Wohin fahren wir? Deine Nachricht vorhin war ein wenig kryptisch."

Er spielte mit seinem Haar, und ich wünschte mir nichts sehnlicher, als die verbleibende Distanz zwischen uns zu überwinden, seine Hände durch meine zu ersetzen und ihn besinnungslos zu küssen.

„Warst du schon mal im Van-Stern-Glasmalereimuseum?"

„Nein, aber das klingt super interessant. Fahren wir dahin?"

Ich nickte und öffnete dann die Beifahrertür meines Wagens, wo auf dem Sitz eine Kühltasche lag, damit Emerys Eis nicht schmolz.

Er hüpfte auf seinen Zehen. „O mein Gott, du hast nicht gelogen!"

„Ich lüge nie, wenn es um Eiscreme geht", erwiderte ich und schob die hässliche Stimme in meinem Kopf beiseite, die rief: *„Aber du lügst bei allem anderen."*

Ich ging zum Fahrersitz hinüber. Emery hüpfte förmlich, als er seinen Sicherheitsgurt schloss.

„Wie weit ist das Museum entfernt? Ich weiß nicht, ob

ich es abwarten kann, das Eis zu essen", sagte er und spielte mit dem Reißverschluss der Tasche.

Ich lachte. „Es ist dreißig Minuten außerhalb der Stadt. Du kannst das Eis im Auto essen. Sonst könnte es schmelzen."

Niemand könnte glücklicher aussehen als Emery bei der Aussicht, sein Eis gleich essen zu dürfen. Als ich von der Schule wegfuhr, zog er das Eis aus der Tasche und nahm den Deckel ab.

„Ich möchte sagen, dass ich es mit dir teilen werde, aber ich bin mir noch nicht sicher, ob ich dich genug mag, um ein solches Opfer zu bringen", erklärte er und schnitt die Kugel mit dem Löffel durch.

„Noch nicht, hm? Es besteht also noch Hoffnung, dass du mich irgendwann mehr magst als Eiscreme."

Er stöhnte. „O mein Gott, das ist ja noch besser, als ich es in Erinnerung hatte. Ja, du hast noch viel aufzuholen."

„Ich bin bereit für die Herausforderung."

„Gut zu wissen", sagte er und wiederholte meine Worte.

Die belebten Straßen der Stadt wichen einer ruhigeren Landschaft. Die Stadt war zwar keine riesige Metropole, aber ich liebte es immer, aufs Land zu fahren, was nicht so oft vorkam, wie ich wollte.

Ein weiterer Grund, warum es eine gute Idee gewesen war, den Platz meines Bruders für dieses Treffen einzunehmen, als er gesagt hatte, dass er versehentlich zwei Termine eingetragen hatte.

„Oh, hier gehts zu mir nach Hause." Emery zeigte auf eine Kreuzung, an der wir vorbeikamen. „Es sind noch dreißig Minuten in diese Richtung."

Es kostete mich alles, nicht zu reagieren, aber ich musste mehr wissen.

„Erzähl mir mehr. Lebst du allein?", fragte ich.

„Nein, ich lebe bei meinen Eltern."

„Seit dem Unfall?“

„Nein … ich weiß es nicht.“

Er legte den Deckel auf die leere Packung, steckte sie in die Tasche und stellte sie in den Fußraum zwischen seine Füße.

Ich nahm meinen Blick von der Straße und sah ihn kurz an. Er starrte geradeaus.

„Du erinnerst dich nicht?“

Er holte tief Luft. „Ich erinnere mich, wie ich nach dem College nach Hause kam. Meine Eltern sind … sehr fürsorglich, und so kam ich nach dem College zurück, in der Hoffnung, einen Job als Lehrer zu bekommen. Nach dem Unfall wohne ich immer noch bei meinen Eltern.“

„Was meinst du mit *immer noch*?“

Aus den Augenwinkeln sah ich, wie er zusammenzuckte.

„Ich dachte immer, wenn sie sich daran gewöhnt hätten, dass ich erwachsen bin und einen Job habe, würden sie akzeptieren, dass ich irgendwann ausziehe und mir eine eigene Wohnung suche. Irgendetwas in meinem Bauch sagt mir, dass ich das getan habe, aber ich habe diese Erinnerungen verloren. Außerdem …“

Ich legte meine Hand auf sein Bein. Er strahlte Anspannung und Stress aus. So sehr ich auch alles über die Teile wissen wollte, die mir fehlten, so sehr merkte ich, dass sie ihm auch fehlten. Wir waren wie zwei Menschen, die an demselben Puzzle arbeiteten, nur dass einer von uns nicht wusste, dass der andere auch daran tätig war.

„Ich weiß nicht, wie es sich anfühlt, in deinen Schuhen zu stecken, Emery. Ich hoffe, du wirst dich eines Tages an alles erinnern.“

„Ich fange an zu glauben, dass diese Erinnerungen verloren sind, aber auch, dass ich vielleicht nicht alle Antworten in meinem Kopf finden muss“, meinte er und klang resigniert.

„Was meinst du? Mit den Antworten."

„Unser Gärtner, Mr. Kowalski, sagte etwas zu mir an dem Tag, an dem ich mit Ellie zur Verlobungsfeier deines Bruders gehen sollte. Er sagte, dass ich immer in der Stadt leben wollte, als ich jünger gewesen war, was auch stimmt. Meine Eltern verabscheuen die Stadt. Sie sagen, sie sei schmutzig und niederklassig. Dann sagte er, dass ich jetzt, wo ich meinen Job dort habe, wahrscheinlich zurückgehen möchte." Er rieb sich die Hände an den Oberschenkeln, und ich hielt eine fest und drückte sie.

Er fuhr fort: „Wenn ich zurückgehen möchte, bedeutet das, dass ich dort gelebt habe, oder? Das Problem ist, dass ich in meinen Sachen keine Beweise dafür finden kann, dass ich jemals woanders als in meinem Elternhaus gelebt habe. All meine College-Bücher sind dort, meine Kleidung. Das ergibt keinen Sinn."

Wir waren nur ein paar Meilen vom Museum entfernt, also wusste ich, dass unser Gespräch bald enden würde.

„Hast du deine Eltern gefragt?"

Er antwortete nicht, aber ich sah, wie er den Kopf schüttelte.

Ich sprach das Thema nicht weiter an, da wir auf den Parkplatz des Museums fuhren.

Es waren nicht viele Autos da, wahrscheinlich, weil der Tag schon fast zu Ende war. Ich suchte mir einen Platz, auf dem das Auto nicht direkt vor dem Gebäude stand, und sobald ich den Wagen in die Parkstellung gebracht hatte, drehte ich mich zu Emery um.

„Ich werde dich jetzt küssen, denn ich kann keine Sekunde länger warten", sagte Emery.

Er legte seinen Arm um meine Schultern, und mit seiner Hand in meinem Nacken führte er meinen Mund auf den seinen. Ich sank in ihn hinein und überließ ihm das Kommando über den Kuss.

Ich begegnete seiner Zunge, gab ihr neckische Zungenschläge mit meiner eigenen, aber ich ließ ihn den Kuss führen und alles nehmen, was er brauchte.

Wie war es möglich, dass der Kuss mit Emery sich gleichzeitig vertraut und neu anfühlte?

Als wir uns trennten, waren Emerys Lippen geschwollen und seine Augenlider schwer vor Lust. Gott, ich *kannte* dieses Gesicht. In der Vergangenheit hätte ich gewusst, was ich mit diesem Gesicht machen sollte.

Aber jetzt? Ich musste hoffen, dass ich nichts sagte oder tat, was ihn abschreckte. Ich konnte es mir nicht leisten, ihn wieder zu verlieren, obwohl er mir eigentlich nicht gehörte.

„Wow", sagte er. „Dich zu küssen ist … verdammt. Wir sollten aus dem Auto aussteigen, bevor ich etwas wirklich Unangemessenes tue."

Ich lachte. „Merk dir den Gedanken." Dann küsste ich ihn sanft, bevor ich die Autotür öffnete.

Das Museum sah aus, als wäre es früher einmal ein großes Familienhaus gewesen. Ein Haus, wie man es in den Südstaaten finden konnte. Eine Treppe führte zu einer umlaufenden Veranda mit einer Reihe von Doppeltüren mit Fenstern auf beiden Seiten. Es überraschte nicht, dass sie vollständig aus Buntglas bestanden.

„Das ist wunderschön, Lex", meinte Emery, als wir die Treppe hinaufgingen.

Da wurde mir klar, dass ich ihm nicht genau gesagt hatte, warum wir hier waren.

„Ich muss dir etwas gestehen", sagte ich.

„Im Kofferraum ist noch mehr Eiscreme?"

Ich lachte über die Art, wie er mit den Augenbrauen wackelte.

„Leider nicht. Das ist sowohl ein Arbeits- als auch ein Vergnügungsbesuch. Mein Bruder Noah hatte ein Treffen mit dem Besitzer des Museums wegen eines Projekts, für das sie uns in Betracht ziehen. Er konnte nicht kommen, also hat er Adam gefragt, aber Victoria hat auch noch ein paar Hochzeitslocations für sie arrangiert, und so habe ich als Außenseiter den Auftrag bekommen."

„Es muss toll sein, Geschwister zu haben", meinte Emery mit einem Anflug von spielerischem Sarkasmus.

„Heute ist es das. Wenn es dir recht ist, lasse ich dich das Museum erkunden, während ich die Besprechung abhalte, aber danach sind wir zu einer Vorführung der Glasmalerei eingeladen. Ich glaube nicht, dass sie Eiscreme anbieten, aber Snacks sind inbegriffen."

Emery zwinkerte. „Du hattest mich schon bei Snacks. Geh du voran."

Ich verlor Emery bei den Glasmalereien im Nebenraum der Lobby aus den Augen, sobald wir eintraten, also ging ich zum Empfangstresen.

„Hi, ich bin Alexis Spencer von der Spencer Brothers Agency. Ich habe einen Termin mit Mr. Van Stern."

„Natürlich, wenn Sie mir folgen wollen, bitte", sagte der Mann hinter dem Schreibtisch.

„Ist es in Ordnung, wenn mein Freund hier herumspaziert? Wir sind für die Vorführung nach der Besprechung vorgesehen", erklärte ich. Ich hatte mich vorher erkundigt, aber ich wollte sichergehen, dass Emery keinen Ärger bekam, wenn er sich im Museum herumtrieb, da es wahrscheinlich in den nächsten dreißig Minuten schließen würde.

„Natürlich, Sir. Wir werden dafür sorgen, dass er sich nicht verirrt. Hier gibt es eine Menge Fenster. Nach einer Weile sehen sie alle gleich aus."

Der Mann musste in den Siebzigern sein, und ich mochte seinen Sinn für Humor. Er führte mich einen Gang entlang, der auf beiden Seiten geschlossene Türen hatte, bis wir zu einer Tür am Ende kamen.

Er öffnete die Tür. „Mr. Van Stern, Mr. Spencer ist hier."

„Danke, Charlie", antwortete der Mann, der am Fenster hinter dem Schreibtisch stand, und Charlie nickte und ließ mich mit dem Museumsbesitzer allein.

„Guten Tag, Mr. Van Stern." Ich betrat das geräumige Büro und streckte meine Hand aus.

Jemand, der alt und steif war und vielleicht eine Tweedjacke trug. So hatte ich mir den Besitzer eines Glasmalereimuseums in meinem Kopf vorgestellt.

Stattdessen sah ich einen großen Mann mit dunklen Augen, einem Bart, der dunkel und ein wenig grau war, und sorgfältig gestyltes Haar. Ein Mann, der einen Anzug füllte, als könnte er überall das Sagen haben. Lior Van Stern war definitiv nicht das, was ich erwartet hatte.

Wenn ich raten müsste, würde ich ihn auf Ende vierzig schätzen.

„Bitte nennen Sie mich Lior", sagte er, schüttelte meine Hand und deutete auf den Stuhl vor seinem Schreibtisch, während er den Stuhl mit der über die Rückenlehne drapierten Anzugjacke nahm. „Ich nehme an, dass sich alle um Ihren Besuch gekümmert haben."

„Ja, alle haben sich sehr gut um die Vorbereitungen gekümmert. Sie haben mich und einen Freund für die Vorführung Ihrer Glasmalerei eingeplant. Ich entschuldige mich für die Abwesenheit meines Bruders. Leider war er heute doppelt gebucht."

Und ich wollte ihn umbringen, denn Lior war freundlich, aber auch ein wenig einschüchternd. Deshalb überließen wir diesen Teil der Arbeit Noah. Er wusste, wie er mit fast jedem umzugehen hatte.

„Das kommt vor. Ich bin froh, dass Sie die Vorführung erleben können. Ich habe hart dafür gekämpft, dieses Projekt zum Leben zu erwecken, und deshalb ist es für mich so wichtig, dass wir es ins Rampenlicht rücken. Hoffentlich können wir die Workshops und Kurse bald auf den Weg bringen."

Lior strahlte Zuversicht und altes Geld aus. Ich würde ihn nie in das Umfeld von Familien und Kunststudenten einordnen, aber die Art und Weise, wie seine Augen aufleuchteten, als er über sein leidenschaftliches Projekt sprach, obwohl er zu versuchen schien, eine professionelle emotionale Distanz darzustellen, war bezeichnend. Dies war ihm auf einer persönlichen Ebene wichtig.

„Erzählen Sie mir etwas über die Geschichte des Museums, das ich nicht über eine Google-Suche oder Ihre öffentliche Website finden kann."

Seine Lippen waren zu einer geraden Linie verzogen, und zum zweiten Mal seit meiner Ankunft blickte er auf seinen Computerbildschirm. Dann griff er darunter und drückte eine Taste.

„Lassen Sie mich Ihnen eine persönliche Führung geben."

„Ich gehöre ganz Ihnen", erwiderte ich und folgte ihm, als er aufstand.

Ich hörte ein kaum merkliches Lachen.

Lior Van Stern war definitiv ein rätselhafter Mann, aber so sehr ich auch darauf erpicht war, von ihm alles über das Museum zu erfahren – schließlich war ich beruflich hier –, so sehr konnte ich meine Gedanken nicht von dem anderen Mann abwenden, der allein im Gebäude herumlief.

13

___

EMERY

Überall, wohin ich mich drehte, gab es Licht und Farben. Es war magisch.

Da die Sonne tiefer am Himmel stand, wirkten die Farben irgendwie noch intensiver. Jedes Fenster, jede Tafel und jede Tür erzählten eine Geschichte. Einige Räume hatten ein bestimmtes Thema, während andere wie eine eklektische Mischung aus allem aussahen, was den kreativen Saft des Künstlers zum Fließen brachte.

Ich hatte die Informationstafeln gelesen und erfahren, dass alle Glasmalereien Herrn Georg Van Stern gehörten. Er musste Jahre gebraucht haben, um alles herzustellen. War er der Mann, den Lex traf?

Lex hatte mir ein wenig über seine Arbeit mit seinen Brüdern in der Agentur erzählt. Es kam mir seltsam vor, dass er derjenige war, der anstelle von Noah kam, aber ich wollte mich nicht über einen kostenlosen Besuch an diesem Ort und die anschließende Vorführung beschweren.

Dies war ein weiterer der vielen Orte in der Nähe meines Elternhauses, von deren Existenz ich nichts gewusst hatte.

Warum war mir nie aufgefallen, dass meine Eltern mich in meiner Kindheit so isoliert von der Welt um uns herum erzogen hatten?

Meine Lebenserinnerungen schienen sich aus einer Liste von Erfahrungen zusammenzusetzen, die für jemanden geeignet waren, der das Livingston-Erbe trug.

Ich trug es mit mir herum wie eine beschwerte Decke bei hundert Grad Celsius. Sie war schwer, zu heiß und ließ mich kurzatmig werden.

Nachdem ich Hunderte von Fotos gemacht und mich nach der Möglichkeit eines Schulausflugs ins Museum erkundigt hatte, trat ich aus dem Museum hinaus in den Garten.

Selbst dort hörten die Glasmalerei-Kreationen nicht auf. Statuen aus Eisen und Glas schmückten jede Ecke.

Ich entdeckte einen Bogen mit einer Bank darunter. Das Farbenspiel, das sich auf dem Kiesweg spiegelte, war atemberaubend, obwohl ich mich fragte, ob all das Glas, das zu bestimmten Tageszeiten die Sonne auf das Gras in der Nähe reflektierte, eine Brandgefahr darstellte.

Ich hatte mich gerade hingesetzt, als mein Handy zu klingeln begann. Es war die Nummer der Praxis meines Therapeuten.

„Hallo?"

„Hallo, Emery, hier ist Dr. Solani. Eine Patientin hat eine Sitzung abgesagt, also bin ich ein paar Fälle durchgegangen, darunter auch Ihren. Ich dachte, ich rufe Sie an, um zu sehen, wie es Ihnen geht."

„Oh, danke, das weiß ich zu schätzen. Ich wollte eigentlich schon anrufen, um meine nächste Sitzung vorzuverlegen."

„Hat sich an Ihrer Situation etwas geändert?" Er klang hoffnungsvoll. Meine Eltern hatten darauf bestanden, dass Dr. Solani mir nach dem Unfall helfen sollte. Sie hatten gehofft, dass er mich in die von ihnen gewünschte Richtung lenken würde, aber zum Glück war er ein echter Profi, und ich genoss unsere Sitzungen. Sie waren zwar anstrengend, aber ich hatte immer etwas, woran ich arbeiten oder worauf ich mich konzentrieren konnte, und ich hatte das Gefühl, dass ich Fortschritte machte.

„Ähm, ja, das kann man wohl sagen." Ich hielt einen Moment inne, um zu überlegen, wie ich alles erklären sollte, was in letzter Zeit passiert war. „Kurz gesagt, ich hatte eine Rückblende, aber ich kann nicht entziffern, was sie bedeutet oder ob sie überhaupt real ist. Dann habe ich jemanden kennengelernt, einen Typen, zu dem ich mich unglaublich hingezogen fühle und der die magische Kraft hat, dass ich mich bei ihm wohler fühle als bei jedem anderen. Aber es ist auch noch zu früh in einer Beziehung, um solche Gefühle zu haben, also bin ich größtenteils einfach verwirrt und versuche, damit klarzukommen. Oh, und ich glaube, meine Eltern haben mich darüber belogen, wo ich vor dem Unfall gewohnt habe."

Auf der anderen Seite herrschte Schweigen. Ich konnte mir nur vorstellen, dass Dr. Solani seine üblichen Notizen machte oder wahrscheinlich über die Menge an Informationen staunte, die ich ihm in nur wenigen Sätzen zugeworfen hatte.

„Ich bin froh, dass ich angerufen habe. Es scheint, als gäbe es hier eine Menge zu bereden. Wollen Sie eine Sitzung buchen? Ich könnte Ihnen diese Woche einen Termin geben."

„Ja, bitte. Das wäre großartig."

„Okay, meine Assistentin wird Ihnen nach diesem Anruf meine Verfügbarkeit mitteilen. Gibt es irgendetwas, das Sie jetzt besprechen oder mich fragen möchten?"

„Ja. Es geht um den Mann, mit dem ich mich treffe." Ich

erzählte Dr. Solani, wie ich Lex auf dem Bauernmarkt kennengelernt hatte und von unseren beiden Dates danach. „Ich fühle mich auf unerklärliche Weise zu ihm hingezogen. Nicht nur in dem Sinne, dass ich ihn heiß finde. Ich meine, das tue ich, aber –"

Ich hob meine Hand, um mein Gesicht zu berühren. Meine Wangen brannten. War es seltsam, mit seinem Therapeuten darüber zu reden? „Ich habe das Gefühl, dass da noch mehr ist. Die Art von Gefühlen, die so stark und tief sind, dass sie einen verändern könnten. Wissen Sie noch, wie Sie vorgeschlagen haben, dass ich mich auf die Dinge stützen soll, die mir ein gutes Gefühl geben, und versuchen soll, sie nicht zu hinterfragen? Das versuche ich bei Lex auch, aber ich habe Angst."

„Ich verstehe das. Glauben Sie, wenn Sie Lex vor dem Unfall kennengelernt hätten, würden Sie sich immer noch auf dieselbe Weise zu ihm hingezogen fühlen?"

„Ja", antwortete ich mit Bestimmtheit. „Ich kann mich vielleicht nicht mehr daran erinnern, was in den letzten drei Jahren passiert ist, aber ich weiß, dass ich mich immer zu ihm hingezogen gefühlt hätte."

„Vielleicht ist er das Bindeglied zwischen dem früheren Emery und dem jetzigen Emery."

Ich dachte einen Moment lang darüber nach. „Wenn ich weiß, dass ich mich früher zu ihm hingezogen gefühlt hätte, dann ist alles, was dazwischen passiert ist, egal, weil ich immer noch dieselbe Person bin …"

„Klingt nach einer Erkenntnis. Wie fühlen Sie sich dabei?"

Ich lächelte vor mich hin, meine Augen folgten den farbigen Mustern der Glasspiegelung auf dem Kies. „Ich … ich glaube, ich mag das."

„Gut. Ich möchte, dass Sie sich auf dieses Gefühl konzentrieren, bis wir uns wiedersehen, und nicht nur, wenn es um

Lex geht. Schauen Sie, ob Sie es in anderen Bereichen Ihres Lebens nutzen können. Wir können bei der nächsten Sitzung darüber sprechen."

„Danke, Dr. Solani."

„War mir ein Vergnügen. Wir sprechen uns bald wieder, Emery."

Kurz nach dem Ende des Gesprächs erhielt ich eine E-Mail von Dr. Solanis Assistentin mit ihren freien Terminen. Leider konnte ich keinen der Termine wahrnehmen, weil ich arbeitete, also bat ich um einen Termin in der folgenden Woche.

Während ich wartete, dachte ich über seine Worte nach. In der Nähe von Lex fühlte ich mich geborgen, als ob ich hierher gehörte. Ich sehnte mich danach, ihn zu sehen. Wir hatten so viele Stunden zusammen verbracht, wie man an den Fingern beider Hände abzählen konnte, aber es hatte keine unangenehmen Momente gegeben.

Lex versuchte, mich kennenzulernen, und er hörte mir wirklich zu. Er hat keine Urteile gefällt oder Lösungen für meine Amnesie angeboten. Er akzeptierte, dass ich so war, wie ich war.

Aber es war zu früh, oder? Gott, wir hatten noch nicht einmal mehr getan, als uns zu küssen.

Aber es waren die besten Küsse meines ganzen Lebens gewesen.

Heiß, bedürftig, seelenverzehrend. Wie wäre es, mit Lex weiterzugehen? Seit meinem Unfall hatte ich das Gefühl, dass ich nicht bereit war, mit jemandem Sex zu haben. Ich konnte nicht einmal erklären, warum. Ich fühlte mich einfach nicht wie ich selbst.

Was wäre, wenn ich feststellen würde, dass ich weder oben noch unten sein wollte oder schlecht blasen konnte? Es hörte sich dumm an, sogar während ich es dachte. Es gab keinen schlechten Sex, wenn er mit einem Orgasmus endete, aber es gab verschiedene Stufen der Intimität.

Was auch immer diese Verbindung mit Lex war, ich wollte mich nicht davon abhalten, sie zu genießen. Ich brauchte nur einen Plan.

Ich drehte mich auf der Bank um, als ich Schritte auf dem Schotter hörte.

„Hey, bist du fertig?", fragte ich Lex, als er auf mich zukam.

„Bin ich."

„Wie ist es gelaufen?"

Er setzte sich neben mich, lehnte sich auf der Bank zurück und zog mich an sich. „Es war wirklich interessant. Wir haben ein großes Projekt vor uns, aber das Treffen war viel zu lang. Ich wollte die Gelegenheit haben, mit dir das Museum zu erkunden."

„Ich habe ungefähr eine Million Fotos gemacht, die ich dir später zeigen kann."

„Das würde mir gefallen", meinte er und lächelte. „Wie wäre es, wenn wir uns der Vorführung anschließen? Sie beginnt in fünf Minuten."

Wir gingen zurück ins Museum und entdeckten eine Gruppe, die sich an der Rezeption versammelt hatte. Jemand hatte einen Wagen mit frischem Kaffee und Gebäck vorbeigebracht, und wir bedienten uns.

„Eiscreme und Gebäck? Es geht doch nichts über eine ausgewogene Ernährung", scherzte ich.

„Ich werde dich zum Abendessen zu einer Salatbar einladen", sagte Lex.

Ich schnaubte. „Wenn du mich nach dem heutigen Tag wiedersehen willst, wirst du …"

„Guten Tag, meine Damen und Herren. Wenn Sie zur Glasmalereivorführung mitkommen möchten, schließen Sie sich bitte mir an."

„Noch mal gerettet", flüsterte ich Lex zu.

„Vielleicht beende ich diesen Gedanken für dich", sagte er, legte seinen Arm um meinen Rücken und seine Hand auf meine Taille. Sie war warm und beschützend. Das gefiel mir. „Wenn ich dich nach dem heutigen Tag wiedersehen will, werde ich sicherstellen, dass ich dich besinnungslos küsse, wenn ich dich zu deinem Auto zurückbringe, und einen Weg finden, deinen Terminkalender für mehr als ein paar Stunden freizuräumen, damit wir all die Dinge tun können, von denen ich seit dem Tag unserer Begegnung geträumt habe."

Mein Kopf drohte bei der plötzlichen Hitzewelle zu explodieren. Sogar meine Locken fühlten sich fest zusammengerollt an.

Ich hörte kaum zu, als der Mann mit seiner Einführung fortfuhr. „Die Herstellung von Glasmalereien ist ein Prozess, der Wochen dauern kann. Heute werden wir jeden einzelnen Schritt dieses Prozesses demonstrieren, und Sie können sich auch selbst daran versuchen. Dies ist kein Verkaufsgespräch, aber wir werden bald einige Kurse zur Herstellung von Glasmalerei anbieten. Wenn Sie daran interessiert sind, finden Sie Informationen dazu am Ende."

Wir folgten ihm, als er uns verschiedene farbige Gläser zeigte und welches für die gewünschten Effekte zu verwenden war. Die Person am Schneidetisch zeigte uns, wie man mit dem Glasschneider und einer speziellen Zange das Motiv auf das Glas zeichnen konnte.

„Das ist so interessant. Wenn ich genug Zeit hätte, würde ich den Kurs auf jeden Fall machen. Kannst du dir vorstellen, was für schöne Dinge man damit herstellen kann?"

„Ja, und ich glaube, du wärst großartig darin", erwiderte Lex.

Ich lachte. „Du hast noch nicht gesehen, wie gut ich zeichnen kann."

Er lächelte und drückte mir einen Kuss auf die Stirn. „Du kannst alles schaffen, was du dir vornimmst, Emery."

Gott, ich wünschte, das wäre wahr, denn wenn es so wäre, hätte ich meine Eltern schon mit dem konfrontiert, was Mr. Kowalski gesagt hatte.

Lex nahm meine Hand, während wir die Demonstration beobachteten. Einige der anderen in der Gruppe waren ganz aufgeregt, weil sie die Werkzeuge selbst ausprobieren wollten, aber ich schaute gern zu, und so zogen wir bis zum Ende der Vorführung mit den anderen mit.

Als alle aus dem Museum strömten, blieben Lex und ich zurück, bis ein großer Mann im Anzug in den Empfangsbereich kam.

„Lior, die Vorführung war erstaunlich. Ich habe schon ein paar Ideen, die ich mit meinen Brüdern besprechen möchte. Das ist übrigens Emery. Danke, dass er auch mitmachen durfte. Wir werden uns nächste Woche bei Ihnen melden", sagte Lex zu dem Mann.

„Danke, Lex. Ich freue mich schon darauf. Und schön, Sie kennenzulernen, Emery. Sie können gern jederzeit wieder ins Museum kommen."

Lior schüttelte erst Lex und dann mir die Hand, bevor er uns zur Tür führte.

„*Das* war der Kerl, mit dem du dein Treffen hattest?", fragte ich.

„Ja, warum?"

„Nichts, er ist nur sehr …"

Lex lachte. „Nicht spießig?"

„Ja … aber auch …"

„Umwerfend?"

Ich hob eine Braue. „Sollte ich mir Sorgen machen, dass du auf ältere Männer stehst?"

Lex begleitete mich zum Autos. „Es scheint, dass wir

jedes Mal, wenn wir uns sehen, in irgendeiner Art von Gruppenaktivität enden."

„Du hast meine Frage nicht beantwortet."

„Wegen Lior? Er ist nicht mein Typ."

„Gut zu wissen."

Ich lehnte mich gegen die Autotür, hakte meine Finger in Lex' Gürtelschlaufen ein und zog ihn zu mir, bis er mich gegen das Auto drückte.

Er fuhr mit seiner Nase an meinem Hals auf und ab, atmete tief ein und stöhnte meinen Namen.

„Ich habe eine Idee, wie wir etwas tun können, für das wir niemanden sonst brauchen."

„Ich bin ganz Ohr", sagte er und zog mit seinen Zähnen an meinem Ohrläppchen.

„Ähm ... wie wäre es mit ..." *Was soll ich denn vorschlagen?* Ich konnte nicht denken, während er sich so an mich drückte, vor allem, als ich die Umrisse seines Schwanzes an meinem spürte. Mein Hintern krampfte sich zusammen und verriet mir, dass er Emerys Schwanz sehr gern aus der Nähe betrachten würde.

„Wie wäre es mit ...?"

„Bist du nervös?"

„O ja. Verdammt, du machst mich wahnsinnig. Ich kann nicht mehr denken", meinte ich.

„Gut."

Ich atmete lange und tief ein. „Wie wäre es, wenn wir nächstes Wochenende campen gehen? Ich kenne einen Platz, an dem ich früher jedes Jahr im Sommer war. Ich glaube, ich habe damit aufgehört, nachdem ich aufs College gegangen bin, aber ich habe es geliebt."

„Du meinst, ich, du, ein Zelt und niemand sonst in der Nähe?"

Ich biss mir auf die Lippe und nickte.

Unsere Blicke trafen sich, und es gab keine Möglichkeit, dass wir uns nicht einig waren, was passieren würde.

„Holst du mich Samstagmorgen ab?", fragte er.

„Ja."

„Okay", erwiderte er und küsste meine Lippen für eine viel zu kurze Zeitspanne.

Darüber würde ich eine formelle Beschwerde einreichen müssen. „Auf dem Weg zurück in die Stadt gibt es einen Imbiss. Wie wäre es mit fettigem und total ungesundem Essen?"

14

—

LEX

„Okay, du hast definitiv zu viel eingepackt", sagte Adam und zeigte auf meine Tasche, die drei verschiedenen Isomatten, die zwei Schlafsäcke – weil es nachts kalt werden könnte –, die Essens- und Getränkevorräte und meinen brandneuen Campingkocher.

„Wieso habe ich zu viel eingepackt? Sind das nicht alles wichtige Dinge?"

Er zog die Augenbrauen hoch. „Ja, wenn man einen Monat lang in den Dschungel von Patagonien reisen will."

„Ich weiß nicht, wo ich hin will. Deshalb ist es besser, vorbereitet zu sein." Warum er das nicht verstand, wusste ich nicht.

„Brauchst du all diese Lichter?"

„Das sind Sicherheitslichter. Was ist, wenn ich nachts pinkeln gehe und in Bärenkot oder auf eine Schlange trete?"

Er schüttelte sich vor Lachen. „Ich würde sagen, wenn du nah genug an der Bärenpisse bist, hilft dir das Licht nicht. Und die Lichterketten?"

Ich tippte an meine Augenbraue. „Ähm … ich glaube, die sind extra."

„Extra? Wofür? Um es sich mit dem Bären unter den funkelnden Lichtern gemütlich zu machen?"

Ich schubste ihn, und er wich zurück und lachte noch mehr. „Wie kannst du überhaupt in der Phase deines Lebens sein, in der du heiraten willst, wenn du nicht weißt, warum ich die Lichterketten eingepackt habe?"

„Ach, ich weiß es. Ich wollte nur hören, wie du es laut aussprichst."

„Schwachkopf."

„Pack auf jeden Fall Kondome und Gleitgel ein."

Ich hob eine Augenbraue. Adam sprach nie über sein Sexualleben, aber er gab sein Wissen über unseres gern an uns weiter, wenn man bedachte, dass River und ich schwul waren und Noah … nun ja, Noah war.

„Hast du Emery gesagt, dass er einen Truck mitbringen soll? Wie groß ist sein Auto?"

Ich packte ihn an der Hand, als er zu meiner Kaffeekanne ging.

„Nein, das geht nicht. Du musst weg sein, bevor Emery kommt."

Er schmollte wie ein Kind, dem man sein Spielzeug weggenommen hat. „Warum? Ich hätte River mitbringen können, aber das habe ich nicht. Oder Noah. Aber nein, ich habe mich wie ein verantwortungsvoller Bruder verhalten und bin allein gekommen, und jetzt willst du, dass ich gehe?"

„Jep." Ich verschränkte meine Arme vor der Brust. Ich würde mich in dieser Sache nicht bewegen. Wenn er blieb, könnte er etwas sagen … was er nicht sagen sollte.

Er seufzte. „Wann wirst du es ihm sagen?"

„Ich weiß es nicht."

„Lex." Er trommelte mit den Fingern auf den Küchentisch. „Du kannst das nicht geheim halten. Wenn er es herausfindet, wird es noch schlimmer werden."

„Glaubst du, ich weiß das nicht? Glaubst du, es macht

mir Spaß, ihn zu täuschen?" Frustration kochte in mir hoch. „Ich bin verdammt noch mal in einen Mann verliebt, der denkt, er hätte mich gerade erst kennengelernt. Was soll ich denn sagen? Hi, Emery, gehen wir heute aus? Übrigens, vor einem Jahr, vor deinem Unfall, hast du gesagt, du willst mich heiraten. Das war, bevor du verschwunden bist und mir das Herz gebrochen hast. Ich weiß, es ist nicht deine Schuld, aber ich war wütend und traurig. Wie wäre es mit einem kurzen Fick, bevor wir zum Rathaus gehen, heiraten und *dann* ein Eis essen gehen." Ich keuchte, als ich fertig war. Adam starrte mich an, als ob er ein wildes Tier vor sich hätte.

Wir zuckten beide zusammen, als es an der Tür läutete.

„Scheiße." Ich warf meinem Bruder einen flehenden Blick zu.

„Na gut", lenkte er ein. „Aber bitte sei vorsichtig, Lex. Es ist nicht nur sein Herz, das in Gefahr ist. Du hast so viel Zeit in der Dunkelheit verbracht. Du verdienst die ganze Liebe der Welt." Er schenkte mir einen Abschiedsgruß, bevor er zur Hintertür hinüberging. „Und wir werden über die Tatsache reden, dass du nie jemandem erzählt hast, dass er Ja gesagt hat."

Scheiß auf meine große Klappe.

Es klingelte wieder an der Tür, also schnappte ich mir meine Ohrstöpsel vom Tresen und lief zur Tür.

„Hey, ich hoffe, du hast nicht zu oft geklingelt. Ich habe vergessen, dass ich die anhabe." Ich hob meine Hand.

„Nur zweimal. Bist du fertig?" Er wippte auf seinen Absätzen.

„Fast." Ich zog ihn an seinem T-Shirt, bis er mir hinein folgte, wo ich die Tür hinter ihm schloss und seinen Mund eroberte. Er gab ein bezauberndes Quieken von sich, was mir nur half, weil ich die Gelegenheit nutzte, seine Lippen zu teilen, um ihn zu einem heißen, zungenfordernden Kuss zu verführen.

Seine Arme legten sich um meinen Hals und seine Finger fuhren durch mein Haar, etwas, das der alte Emery nie getan hatte, das ich aber am neuen Emery mochte. Er ließ meine Zunge mit seiner verschmelzen, bis ich nur noch ihn und vielleicht Erdnussbutter und Schokolade schmecken konnte. Hatte er schon Eiscreme gegessen?

„Wow", keuchte er. „Müssen wir irgendwo hinfahren? Können wir nicht das ganze Wochenende hierbleiben?"

„Willst du damit sagen, dass ich den gesamten Inhalt des Outdoor-Outlets umsonst gekauft habe? Außerdem, warum sollte ich mir die Gelegenheit entgehen lassen, die Dinge, die ich mit dir machen will, im Freien zu tun?", fragte ich.

„Das sagst du ständig, aber ich bin immer noch hier, unberührt wie eine Jungfrau und warte darauf, dass mein Ritter kommt und mich mit seinen sanften, aber schwieligen Händen rettet, wenn die Sonne aus dem Osten anbricht."

Ich knurrte praktisch. „O Baby, meine Hände sind nicht schwielig, und ich bin kein Ritter. Alles, was ich versprechen kann, ist eine Menge Ausschweifung."

Er tat so, als würde er in Ohnmacht fallen wie eine Jungfrau in Not, bevor er meinen Stapel an Vorräten sah.

„Werden wir auswandern? Ich habe meinen Reisepass nicht dabei."

„Sehr witzig. Ich habe noch nie gezeltet. Der Typ im Laden sagte, ich bräuchte all diese Dinge." Ich zeigte auf die Schlafmatten, Taschen und den Kocher.

Emery versuchte, sein Lachen hinter seiner Hand zu verbergen, aber als ich meine Arme um seine Taille schlang und ihn kitzelte, ließ er es heraus.

„Es tut mir leid, es tut mir leid. Ich hätte dir sagen sollen, dass ich all diese Sachen habe, obwohl meine alle sehr alt sind, also sollten wir deinem Camping-Jungfrauen-Hintern zuliebe vielleicht ein paar von deinen Sachen mitnehmen."

Ich wollte nicht lügen und behaupten, dass sich meine

Brust nicht ein wenig aufblähte, als Emery das meiste meiner Sachen packte und zu seinem Auto brachte.

„Wir lassen den Herd zurück, denn in der Nähe des Campingplatzes gibt es ein Diner."

„Okay." Ich ahnte, dass ich alle Lebensmittel, die ich für die Reise gekauft hatte, im Laufe der Woche essen musste, aber ich schnappte mir trotzdem die Tasche mit den Camping-Snacks und die Kühlbox mit den Getränken.

Ich packte alles ein und ging zur Tür, als ich bemerkte, wie Emery auf die leere Stelle an meiner Wand starrte, wo früher unsere Fotos gehangen hatten.

„Vielleicht können wir am Wochenende ein paar Fotos machen und diese leeren Stellen füllen", sagte er, als wäre es die natürlichste Sache der Welt.

„Ja, das können wir", war alles, was ich antworten konnte, weil sich meine Kehle so eng anfühlte. Adams Worte kehrten zurück und verfolgten mich. Emery würde mich hassen, wenn er die Wahrheit erfuhr, aber ich konnte es nicht ertragen, ihn aufzugeben.

Also schob ich all diese Gedanken in die gleiche Schublade, in die ich die Fotos gelegt hatte.

Wir brauchten eine Stunde, um an unserem Ziel anzukommen, und eine weitere Stunde, um die Sachen vom Parkplatz zu unserem Zelt zu bringen.

„Da ist ein Fluss", sagte ich. „Ein Fluss."

Emery lächelte. „Ja, das ist mein Lieblingsplatz. Ich habe hier jeden Sommer mit einem Jugendfreund gezeltet, der auf dieselbe Schule ging. Er ist nach Australien gezogen, und wir haben den Kontakt zueinander verloren."

„Und jetzt bist du hier mit dem ultimativen Stadtjungen. Ich kann von Glück reden, wenn ich hier nur mit ein paar Kratzern rauskomme", meinte ich.

„Keine Sorge, meine Nägel sind stumpf."

Mein Kiefer klappte herunter. Was hatte er gerade gesagt?

Plötzlich schien es eine gute Idee zu sein, in den Fluss zu springen, denn mein Schwanz musste sich abkühlen. Wir hatten noch nicht einmal unser Lager aufgeschlagen, und schon kamen mir Ideen.

Ich machte mich an die Arbeit und half Emery, das Zelt aufzubauen. Obwohl ich wohl eher ein Hindernis als eine Hilfe war, war er geduldig genug, um sich am Ende einen Kuss zu verdienen. Allerdings trat ich dabei auf einen kleinen Stein und hätte uns fast auf das Zelt fallen lassen.

„Ich wusste gar nicht, dass du ein wandelnder Unfall bist, der nur darauf wartet, zu passieren. Mein teurer Erste-Hilfe-Kasten reicht für jemanden wie dich vielleicht nicht aus", scherzte er.

Es gab nur eine Sache, die ich von Emery brauchte, und die befand sich nicht in seinem Erste-Hilfe-Kasten.

„Was kann ich sonst noch tun?", fragte ich.

„Kannst du das Zelt drinnen gemütlich machen, während ich die Umgebung überprüfe, um sicherzugehen, dass wir in der Nacht keinen Besuch bekommen?"

„Ja, Mr. Liv… Herr Lehrer."

Scheiße.

Er lächelte, aber ich atmete nicht richtig durch, bis er weg war. Das war knapp.

„Bleib ganz ruhig, Alexis. Nur noch dieses Wochenende, und dann wirst du es ihm sagen", murmelte ich vor mich hin. Mit diesem Vorsatz rollte ich die Schlafmatten aus und machte es uns im Inneren des Zeltes bequemer als in einem Vier-Sterne-Hotel.

Trotz Adams Witzen über die Lichter war ich froh, dass ich sie mitgebracht hatte.

Ich konnte es kaum erwarten, Emerys Reaktion später zu sehen.

Als er zurückkam, war unser Wohnbereich bereits geräumt und wir hatten sogar ein paar tragbare Stühle vor der Feuerstelle. Ich hatte Marshmallows, Schokolade, Graham Cracker und Röststäbe eingepackt, denn ich wollte keine Marshmallows auf Zweigen rösten, die auf dem Boden lagen, wo vielleicht Tiere ihr Geschäft verrichtet hatten. Allein bei dem Gedanken musste ich würgen.

„Wettrennen zum Wasser", sagte Emery und zog sich bis auf die Unterwäsche aus.

Mein Gehirn kam nur langsam in Gang, weil es damit beschäftigt war, zum ersten Mal seit langer Zeit Emerys fast nackten Körper anzustarren.

„Komm schon, worauf wartest du noch?", rief er, bevor er untertauchte und mit nassen, federnden Locken einige Meter weiter auftauchte.

Ich entledigte mich ebenfalls meiner Kleidung und ging vorsichtig an den Rand des Wassers. Es war nicht so kalt, wie ich gedacht hatte, und so zögerte ich nicht, sondern ging den ganzen Weg hinein und kam Emery entgegen.

„Hey", sagte ich und betrachtete seine Sommersprossen, die zweifellos bis morgen von der Sonne gebräunt sein würden, die grünen Augen, in die ich immer wieder gern blicken würde, und das lockige Haar, das er nie zu bändigen vermochte. Emery war ein vollkommener Anblick, und meine Augen waren süchtig.

Plötzlich berührte etwas mein Bein. Ich sprang zu schnell, verlor den Boden unter den Füßen und tauchte für ein paar Sekunden unter, bevor Emery mich wieder hochzog.

„Was war das?", fragte ich und schaute ins Wasser. Es war zu dunkel, um etwas zu sehen.

„Was war was?"

„Etwas hat mein Bein berührt."

Er lachte. „Es war wahrscheinlich ein Fisch."

„Ein Fisch? Du hast nie gesagt, dass es hier Fische gibt." Ich machte mich auf den Weg nach draußen, aber Emery hielt mich zurück.

„Es ist nur ein kleiner Fisch. Hast du ernsthaft erwartet, dass es in einem Fluss kein Leben gibt?"

„Hör auf, über mich zu lachen. Ich bin Leben. Du bist Leben. Das ist genug Leben für einen Fluss."

Er kam näher und hielt sich an meinen Schultern fest. Seine Beine legten sich um meine Taille, unterstützt durch seinen natürlichen Auftrieb im Wasser.

„Da bin ich anderer Meinung." Er beugte sich zu einem Kuss vor. „Ich glaube, wir können es noch viel lebendiger machen."

Die kleinen Knutschereien wurden zu heißen Küssen mit offenem Mund. Mein Schwanz verhärtete sich ohne die Hemmungen der Kleidung und zeigte auf Emerys perfekten Hintern.

„Lex", stöhnte er und packte mich fester an der Taille.

Ich schaute nach unten. Sein Schwanz war hart und wurde kaum von seiner Unterwäsche zurückgehalten. Meine beiden Hände waren damit beschäftigt, ihn in Position zu halten.

„Zieh dich aus, Emery. Lass mich dich sehen." Meine Stimme war voller Verlangen.

Er nickte und klemmte seine Unterlippe zwischen die Zähne. Ich war mir nicht sicher, was ich mehr sehen wollte. Seinen Gesichtsausdruck, während er sich streichelte, oder den dicken Schwanz, mit dem ich vor einem Jahr so vertraut gewesen war.

Letztendlich siegte der Schwanz. „So ist es gut, Baby. Zeig mir, wie du es magst."

„So sollte es nicht sein", sagte er, obwohl seine Stimme ins Stocken geriet.

„Wie denn?"

„Ich wollte bis später warten. Ich wollte nicht … verdammt … ich wollte nicht, dass du denkst, das sei alles, weswegen wir hierhergekommen sind."

Ich presste meinen Mund auf seinen und saugte die eingeklemmte Lippe in meinen Mund, bevor ich sie losließ. „Ich weiß, Baby. Weißt du, wie sehr ich mir gewünscht habe, dich so zu sehen? Wie lange ich darauf gewartet habe?"

„Lex."

Sein Name auf meinen Lippen reichte fast aus, um mich in den Wahnsinn zu treiben, aber ich wusste, dass ich mehr brauchte.

„Stell dich auf die Beine, Emery."

Er tat, was ich verlangte, und da meine Hände nun frei waren, schob ich unsere Boxershorts nach unten und nahm uns in die Hand.

Ich wollte weinen, weil es sich so gut anfühlte. Unsere pochenden Schwänze waren im Wasser hart und glitschig.

„Emery, Gott, du fühlst dich so gut an."

Ich stand kurz vor meinem besten Orgasmus seit Langem. Ich zog meinen Griff fester an und drehte mein Handgelenk in einer Auf- und Abbewegung, von der ich wusste, dass sie ein todsicherer Weg war, Emery zum Kommen zu bringen.

„O mein Gott. Ja! Genau so, Lex."

15

EMERY

Es bestand eine grosse Chance, dass die Camper flussaufwärts und flussabwärts mich schreien hörten, aber das konnte man mir nicht wirklich vorwerfen. Lex machte alles richtig, als hätte er ein Handbuch über meinen Schwanz bekommen und es studiert, bis er es für eine optimale Leistung auswendig konnte.

Mein Körper war angespannt und bereit für die Erlösung.

„Du bist so schön", sagte er. Seine magnetischen Augen waren auf mich gerichtet, als wolle er keinen Augenblick verpassen.

Ich fand nicht, dass ich so schön aussah, mit meinen nassen Locken, die auf meiner Haut klebten, und einem wahrscheinlich roten Gesicht von dem, was Lex mit mir gemacht hatte, aber ich nahm das Lob trotzdem an.

Das Geräusch des schwappenden Wassers um uns herum verlieh dem, was wir taten, ein zusätzliches Element der Erotik. Wir befanden uns im Fluss, ungeschützt. Jeder, der vorbeikam, konnte uns sehen, und es war nicht zu übersehen, dass Lex mir den besten Handjob meines Lebens gab.

„Nächstes Mal werde ich mir Zeit mit dir lassen, Emery. Ich werde dich überall schmecken, und dann werde ich dich schön öffnen, bevor ich dich mit meinem Schwanz ausfülle."

„Ja …"

„Magst du das, Baby? Ist es das, was du willst?", fragte er zwischen unterbrochenen Küssen.

„Uh-huh." Mein Orgasmus war kurz vor dem Höhepunkt. Meine Atmung wurde immer schwerer. Ich presste meinen Mund auf Lex' Hals und saugte an seiner Haut.

„O scheiße, Emery. Ich bin so nah dran."

Ich nickte gegen seine Haut, weil ich nicht in der Lage war, Worte zu finden.

Ein kleiner Stoß und eine Drehung, und ich kam mit einem Schauer über den ganzen Körper. Lex war genau neben mir, unsere gemischten Ergüsse verschwanden in dem Strom um uns herum. Ich mochte die Vorstellung, dass, auch wenn wir es nicht sehen konnten, Teile von uns miteinander verwirbelt und vermischt waren.

Lex ließ unsere Schwänze los und schlang seine beiden Arme um mich. Das war die einzige Bewegung, die wir für eine lange Zeit machten, selbst nachdem unsere beiden Schwänze weich waren und ich spürte, wie sich das elastische Band meiner Boxershorts in meine Beine grub.

„So kann man auch den Fisch vergessen", meinte Lex, und ich brach in schallendes Gelächter aus.

Ich hatte auf dem College mit ein paar Jungs rumgemacht, aber nie war es so ernst, so intensiv und so ernst geworden. Es hatte auch noch nie so viel Spaß gemacht.

Der Dirty Talk, die Dringlichkeit, die Wärme seiner Haut selbst im kühlen Fluss. Alles an der Beziehung mit Lex war perfekt, und das machte mir eine Heidenangst.

„Sollen wir etwas trinken, während wir trocknen?", fragte ich.

Er hielt meine Hand, als wir aus dem Wasser stiegen und

uns ein Handtuch teilten, um unsere Körper abzutrocknen, bevor wir unsere Unterwäsche wechselten und uns auf die Klappstühle setzten.

„Wolltest du schon immer Lehrer werden?", fragte Lex und nahm sich ein Bier aus der Kühlbox.

„Nicht, bis ich auf eine Privatschule ging. Es war eine von denen, wo man die ganze Woche bleibt und am Wochenende nach Hause fährt."

„Du warst auf einem Internat?"

Ich schmunzelte, als ich sah, wie seine Augenbrauen sich zusammenzogen. „Ja."

„Das wusste ich gar nicht", murmelte er, und ich lachte.

„Natürlich wusstest du das nicht. Jedenfalls machte mir die Schule nichts aus, weil es dort einfacher war als daheim, wo ich praktisch von Kindermädchen aufgezogen worden war, bis ich alt genug war, um unter der Woche weggeschickt zu werden. Die Lehrer waren streng, aber ein bestimmter Lehrer war anders."

„Weniger streng?"

„Nicht wirklich. Er verstand es einfach, mit uns zu reden, als ob wir wichtig wären. Du kannst dir einen Haufen reicher Kinder vorstellen, die im Schatten der Erwartungen ihrer Familie an ihre Zukunft aufgewachsen sind. Sie rebellierten, weil das die einzige Möglichkeit war, die Kontrolle zu behalten."

Lex streckte seine Hand über die Armlehne des Stuhls, und ich tat dasselbe, bis sich unsere Finger berührten.

„Ich kann mir nicht vorstellen, dass du ein Rebell warst", erwiderte er.

„War ich auch nicht. Die Kinder hörten auf diesen Lehrer, also beschloss ich, dass ich wie er sein wollte. Ich wollte unterrichten und den Kindern eine Stimme geben. Ich war damals sehr naiv. Ich dachte, ich sei anders als die anderen Kinder, weil meine Eltern zwar immer davon sprachen, dass ich die Leitung des Familienunternehmens übernehmen würde, aber sie zwangen mich nicht, zusätzliche Sommerpraktika zu absolvieren oder langweilige Veranstaltungen zu besuchen. Zumindest die meiste Zeit über."

Er rieb Kreise auf meinem Handrücken, und da die Sonne meine Haut wärmte, hätte ich vor lauter Zufriedenheit leicht einschlafen können.

„Du bist also Lehrer geworden."

„Ich bin Lehrer geworden."

„Meine Eltern dachten immer, meine Brüder und ich würden das Restaurant übernehmen, aber die einzige Person, die jemals Interesse zeigte, war unser bester Freund, River. Das machte es ihnen leichter, loszulassen, als wir sagten, dass wir die Agentur gemeinsam eröffnen wollten. River leitet jetzt das Restaurant, aber seine Hauptaufgabe ist es, meinen Dad fernzuhalten, damit er seine Arbeit machen kann."

Ich drehte mein Gesicht, um ihn anzuschauen. „Ellie sagte, das Lusitana ist das Restaurant deiner Eltern."

„Ja, sie haben es vor einer Million Jahren eröffnet, weil mein Dad besessen war von dem Essen, das meine Mom und meine Grandma gekocht haben, und er wollte, dass alle das erleben können. Drei Kinder, ein Gemüsebeet und ein Kaninchen später sind sie immer noch erfolgreich."

„Sogar das Kaninchen?"

Er lachte. „Nein, das ist schon vor Jahren gestorben."

Ich drehte meine Hand um, sodass sich unsere Handflächen berührten. Er hatte recht. Seine Hände waren weich.

„Meine Eltern wollen, dass ich mit dem Unterrichten aufhöre", platzte ich fast heraus. „Sie haben gesagt, ich muss es Ende diesen Jahres beenden und dann mit meinem Dad zusammenarbeiten."

Die Worte laut auszusprechen, machte sie so real, dass sich mir der Magen umdrehte. Lex erhob sich vom Stuhl und kniete sich vor mich. Ich öffnete meine Beine, um ihm entgegenzukommen.

„Kannst du Nein sagen?", fragte er.

Ich zuckte mit den Schultern. „Ich verdanke ihnen alles. Von meiner Ausbildung bis hin zu der Unterstützung, die sie mir nach dem Unfall angeboten haben. Allein mein Therapeut kostet mehr, als ich mir von meinem Gehalt leisten kann."

Lex strich mit seinen Händen über die Oberseiten meiner Beine. Es war eine so beruhigende Berührung. Am liebsten wäre ich auf seinen Schoß gesprungen und wäre dort für lange Zeit geblieben.

„Emery, es steht mir nicht zu, dir zu sagen, was du tun sollst, aber ich glaube fest daran, dass du deine Träume verfolgen solltest. Was für ein Mensch wirst du in zwanzig Jahren sein, wenn du etwas tust, was du nicht willst, anstatt etwas zu tun, wozu du geboren wurdest?"

Ich lachte spöttisch. „Das kannst du nicht wissen. Vielleicht bin ich ein furchtbarer Lehrer und meine Schüler werden froh sein, mich loszuwerden."

Er neigte den Kopf zur Seite. „Glaubst du das wirklich?"

„Nein. Aber vielleicht, wenn ich es oft genug sage …"

Er holte tief Luft und berührte dann meine Wange. „Wie viel hast du noch zu verlieren, Baby?"

Ich öffnete meinen Mund und schloss ihn wieder. „Was meinst du?"

„Du hast drei Jahre deines Lebens verloren. Hast du eine Ahnung, was in dieser Zeit alles passiert ist, was du vielleicht nie herausfinden wirst? Das vielleicht für immer verloren ist? Verlier dich nicht auch noch."

Ich stand auf und schob meinen Stuhl zurück. Lex fiel auf seinen Hintern zurück, aber das war mir egal. Wie konnte er es wagen, das zu sagen? Er wusste nicht, wie es war, jeden Tag mit einem fehlenden Teil von mir zu leben. Ich hob einen Stein auf und warf ihn ins Wasser. Er hüpfte nicht. Er plumpste nur, plätscherte und sank direkt auf den Grund des Flusses.

„Emery …"

Ich drehte mich nicht um, aber ich wusste, dass er direkt hinter mir war.

„Ich … ich will nicht unpassend reden, aber … ich weiß, wie es ist, über Nacht einen Teil von sich selbst zu verlieren. So weiterleben zu müssen, als wäre alles in Ordnung, obwohl es das nicht ist und auch nie sein wird, weil einem das fehlt, was einen ausmacht … man selbst. Wenn alle um dich herum weiterziehen. Sie feiern die Meilensteine des Lebens, so wie sie es sollten, aber es gibt immer diesen flüchtigen Blick auf den armen Lex, dem es nicht gut geht. Vielleicht wird er eines Tages wieder normal. Aber ich weiß, dass ich es nicht werde …"

Ich schloss die Augen und drängte die Tränen zurück.

Sein Freund. Das ist die Person, die er verloren hat.

Als ich mich umdrehte, war Lex' Gesicht schmerzverzerrt, aber er lächelte.

„Es tut mir leid", sagte ich.

Ich wollte mich selbst dafür bestrafen, dass ich so egoistisch war und nur an meinen eigenen Schmerz dachte. Wir trugen beide etwas bei uns, das wir nicht wollten.

„Darf ich dich umarmen? Bitte?"

Er brauchte nicht zu betteln. Ich umarmte ihn und spürte, wie der ganze Schmerz, der von ihm ausging, sich langsam verflüchtigte, bis wir uns nur noch umarmten. Ich wollte ihn trösten, so wie er mich tröstete, denn er hatte recht.

Wenn ich mich nicht gegen die Forderungen meiner Eltern wehrte, würde ich genauso enden wie sie, mit dem Unterschied, dass sie ihr Leben genossen. Die Verstellung. Das Geld.

„Glaubst du an zweite Chancen?", fragte ich. Mein Herz pochte, als seine blauen Augen mich abtasteten. Seine Hand glitt nach oben, um mein Gesicht zu streicheln.

„Früher nicht, aber … jetzt schon."

„Glaubst du, wir könnten füreinander die zweite Chance sein?"

Er nickte.

Unsere Lippen trafen sich zu einem langsamen und zärtlichen Kuss.

„Hey", sagte ich zwischen den Küssen.

„Hmm …"

„Willst du einen Spaziergang zum Diner machen?"

Er hörte auf, mich zu küssen und sah mir in die Augen. „Wie weit ist es?"

„Etwa zwanzig Minuten zu Fuß den Fluss hinauf oder dreißig Minuten mit dem Auto durch den Park."

„Warte, warum mussten wir hundert Meilen in den Wald fahren, um hierherzukommen?"

„Weil ich dich insgeheim foltern wollte. Es war ein Test für deine Tapferkeit."

Ich quiekte auf, als er mich mit einem Griff wie ein Feuerwehrmann packte und ins Wasser trug.

Wir tauchten beide gleichzeitig aus dem Wasser auf, schnappten nach Luft und lachten. Ich rächte mich, indem ich seinen Kopf wieder unter Wasser tauchte, woraufhin er sich revanchierte, indem er mich kitzelte, bis ich losheulte.

„Wir sind beide wieder nass", meinte er, als wir endlich aufhörten, herumzualbern.

Ich fand es toll, wie hell seine Augen im Sonnenschein leuchteten und seine Wimpern mit Wassertropfen übersät waren.

„Wessen Schuld ist das?"

Ich kam näher und schlang meine Arme und Beine um ihn wie zuvor.

„Denk nicht einmal daran", sagte er, obwohl er mich festhielt und begann, die Haut an meinen Schultern zu küssen, sodass ich nicht sicher war, wie entschlossen er war, nicht zu wiederholen, was wir vorhin getan hatten.

„Ich denke an gar nichts", antwortete ich unschuldig.

„Du kannst mich nicht täuschen. Ich wusste, dass du mich nur wegen meines heißen Körpers und meiner erstaunlichen Refraktärzeit wolltest."

Ich lachte. „Da hast du mich erwischt." Ich küsste ihn wieder auf die Lippen. Sie waren einfach da, so nah, dass ich nicht anders konnte. „Was hältst du von Cheeseburgern und Pommes?"

„Ich wäre sehr beeindruckt, wenn du das aus dem Inhalt der Kühlbox machen könntest, aber da sind genug Biere drin, dass ich mich einfach zurücklehnen und zusehen kann."

„Ich meine das Diner. Lass uns … wieder trocken werden … und dorthin gehen."

„Werden unsere Sachen hier sicher sein?"

„Ja, Stadtjunge. Die Leute hier respektieren die Sachen der anderen. Wenn man jemandem die Vorräte wegnimmt, könnte man ihn um eines neuen Schlafsacks willen in Gefahr bringen, also macht man das nicht. Es ist wie ein ungeschriebenes Gesetz der Camper."

Ein breites Lächeln breitete sich auf seinem Gesicht aus. „Wirklich?"

Ich schmunzelte. „Nein. Es kümmert niemanden, aber es ist unwahrscheinlich, dass jemand hierherkommt. Die Leute bleiben in der Regel in der Nähe der Annehmlichkeiten, und nur wenige wissen, dass man von hier aus zum Diner gelangen kann."

„Du bettelst geradezu darum, den Hintern versohlt zu bekommen, nicht wahr?"

Ich zwinkerte. „Vielleicht."

„Nun, scheiße. Lass mich unter das Wasser tauchen, um mich abzukühlen, bevor wir rausgehen, denn du bringst mich hier um."

„Komm schon, lass uns hier verschwinden. Je eher wir gehen, desto eher kommen wir zurück, und dann …" Ich zog ihn an der Hand dorthin zurück, wo wir das Handtuch abgelegt hatten.

„Und dann?"

Ich neckte ihn auf eine Weise, wie ich noch nie jemanden geneckt hatte. Es war spielerisch und lustig.

Er stöhnte auf, als ich zuerst meine Unterwäsche herunterzog und danach nach einer trockenen Hose suchte.

„Ich bin so gefickt", murmelte er.

Mit etwas Glück würden wir beide ziemlich gefickt sein, wenn die Sonne später unterging.

Das Restaurant, so hatte Emery mir versichert, war nicht weit von unserem Zeltplatz entfernt, aber es erforderte eine Wanderung über einige anspruchsvolle Pfade.

Anspruchsvoll für mich. Bei Emery sah es so einfach aus, losen Steinen und moosbewachsenem Boden auszuweichen.

Am Anfang hatte ich mich auf seinen perfekten Hintern vor mir konzentriert, während wir nebeneinander gewandert waren. Aber schon bald machten es meine beiden linken Füße praktisch unmöglich, aufrechtzubleiben, wenn ich nicht darauf achtete, wo ich meine Füße hinsetzte.

„Dein Arsch lenkt zu sehr ab. Wenn ich hinfalle und mir das Genick breche, ist das deine Schuld", beschwerte ich mich, als ich über einen weiteren kleinen Stein stolperte und fast wieder hinfiel.

Emery trug wie ich Jeansshorts, aber während meine marineblau waren, waren seine hellblau und passten perfekt zu seinem weißen Poloshirt. Ich hatte mich für die einfache marineblaue Kombination entschieden, aber mein T-Shirt hatte einen Regenbogenspritzer auf der Vorderseite.

„Ich kann nichts dafür", sagte er unschuldig und

verschränkte die Hände hinter dem Rücken, um so zu tun, als würde er sich kratzen, hob sein Hemd und zeigte mir mehr von seinen köstlichen Kurven.

Wir näherten uns einem breiteren Teil des Weges, und ich sah keine Todesfallen vor uns, also ergriff ich Emerys Hand und zog ihn an mich heran. Seine unmittelbare Reaktion war, dass er sich unter meinem Griff entspannte.

Er ließ seinen Kopf zurück auf meine Schulter fallen. Ich strich ihm mit dem Finger eine lockere Haarsträhne hinters Ohr, um besser an seinen sommersprossigen Hals zu gelangen.

Ich saugte kräftig, wohl wissend, dass es einen Abdruck hinterlassen würde, aber er beschwerte sich nicht.

„Alles an dir macht mich wahnsinnig, Emery. Dein Arsch, deine Haut, dein Haar, deine Augen, dein Schwanz, deine Persönlichkeit." Ich drehte ihn um, damit er mich ansah. „Alles."

Der Hunger in seinen Augen, als er auf meinen Mund starrte, wirkte, als ob er sich nach mir genauso sehnte wie nach seinem nächsten Eis. Das fand ich super.

„Willst du mich küssen, oder willst du ...", begann ich, bevor sein Kopf gegen meinen prallte. „Was zum ...", meinte ich und rieb mir die Stirn. „Das war wirklich nicht das, was ich mir vorgestellt hatte", erklärte ich.

„Irgendetwas hat mich am Hinterkopf getroffen." Er drehte sich um, und tatsächlich, da lag eine große Orange auf dem Boden.

Eine weitere Orange flog in unsere Richtung und traf mich an meinem Bein. Die dritte verfehlte Emery nur um Zentimeter.

„Du hast mir nicht gesagt, dass es in diesem Wald mörderische Orangenbäume gibt", sagte ich und zog ihn aus dem Weg einer vierten Orange.

„Gibt es auch nicht."

Wir rannten den Pfad hinauf, bis ich die Spitze eines Gebäudes sehen konnte. Die Orangen folgten weiter.

„Und die ist für das eine Mal, als ich Henry Cavill im Kino verpasst habe, weil du die Grippe hattest –", eine Orange flog vorbei, „– und diese hier ist dafür, dass du den Geburtstag meiner kleinen Schwester verpasst und mir dann ein schlechtes Gewissen eingeredet hast, weil ich meine zehnjährige Schwester dem blöden Ballspiel vorgezogen habe, für das du Karten hattest ..." Eine weitere Kugel traf den Baum, an dem wir gerade vorbeigelaufen waren, mit solcher Wucht, dass sie zerbrach und eine Spur aus Saft und Splittern hinterließ.

Als wir uns dem Ende des Weges näherten, wurde der Werfer der mörderischen Orangen deutlich.

Der Kerl war nicht größer als 1,70 m, aber er hatte einen starken Arm und eine große Reichweite. Erst als wir den Pfad verließen, wurde mir klar, wie weit unten wir uns befunden hatten, als wir zuerst getroffen worden waren.

Ich dachte, er sei ein Baseballspieler, aber er sah wirklich nicht so aus. In seinen rosa Jeansshorts, dem hellblauen T-Shirt und dem dazu passenden Haar wirkte er definitiv nicht wie jemand, der gern Ball spielte.

Er konzentrierte sich zwar auf den orangefarbenen Wurf, aber als ich auf einen kleinen Ast trat und dieser abbrach, sah er auf. Er drehte sich mit einem mörderischen Blick zu uns um, die Orange in der Hand, bereit zum Wurf.

Wir hoben beide unsere Hände.

„Keine Sorge. Die sind nicht für euch", erklärte er und warf die Orange in die gleiche Richtung, aus der wir gerade gekommen waren.

„Mein Hinterkopf ist da anderer Meinung", sagte Emery.

Der Kopf des Mannes wandte sich uns zu. Er sah halb entschuldigend aus. „Ihr hättet nicht auf dem Pfad sein sollen. Keiner benutzt ihn." Und dann murmelte er zwischen den Zähnen: „Es sei denn, man ist ein verdammter Fall von Prüderie und geil auf einen schnellen Handjob." Zwei weitere Orangen fielen seiner Wut zum Opfer.

„Warum wirfst du Orangen in den Wald?", fragte ich.

„Das sind keine Orangen. Das sind Grapefruits." Er hielt eine weitere vor sich und rollte sie zwischen seinen Handflächen. „Sie sehen genauso aus, aber sie sind bitter, wie ich."

„Oookay …."

„Warte", sagte Emery. „Ich erinnere mich an dich."

Der Typ drehte sich um und sah uns direkt an. Auf seinem T-Shirt war eine Ananas abgebildet, und darunter stand: *Eat me now. Thank me later.*

Seine Fäuste ballten sich um die Grapefruit, bevor er sie mit gesenktem Blick auf den Boden fallen ließ.

„Kennt ihr euch?"

„Ja", sagte der Kerl zur gleichen Zeit, als Emery antwortete: „Irgendwie schon."

Die Unterlippe des Mannes zitterte, als würde er gleich weinen.

„Es tut mir so leid." Er ging ein paar Schritte zu einer rosafarbenen Umhängetasche, die neben einer halb vollen Tüte mit Grapefruits auf dem Boden lag, nahm eine kleine Flasche heraus und sprühte sich etwas ins Gesicht. „Man muss doch immer vorbereitet sein, oder?"

„Was ist passiert?", fragte Emery den Mann.

Er holte tief Luft und streckte seine Hand in meine Richtung aus.

„Hi, ich bin Ren. Es tut mir leid, dass ihr meine emotionale Krise miterleben musstet. Ich verspreche, dass ich normalerweise fröhlicher bin als ein Sonnenstrahl an einem Sommertag, aber …" Die zitternde Lippe kam wieder zum Vorschein.

„Ich bin Lex. Woher kennt ihr euch?", fragte ich.

„Ren arbeitet in dem Restaurant, in dem ich mein Date mit Frederick hatte", erklärte Emery.

Ren lachte spöttisch. „Noch so einer."

„Wer? Was?", fragte ich.

„Der andere Typ. Frederick", sagte Ren. „Er sagte auch, er sei schwul, aber dann war er es doch nicht. Für solche Typen ist das alles nur ein Spiel. Sie wissen, dass sie alles haben können, ob sie es wirklich wollen oder nicht. Und sie werden sich alles nehmen. Jedes einzelne Stück, das du ihnen gibst." Er blickte in Richtung des Diners und stieß einen langen Seufzer aus.

Emery schaute mich an, und ich nickte zustimmend. „Hey, Ren, wir wollten gerade zum Diner, um etwas zu essen. Willst du dich uns anschließen?"

Der Geruch von fettigem Essen, der aus dem Diner kam, ließ meinen Bauch knurren. Es war nicht gerade die Art von Verabredung zum Essen, die ich mir vorgestellt hatte, aber ich konnte sehen, dass Emery Ren nicht allein lassen wollte.

Ren schüttelte den Kopf, aber dann zog er die Schultern zurück und lächelte das falscheste Lächeln, das ich je gesehen hatte. „Ich danke euch. Es wäre mir ein Vergnügen, euch Gesellschaft zu leisten."

Das Diner war auf den ersten Blick nichts Besonderes. Die üblichen Formica-Tische und Kunstledersitze bildeten separate Kabinen, und eine Arbeitsplatte mit runden Bänken verlief über die gesamte Länge des Lokals.

Ungewöhnlich war, dass der Parkplatz zwar ziemlich leer zu sein schien, das Lokal selbst aber voller Menschen war.

Emery wies auf einen Tisch in der Ecke, und wir setzten uns.

Kurze Zeit später kam eine Bedienung auf uns zu. „Hallo, willkommen zu den nachhaltigen Samstagen in Poppy's Diner – oh, hallo, Ren", begrüßte sie uns.

„Hi, Poppy."

Sie drehte sich zu Lex und mir um. „Ren weiß alles über die nachhaltigen Samstage. Sie waren ja schließlich seine Idee. Kann ich euch einen Kaffee bringen, während ihr euch aussucht, was ihr essen wollt?"

„Sicher, danke", erwiderte Emery.

„Was sind denn die nachhaltigen Samstage?", fragte ich.

Ren zupfte mit seinem Fingernagel an der Ecke der alten Speisekarte. „Das ist nichts Besonderes. Die Bauern aus der Umgebung spenden dem Restaurant unter der Woche Lebensmittel, und am Samstag verwendet Poppys Vater, dem der Laden gehört, diese Zutaten für das Essen und verlangt nur den halben Preis."

Meine Brüder und ich hatten vor ein paar Jahren eine ähnliche Aktion für einen Freund entwickelt, die seinem Geschäft zum Erfolg verholfen hatte.

„Poppy sagte, es war deine Idee?"

„Ja. Ich bin hier in der Nähe aufgewachsen. Jeder hat sein eigenes Gemüsebeet oder kauft sein Essen auf dem Bauernmarkt. Früher war es im Diner sehr ruhig, es sei denn, es lief ein Spiel und alle kamen rüber, um es gemeinsam zu sehen. Ich dachte mir, wenn die Leute ihr eigenes Essen mitbringen, können sie zusammen essen und nur die Kosten für die Zubereitung zahlen. Es war ein albernes Schulprojekt von vor Jahren, aber es ist hängengeblieben, und jetzt ist es hier eine Tradition."

„Das ist eine tolle Idee", sagte Emery.

„Finde ich auch. Arbeitest du zufällig im Marketing?"

Ren lachte. „Nein, ich bin ... war Blumenhändler, Kellner, persönlicher Einkäufer, Hundeausführer, Katzensitter und heimlicher Freund. Wie auch immer, die Burger hier sind großartig, und sie geben Paprika auf die Pommes. Die sind köstlich, besonders wenn man sie in Mayo dippt. Gott, ich wusste gar nicht, dass ich so hungrig bin."

Emery und ich tauschten einen Blick aus.

„Was ist hier wirklich los, Ren?", fragte Emery.

„Nicht viel, nur das Ende meines Lebens, wie ich es kenne."

„Wir haben uns nur bei der glücklicherweise katastrophalsten Verabredung meines Lebens getroffen", sagte Emery zu Ren und zwinkerte mir zu. „Aber ich konnte an diesem Abend sehen, dass du nicht die Person bist, die wir jetzt vor uns haben. Du warst kokett und mutig und hast Frederick ein wenig aus der Fassung gebracht."

„Das war der alte Ren. Der alte Ren hatte einen Job, bei dem er das tat, was er in seinem ganzen Leben am meisten liebt. Der alte Ren war der heimliche Freund von jemandem, aber das machte ihm nichts aus, weil er wusste, dass es nur vorübergehend war, und er verbrachte so viel Zeit mit seinem Freund, dass es sich ohnehin kaum wie ein Geheimnis anfühlte."

Poppy unterbrach ihn und brachte uns Kaffee. Wir sahen uns schnell die Speisekarte an und bestellten Burger, Pommes und Milchshakes.

Als Poppy uns verließ, gab ich Ren ein Zeichen, dass er fortfahren sollte.

„Der neue Ren ... hat nicht mehr den Job, den er liebt, sondern nur noch die fünf anderen Nebenjobs, mit denen er sich etwas dazuverdient, was er jetzt mehr denn je brauchen wird. Der neue Ren kann nicht der heimliche Freund von jemandem sein, der auch mit einer Frau zusammen ist. Das Schlimmste ist, dass der Typ noch nicht weiß, dass ich es weiß. Sobald ich es ihm sage, wird alles wie ein Kartenhaus zusammenfallen."

„Was hat das mit deinem Job zu tun? Arbeitest du für ihn?", fragte ich.

„Ich arbeite im Blumenladen seiner Eltern. Sie haben darüber gesprochen, ihn zu verkaufen, damit sie sich zur Ruhe setzen können, und ich hatte gehofft, ihn eines Tages erwerben zu können. Chad sagte mir, er würde sich outen und wir würden richtig zusammen sein. Kein Verstecken mehr. Ich schätze, mein erster Hinweis, dass nichts davon wahr werden würde, war sein Name. Wer nennt sein Kind Chad und erwartet, dass es zu einem guten Menschen wird?"

Ich schnaubte, und Emery trat unter dem Tisch gegen mein Bein. „Er hat ja irgendwie recht, Baby."

Es war zwar nicht das erste Mal, dass mir der Kosename über die Lippen kam, aber es fiel mir immer schwerer, ihn zu unterdrücken. Emerys Augen wurden weicher, und ein kleines Lächeln umspielte seine Lippen. Er hatte es immer gemocht, wenn ich ihn so nannte. Er hatte gesagt, dass es ihm das Gefühl gab, wirklich zu mir zu gehören.

„Ach, ihr. So wie ihr euch anseht, ist es, als wärt ihr schon seit Jahren zusammen. Ihr bringt mein kaltes, bitteres Herz zum Schmelzen", erklärte Ren, und wir lächelten beide.

„Ob du es glaubst oder nicht, wir haben uns kurz vor meiner Verabredung mit Frederick kennengelernt", sagte Emery.

Rens Gesichtsausdruck war komisch. „Was? Du willst mir erzählen, dass du dieses gut aussehende Stück menschlichen Pekannusskuchens bereits kanntest und mit dieser … dieser … Person ein Date hattest?"

„Das ist eine lange Geschichte", erwiderte Emery, „aber Frederick ist kein schlechter Kerl. Er war nur ein bisschen fehlgeleitet."

Ren lachte spöttisch. „Ja, wie mein zukünftiger Ex."

„Ich für meinen Teil bin froh, dass Frederick sich nicht als das perfekte Date herausgestellt hat", sagte ich und hielt Emerys Hand über dem Tisch.

„Ich brauche jetzt meinen Burger, wenn ich mit ansehen muss, wie ihr beide knutscht", stellte Ren fest.

Pünktlich brachte Poppy unser Essen, und wie Ren

versprochen hatte, waren sowohl der Burger als auch die Pommes megalecker.

„Und wie hast du das mit der Freundin herausgefunden?", fragte ich Ren.

„Man erfährt eine Menge über jeden, wenn man im Blumenladen arbeitet. Ich habe gehört, wie sich zwei Frauen darüber unterhalten haben. Sie wussten nicht, dass ich sie hören konnte, und da niemand von uns weiß, mussten sie auch nicht besonders leise sein. Das war heute Morgen."

„Und das Grapefruitwerfen?"

Er zuckte mit den Schultern. „Niemand mag Grapefruits, also dachte ich mir, wenn ich sie von dem Baum in seinem Garten nehme, kann ich so tun, als würde ich sie ihm an den Kopf werfen."

„Oder an meinen Hinterkopf", sagte Emery.

„Das tut mir leid. Was habt ihr eigentlich auf dem Pfad gemacht?"

„Wir zelten am Fluss."

„Das ist ein guter Platz da unten. Chad und ich waren früher ständig dort unten. Das war, bevor er zu sehr mit der *Arbeit* beschäftigt war", sagte Ren mit Anführungszeichen. „Ich schätze, jetzt weiß ich, woran er gearbeitet hat. Gott, ich komme mir so dumm vor. Ich hasse Lügen."

Ich wollte etwas sagen, damit er sich besser fühlte, aber seine letzten Worte durchdrangen mich. Auch ich hasste Lügen, und doch lebte ich die größte Lüge meines Lebens neben der größten Wahrheit.

17

EMERY

REN STIESS einen langen Seufzer aus. „Wenn ich ehrlich bin, waren alle Anzeichen da. Jedes Mal, wenn wir über die Zukunft sprachen, ging er nie auf die Einzelheiten ein. Er beschwerte sich, dass ich zu viel arbeitete, weil ich sparte, um das Geschäft seiner Eltern zu kaufen, aber er bot mir nie an, es mit mir zu kaufen, obwohl er auch dort arbeitet."

Ich legte meine Hand auf seine. „Ich weiß, du bist wahrscheinlich nicht bereit, das zu hören, aber vielleicht ist es so am besten. Wenn du die ganze Arbeit allein gemacht hast, verdienst du es, deinen eigenen Blumenladen zu besitzen."

„Nun, ich kann nicht in seiner Nähe sein, ohne ihm den Hals umdrehen zu wollen, also muss ich den Job aufgeben. Ich nehme an, ich könnte mehr Schichten im Restaurant übernehmen und mehr Haustiere hüten, um die Einkommensverluste auszugleichen."

„Da hast du's", meinte Lex. „Du hast bereits einen Plan."

„Ich glaube, ich brauche einen Drink. Wollt ihr mit mir zu Fizzy Pops gehen?", fragte Ren.

Lex und ich tauschten einen Blick aus. Unser Abend verlief so gar nicht nach Plan, aber wir konnten Ren nicht allein lassen. Ich kannte ihn kaum, aber er schien ein netter Kerl zu sein.

„Wir sind nicht gerade für einen ... was ist Fizzy Pops?", fragte ich.

„Es ist eine Bar, aber sie ist nicht besonders schick. Eure Kleidung geht klar. Ich werde uns ein Taxi rufen."

Wir bezahlten die Rechnung, und zwanzig Minuten später setzte uns das Taxi vor dem Fizzy Pops ab. Die Bar am Straßenrand hatte so viel LED-Beleuchtung an der Fassade des Gebäudes, dass ich mir ziemlich sicher war, dass man sie vom Weltraum aus sehen konnte.

„Ich bin mir nicht sicher, ob ich Kopfschmerzen von den Lichtern oder Diabetes von dem beleuchteten Essen bekomme", sagte Lex, als wir zur Schlange gingen, um hineinzukommen.

„Dieser Ort ist fantastisch", erklärte Ren. „Sie haben tolle Cocktails, aber auch Desserts, daher die ganze Beleuchtung. Die Wand ist im Grunde ihre Speisekarte. Alles, was man sehen kann, wird auch drinnen verkauft."

„Eine Bar, die Nachtisch verkauft. Damit könnte ich mich anfreunden, vor allem, wenn es dort Eiscreme gibt", scherzte ich.

Ren drehte sich in der Schlange um. „Ihre Milchshakes werden mit Eis gemacht, und sie sind köstlich. Der Besitzer ist mit mir zur Schule gegangen. Ich schlug ihm vor, Blumengeschmacksrichtungen wie Lavendel und Rose hinzuzufügen, und er hat es getan. Ich kann euch sagen, welche es sind, wenn wir reinkommen."

„Bist du sicher, dass du keinen Job im Marketing willst?", fragte Lex und lachte. „Ich könnte eine Stelle in meiner PR-Firma für dich finden."

„Das ist sehr nett von dir, aber meine brillanten Ideen kommen nur bei zunehmendem Halbmond, wenn die Ziege meines Nachbarn dem Kosmos gegenüber besonders dankbar ist und aufhört, die Hecke zwischen den Gärten zu fressen."

„Ähm ... hm?"

Ich schnaubte, während Lex völlig verwirrt aussah.

„Ich meine, sie sind bestenfalls unzuverlässig und es ist völlig unwahrscheinlich, dass sie eintreten, wenn ich sie brauche", stellte Ren klar.

„Klar ...", sagte Lex. „Das Angebot steht, wenn du es brauchst."

„Danke, Schatz", erwiderte Ren und wandte sich dann an mich. „Du hast dir einen guten Mann ausgesucht. Lass ihn nicht gehen."

Ich lächelte und sah Lex an. Er legte seinen Arm um meine Schultern und küsste mich auf die Stirn. „Mach dir keine Sorgen, Ren. Ich werde ihn nicht gehen lassen ... auf keinen Fall."

Mein Herz quoll förmlich über.

Ich hatte nicht viel Zeit, über meine Gefühle gegenüber Lex' offener Zurschaustellung seiner hoffentlich wachsenden Zuneigung zu mir nachzudenken, denn wir waren zu schnell an der Reihe, in die Bar zu gehen.

Danach war kein Platz mehr für introspektive Gedanken, denn selbst wenn es sie gegeben hätte, hätte ich sie bei dem Lärm in der Bar nicht mehr hören können.

Ren rief, dass er einen Lemon and Lavender Gin mit extra Eis wolle, und verschwand auf der Tanzfläche.

Lex schüttelte den Kopf und lächelte über Rens Verabschiedung.

Ich nickte in Richtung Theke. Er nahm meine Hand, und gemeinsam schlängelten wir uns durch die Menge.

Irgendwie schienen die Musik und die Gespräche der Leute in der Nähe der Theke nicht so laut zu sein. Wir setzten uns auf zwei Hocker und warteten auf den Kellner, der sich auf den Weg machte.

Lex stützte seinen Ellbogen auf die Theke und drehte sich in seinem Sitz zu mir hin. Ein neckisches Lächeln umspielte seine Lippen.

„Du kommst mir bekannt vor. Habe ich dich hier schon einmal gesehen?"

Ich drehte mich zu ihm um. Mein Haar war wie immer ganz durcheinander, also steckte ich die Locke, die meine Augen verdeckte, hinter mein Ohr. „Könnte sein, aber weißt du, ich habe dieses Gedächtnisproblem, bei dem … nun, ich einen kompletten Filmriss habe. Vielleicht sind wir uns schon begegnet, vielleicht auch nicht." Ich zuckte lässig mit den Schultern.

Er tippte mit einem Finger auf sein Kinn. „Hmm, ich frage mich, ob ich irgendetwas tun kann, damit du dich erinnerst."

Ich legte den Kopf schief. „Du kannst es gern versuchen, Hübscher."

Er nahm meine Hand in seine und drehte sie mit der Handfläche nach oben. Ein Schauer lief mir über den Rücken und breitete sich in mir aus, als er mit einem einzigen Finger von der Innenseite meines Handgelenks bis zur Spitze meines Mittelfingers fuhr.

„Als wir uns das erste Mal trafen, hast du mich gefragt, ob du mir aus der Hand lesen kannst", sagte er.

„Habe ich das?" Oh, er tat natürlich nur so, als ob. Ich lächelte und ließ mich darauf ein.

Er nickte. „Du hast mich so berührt." Sein Finger folgte dem Weg zurück auf meine Hand und über meinen Arm. „Ich habe dich gefragt, was du gesehen hast." Seine Stimme war ruhig und sein Blick fokussiert.

Mein ganzes Wesen schien durch den Magnetismus in Lex' Augen gefangen zu sein. Durch seine sanfte Berührung.

„Was habe ich gesagt?"

Ein Klopfen an der Theke ließ uns beide aufschrecken.

„Was kann ich euch bringen, Jungs?", fragte der Barkeeper.

Lex wandte sich an den Barkeeper und gab eine Bestellung auf. Von mir aus hätte er auch einen dreifachen Wodka oder etwas ähnlich Ekelhaftes bestellen können. Es war mir egal, denn meine Hände zitterten nach der Kraft von Lex' Berührung.

„Hey, ist mein Drink schon fertig? Ich bin ausgetrocknet", sagte Ren, der wie aus dem Nichts auftauchte und immer noch tanzte, als wäre er von Männern umgeben, die ihn bei lebendigem Leib verspeisen wollten.

„Kommt sofort", antwortete Lex.

„Hast du Spaß?", fragte ich.

Ren nickte. „Hm-hm. Die beste Idee aller Zeiten. Jetzt muss ich nur noch betrunken genug werden, um den Mut zu finden, mit Chad Schluss zu machen und meine Sukkulenten zu retten."

„Deine was?"

„Sukkulenten."

Ich lachte. Ren war definitiv ein Charakter, mit dem man sich beschäftigen musste. Ich hatte das Gefühl, dass er ebenso viel Spaß hatte, wie er hart arbeitete, aber bis auf die Knochen loyal war.

Der Kellner brachte unsere Getränke, und Ren griff sofort nach seinem und trank die Hälfte davon in einem Zug.

„Argh, Hirnfrost." Er kniff die Augen zusammen.

„Du solltest es vielleicht etwas ruhiger angehen lassen. Die Nacht ist noch jung", meinte Lex.

„Und genau wie die Nacht werde ich auch nicht jünger." Er trank den Rest aus, stellte das Glas ab und winkte dem Barkeeper, ihm ein weiteres Glas zu geben.

Zwei Männer kamen auf Ren zu, jeder legte eine Hand auf eine Seite seiner Hüfte und bewegte sich mit der Musik.

Vielleicht war es die anhaltende Wirkung von Lex' Berührung und das Verlangen nach mehr, aber Ren dabei zuzusehen, wie er mit den beiden Jungs tanzte, machte mich geil. Mein Orgasmus vorhin, der erste durch die Hand eines anderen seit mindestens drei Jahren, ließ das Feuer in mir nur noch heißer brennen.

Wenn man bedachte, dass ich das letzte Jahr damit verbracht hatte, den Kontakt zu anderen Männern zu vermeiden, weil ich solche Angst hatte ... Lex gab mir das Gefühl, verdammt begehrt zu sein, und ich sehnte mich nach mehr von diesem Gefühl.

Ich nippte an meinem Bier und war dankbar, dass Lex nichts von der alkoholischen Shake-Karte genommen hatte. Nach dem Abendessen war ich mir nicht sicher, ob mein Magen so viel Milchprodukte vertragen würde, und das hieß schon etwas, zumindest für mich.

Außerdem musste ich aufpassen, wie viel ich trank, sonst würde ich auf dem Rückweg zum Campingplatz Probleme bekommen.

Der Campingplatz. Scheiße.

„Wir müssen uns überlegen, was wir tun", sagte ich zu Lex und beugte mich vor, damit er mich hören konnte.

„Was meinst du?"

„Ren. Wir müssen zurück zum Campingplatz."

Lex beobachtete Ren, der sich umdrehte und die beiden Jungs begrapschte, als ob wir nicht da wären. „Gott, bist du heiß. Seid ihr ein Tag-Team? Ich brauche einen überdurchschnittlichen Schwanz. Mein Ex-Freund war nicht gut darin ... gut zu sein. Wer will etwas Stress mit einem garantierten Happy End abbauen?"

„Wir können ihn nicht allein lassen", erwiderte Lex. „Wer weiß, in welche Schwierigkeiten er sich noch bringen wird." Dann lehnte er sich vor, bis sein Atem über mein Haar strich.

„Ich werde nicht lügen, Emery. Ich möchte in dieses Zelt gehen und den Rest der Welt wegzaubern. Nur du, ich und die lächerlich teuren Lichterketten, die ich gekauft habe."

Ich bewegte meinen Kopf, um ihn zu küssen, damit er wusste, wie sehr ich mit dieser Idee einverstanden war. Ren schob uns jedoch auseinander und griff nach dem frischen Getränk, das der Barkeeper gerade neben unserem abgestellt hatte.

„Was machen wir jetzt?", fragte ich Lex. Er zuckte mit den Schultern.

„Weswegen?", fragte Ren. „Oh, ich weiß schon. Die Toiletten sind hier sehr sauber, und wenn man etwas abenteuerlustig ist, gibt es da noch einen Durchgang in der Stadt. Normalerweise ist es ruhig, bis die Leute nach Hause gehen, und wie man sieht, geht in nächster Zeit niemand nach Hause." Er schluckte, stellte das gerade geleerte Glas auf die Theke und zog die beiden Jungs auf die Tanzfläche.

„Irgendjemand muss ihn einsammeln", meinte ich.

„Scheiße", sagte Lex. „Mir ist gerade etwas eingefallen. River arbeitet heute Abend, Noah ist auf einer Konferenz außerhalb des Staates, und ich bezweifle, dass Adam heute Abend kommen kann. Ich glaube, er war mit Victoria und ihren Eltern essen."

„Es muss doch jemanden geben … Moment." Ich griff nach meinem Handy und schickte eine Nachricht.

„Wem hast du geschrieben?", fragte Lex.

„Der einzigen anderen Person, die ich kenne und die auch Ren kennt."

Eine knappe Stunde später sah ich Frederick, der sich durch die Menschenmenge bewegte und versuchte, uns zu finden.

„Hier!", rief ich, während ich ihm zuwinkte.

„Deine Nachricht war etwas kryptisch, aber mir war

langweilig, und es ist Samstagabend, was kann ich also für dich tun?", fragte er.

Ich lachte. „Darf ich dir Lex vorstellen?", sagte ich, als sie sich die Hände schüttelten. Ich machte mir nicht die Mühe, Frederick vorzustellen, denn Lex hatte uns bei unserem missglückten Date vor dem Restaurant gesehen.

„Schön, dich kennenzulernen, Lex."

Ich warf einen Blick auf die Tanzfläche, wo Ren die letzte Stunde verbracht hatte. Sein Ananas-T-Shirt war in den Bund seiner Shorts gesteckt, und er tanzte jetzt mit jemand anderem, der kein Hemd trug.

„Wir haben einen gemeinsamen Bekannten, der etwas … Unterstützung braucht", erklärte ich.

„Wir haben uns gerade erst kennengelernt. Wen kennen wir noch … o nein, du meinst den Kellner aus dem Restaurant? Das soll wohl ein Scherz sein. Ich bin eine Stunde aus der Stadt gefahren, um was zu tun – einen unhöflichen Kerl mit einer gewissen Einstellung zu babysitten?"

Ich erschauderte. Die einzige Person, die mir eingefallen war, die ich um Hilfe bitten konnte, war Frederick. Wenn er nicht helfen wollte, mussten wir die ganze Nacht bei Ren bleiben und all unsere Sachen unbeaufsichtigt am Fluss lassen. Wir hatten nie vorgehabt, so lange von dort weg zu sein, wie wir es jetzt waren.

„Heeeeyyy, das ist Mister *Ich bin nicht schwul*, obwohl er zu viele Muskeln hat, um hetero zu sein, und dieses taillierte Hemd? Schwul. Schwul. Schwul."

Ich stöhnte auf. Lex nahm meine Hand und drückte sie sanft. Er hatte nichts dagegen, noch länger zu bleiben, aber verdammt, vielleicht war ich ein Arsch, aber ich wollte zurück zum Zelt. Ich wollte die Lichterketten sehen.

„Denk ruhig an das, was dich nachts schlafen lässt, Kleiner", sagte Frederick.

„Ich denke nicht an dich … du … Gigantor", antwortete

Ren. „Wie auch immer, ich tanze. Hier drin ist zu viel künstliches Testosteron."

Frederick verschränkte die Arme, als er sah, wie Ren in der Menge verschwand, und drehte sich dann zu uns um.

„Was ist denn hier los?"

Ich seufzte. „Wir campen hier in der Nähe und müssen zurück zu unseren Sachen. Ren macht heute einige … Dinge durch, und er sollte nicht allein sein."

„Sieht nicht so aus, als hätte er ein Problem damit. Er tanzt mit mindestens zwei Typen, die mehr als glücklich darüber sind, ihm Gesellschaft zu leisten, und einem dritten, der aussieht, als würde er gern zusehen."

Ich hob eine Augenbraue. „Seit wann kannst du schwul lesen?"

„Seit ein paar meiner Freunde in London schwul sind. Ich kann zwar weder den Akzent noch die Schwulensache, aber das heißt nicht, dass ich nicht lesen kann, wenn zwei Jungs geil sind."

Trotz Fredericks Worten fragte ich mich, ob Ren mit seiner Einschätzung von Frederick richtig lag. Es lag nicht an mir, ihn zu drängen oder es herauszufinden. Wie er sagte, hatte er schwule Freunde.

„Wir werden dir ewig etwas schuldig sein. Bitte, bitte." Ich machte mein bestes Bettelgesicht.

Er stöhnte. „Na schön. Aber jetzt sind wir quitt."

Lex sah verwirrt aus, aber ich schüttelte den Kopf. Ich würde es später erklären.

Als ich vom Hocker stieg, zog Lex mich zwischen seine Beine und flüsterte mir ins Ohr: „Wie wäre es mit einem Tanz, während wir auf das Taxi warten?"

Wir waren gerade dabei, die Rechnung zu begleichen, als Ren angerannt kam und praktisch mit Frederick zusammenstieß, der gerade noch Zeit hatte, ihn an den Schultern zurückzuhalten.

„Igitt, du bist verschwitzt."

Ren zuckte mit den Schultern. „Gegen ein heißes, verschwitztes, schmutziges Spiel in den Laken ist nichts einzuwenden, aber ich nehme an, du hast keine Lust darauf, oder?"

„Nein", antwortete Frederick.

„Gut. Aber du kommst mit und hilfst mir, mit meinem Freund Schluss zu machen und meine Sukkulenten zurückzubekommen", sagte Ren und stellte sich mit vor der Brust verschränkten Armen hin. Nun ja, so gut wie ein 1,70 Meter großer Mann in rosa Shorts und sonst nichts nach einigen Cocktails eben noch stehen konnte.

„Bist du betrunken?"

„Ja, aber wir machen das trotzdem, weil ich Muskeln brauche und du ein Training nötig hast."

„Ich kämpfe nicht mit jemandem für dich."

„Wer hat denn was von kämpfen gesagt? Gott, ihr Heteros denkt nur mit euren Fäusten."

„Du gibst also zu, dass ich hetero bin."

Ren streckte seine Hände aus. „Ich stehe hier halb nackt, und du hast nicht mal das kleinste Rühren in deiner Hose. Ich muss mich wohl geschlagen geben."

Das entlockte Frederick ein Lächeln. Vielleicht gab es ja doch noch Hoffnung für die beiden.

„Unser Taxi ist da", meinte Lex.

Frederick nickte in Richtung Tür. „Geht, ich kümmere mich hier um Mini-Zwerg."

Ich nahm Lex' Hand, und wir verließen den Club und stiegen ins Taxi.

Wir brauchten eine halbe Stunde, um zum Parkplatz des Campingplatzes zu gelangen.

Nachdem das Taxi weggefahren war, war es praktisch stockdunkel. Ich schaltete die Taschenlampe auf meinem Handy ein und führte uns langsam zu unserem Zeltplatz.

Ich wusste nicht, ob es an der Dunkelheit lag oder daran, dass ich wusste, was gleich passieren würde, aber mir lief ein Schauer über den Rücken.

„Geht es dir gut?", fragte Lex und schlang seine Arme um mich.

„Ja, ich bin nur … nervös."

Er fuhr mit seinen Händen meine Arme rauf und runter. „Es muss nichts passieren, Emery."

Ich nickte, obwohl ich mir nicht sicher war, ob er mich sehen konnte. Der Mond spendete hier gerade nicht so viel Licht. „Vielleicht kannst du damit anfangen, mir deine Lichterketten zu zeigen."

„Ist das ein Euphemismus?"

Und einfach so löste sich meine ganze Anspannung in Luft auf. Ich lachte und zog Lex zu einem schmutzigen Kuss heran. „Beeilen wir uns, damit du mich ins Zelt bringen kannst, Lex."

18

———

LEX

„Bring mich ins Zelt, Lex."

Das war genau das, was ich vorhatte. Ich hatte nicht gelogen. Ich würde gern mit Emery in meinen Armen schlafen wie in alten Zeiten. Wie damals, als ich mitten in der Nacht aufgewacht war und festgestellt hatte, dass Emery zu mir gekommen war und seine Beine um meine geschlungen hatte, oder als er sich im Bett umgedreht und meine Arme um sich gelegt hatte, als wäre ich seine persönliche Decke.

Diese Nächte waren wunderbar gewesen. Zu wissen, dass Emery mich unbewusst so sehr gewollt hatte.

Ich hätte nie gedacht, dass ich das noch einmal erleben würde, deshalb war dieser Moment hier so viel wichtiger, als Emery sich vorstellen konnte. Vielleicht war er nervös, aber ich hatte eine Scheißangst, denn ich musste es für ihn gut machen. Für uns beide.

„Bist du sicher, dass keine Tiere hineinkriechen können?", fragte ich, als wir uns dem Zelt näherten.

Er lachte. „Wir sind im Freien, und Ungeziefer kann überall hinkommen, aber das Zelt ist aus einem Stück. Wenn der Reißverschluss hinter uns geschlossen ist, sollte nichts anderes mehr reinkommen."

Das Zelt war nicht riesig, aber es war groß genug, dass zwei Personen bequem darin schlafen konnten, und da es die Form eines Iglus hatte, konnten wir auch aufrecht sitzen, ohne mit dem Kopf die Decke zu berühren.

Wir zogen beide unsere Schuhe aus und steckten sie in Taschen, da sie die Nacht über außerhalb des Zeltes bleiben würden. Wir wollten den Krabbeltieren keine Gelegenheit geben, sich drinnen einzukuscheln. Im Zelt angekommen, suchte ich nach dem Knopf an der Batterie für das Licht.

„Ich glaube nicht, dass ich jemals so viele Decken in diesem Zelt gesehen habe", sagte er. „Und ich bin mir ziemlich sicher, dass ich noch nie mit richtigen Kissen gezeltet habe."

„Ist das in Ordnung? Ich war mir nicht sicher, ob wir mehr brauchen, wenn es kalt wird." Ich war mir beim Packen unschlüssig gewesen und hatte mir gedacht, dass wir zwar Decken mitnehmen könnten. Das war dem Schlafen in einem Bett so nahe wie möglich, und das gefiel mir.

„Die Schlafsäcke reichen aus, um uns warmzuhalten, aber das hier ist eine ganz neue Art von Komfort." Emery legte sich auf den Rücken. „Daran könnte ich mich gewöhnen."

Sobald ich den Knopf am Akkupack gefunden hatte, legte ich mich neben ihn, und mein Finger streifte den Knopf.

„Bereit?", fragte ich und drehte meinen Kopf, um sein Gesicht zu sehen.

Er hielt meine Hand fest. „Bereit."

Ich drückte den Knopf, und wir waren von kleinen Lichtern umgeben. In der Dunkelheit konnten wir die Schnur, die sie zusammenhielt, nicht sehen, nur den Schein der Glühbirnen.

Emery schnappte nach Luft. „Es ist, als ob wir unter den Sternen wären.“

„Aber ohne Käfer.“

Er drehte sich auf die Seite und stützte seinen Kopf auf die Ellbogen.

„Du magst wirklich keine Käfer, oder?“

„Ich habe ihnen nie besondere Beachtung geschenkt. Ich bin ein Stadtkind, schon vergessen?“

Er lächelte. „Worauf achtest du dann, Stadtjunge?“

Ich berührte sein Kinn und spürte, wie seine glatte Haut unter dem Licht glühte.

Als ich Emery zum ersten Mal gesehen hatte, war ich verblüfft gewesen, wie mühelos schön und authentisch er war.

Er akzeptierte sein lockiges Haar und seine Sommersprossen. Er akzeptierte, dass er nicht so groß war wie die meisten Männer, mit denen er zusammen gewesen war, mich eingeschlossen. Und doch war er glücklich, so zu sein, wie er war.

Selbst nachdem ihm sein Gedächtnis genommen worden war, war er immer noch mein Emery, ob er es nun wusste oder nicht.

Ich wollte meine Zweifel und hässlichen Gedanken nicht in einen solchen Moment mitnehmen, also antwortete ich einfach: „Du, Emery. Ich achte auf dich. Jedes Mal, wenn du lächelst und deine Sommersprossen mit dir lächeln, jedes Mal, wenn du dich in einer Kugel Eis verlierst, jedes Mal, wenn du etwas so angestrengt anstarrst, als würdest du versuchen, herauszufinden, wie es funktioniert, damit du deinen Schülern davon erzählen kannst.“

Er spitzte die Lippen, als wolle er etwas sagen. Hatte ich zu viel verraten?

Manchmal war es schwer, sich daran zu erinnern, was ich nicht über ihn wissen konnte. Aber ich hatte mir vorgenommen, ihm nach dem Wochenende von uns zu erzählen, also waren diese Gedanken versiegelt, bis es an der Zeit war, sich der Musik zu stellen.

„Lex …“, flüsterte er.

„Ja?“

„Weißt du noch, als du sagtest, du wolltest all diese Dinge mit mir machen?“

„Ja.“

„Ich will, dass du sie alle tust.“ Er bewegte sich vorwärts und verband unsere Lippen in einem brennenden Kuss, der meinen Mund vor Leidenschaft brennen ließ.

Emerys Zunge ließ mich vor Lust zittern. Jedes Mal, wenn seine Zunge über meine strich, war es wie eine Symphonie perfekter Klänge, ein Regenbogen leuchtender Farben.

Ich war hart genug, um Nägel einzuschlagen, und wir trugen viel zu viele Kleider.

„Ausziehen“, knurrte ich, zog ihm sein Hemd über den Kopf und riss dann praktisch auch meins herunter. Ich drückte ihn wieder auf den Rücken und bedeckte seinen Körper mit meinem.

„Lex“, flüsterte er, seine Stimme heiser vor Verlangen.

„Es ist okay, Baby. Ich mache es gut für dich. Ich verspreche es.“

„Aber wird das heute auch noch was?“

Ich lachte und küsste ihn auf die Lippen, bevor ich die Haut an seinem Hals erkundete. Die Stelle, an der ich vorhin gesaugt hatte, war immer noch leicht geschwollen, und ich konnte seinen schnellen Puls in der Vene darunter spüren.

„Ich werde jeden Zentimeter von dir verehren, Emery.“ Das war ein Versprechen, das ich halten wollte, wenn ich das wahnsinnige Bedürfnis, in ihm zu sein, bekämpfen konnte.

Er stöhnte auf, als ich mit den Zähnen über seine linke

Brustwarze strich und sie dann zu einer harten Spitze saugte, bevor ich das Gleiche mit der rechten tat.

Ich küsste und leckte meinen Weg über seine Brust. Seine Shorts waren ein wenig locker. Ich öffnete den obersten Knopf und zog sie aus, zusammen mit seiner Unterwäsche und seinen Socken. „Gott, du bist so heiß. Du weckst in mir den Wunsch, dich zu zeichnen, so wie du jetzt aussiehst. Hart und begehrend."

„Ach. Ich liebe all die netten Worte, aber ich will, dass du mich berührst, mir einen bläst oder mich fickst. Irgendwas."

Ich schmunzelte. Emery war die ruhigste Person, die ich je getroffen hatte. Er verlangte nie etwas, es sei denn, es ging um Eiscreme. Wenn es um Sex ging, hatten wir immer Spaß miteinander gehabt, und es war definitiv der beste Sex meines Lebens gewesen, aber er hatte mich immer führen lassen, als wäre es etwas, wonach er sich sehnte. Das schien sich nun geändert zu haben.

„Ich hätte nie gedacht, dass du so herrisch sein würdest." Ich griff nach seinem Schwanz, aber im letzten Moment küsste ich stattdessen seine Hüfte.

„Lex!"

„Was wirst du tun, wenn ich dir nicht gebe, was du willst?"

„Ich werde schmollen und dich einen Lügner nennen, weil du mir Dinge versprochen hast. Dreckige Dinge." Seine Stimme war trotzig, und leicht verzweifelt. Ich würde ihm nie etwas verweigern.

„Du willst etwas Schmutziges, ja?"

Er nickte. Ich hob mich auf die Knie und schlüpfte aus meinen Shorts, der Unterwäsche und den Socken. Es war zu dunkel, um etwas zu sehen, aber ich fühlte den nassen Fleck auf meinen Boxershorts. Was auch immer wir taten, ich würde nicht lange durchhalten.

Ich streichelte meinen Schwanz kräftig, aber die Erleichterung war nur vorübergehend.

„Lass mich dir einen blasen", sagte Emery.

„Wenn du das tust, ist das Spiel vorbei, und ich habe noch nicht einmal mit dir angefangen."

Ich nahm meine frühere Position wieder ein, aber dieses Mal machte ich mein Versprechen wahr. Ich begann damit, seine Eier einzeln zu saugen, fuhr mit meiner Zunge um sie herum und leckte mir einen Weg seinen Schwanz hinauf, um den Geschmack seiner warmen Haut zu genießen.

Emery zischte, als ich meine Lippen um die Spitze seines Schwanzes schlang und hart saugte. Eine Hand packte meinen Kopf, und ich schäme mich nicht, zuzugeben, dass ich wollte, dass er alles nahm. Meinen Mund hart fickte, mein Haar festhielt und mich zu seinem machte, bis ich nicht mehr atmen konnte.

Ich stützte mich auf einen Ellbogen, um mit der anderen Hand seinen Schwanz zu bearbeiten.

„Scheiße, Lex. Das fühlt sich so verdammt gut an. Hör nicht auf."

Als ob das jemals passieren würde. Wenn nicht die Gefahr bestünde, dass wir in dieser Position tot aufgefunden würden und jemand meinen Eltern und meiner Großmutter die Nachricht überbringen müsste, würde ich diese Welt gern so verlassen.

Die Geräusche, die er von sich gab, spornten mich nur noch mehr an, aber ich merkte, dass er nahe dran war, also musste ich mich zurückhalten. Wir hatten die ganze Nacht Zeit, aber das hieß nicht, dass ich den ersten Orgasmus überstürzen wollte.

Ich strich mit dem Daumen über sein Loch und übte ein wenig Druck aus, um zu testen, ob er bereit für mehr war.

Als er meinen Namen schrie und praktisch versuchte,

sich auf meinem Finger aufzuspießen, hörte ich auf, ihn zu saugen, und griff nach dem Kulturbeutel.

„Gott sei Dank", seufzte er schwer.

Ich nahm das kleine Fläschchen mit Gleitmittel heraus, aber als ich nach den Kondomen griff, hielt ich inne. Lex war der letzte Mann, mit dem ich zusammen gewesen war, und wir hatten aufgehört, Kondome zu benutzen, nachdem wir uns hatten testen lassen. Nicht, dass ich etwas dagegen gehabt hätte, sie zu benutzen, aber ich hatte das Gefühl, dass es eine zusätzliche Distanz zwischen uns schuf. Was lächerlich war, weil er *hier* war. Ich hatte schon mehr bekommen, als ich je gedacht hatte. Mir wurde eine zweite Chance geboten.

„Was ist los?", fragte er und stützte sich auf seine Ellbogen. „Hast du die Kondome vergessen? Ich bin negativ und auf PrEP, wenn du also kürzlich negativ getestet wurdest, brauchen wir sie nicht."

„Du nimmst PrEP?" Ich wollte eigentlich nicht überrascht klingen, aber offensichtlich tat ich das, denn ich konnte sehen, wie Emery im sanften Schein des Lichts die Stirn runzelte.

„Ja. Als ich den Unfall hatte, wurde ich getestet, weil ich mich nicht daran erinnern konnte, ob ich mit jemandem zusammen war, und mein Arzt empfahl mir, PrEP zu nehmen. Ich bin mit niemandem zusammen gewesen, Lex." Er setzte sich auf. Neue Anspannung strahlte von ihm aus.

„Nein. Ich weiß. Es tut mir so leid. Ich mache das alles falsch. Es ist auch schon eine Weile her, seit ich mit jemandem zusammen war. Mein letzter Test ist fast ein Jahr her. Davor war ich mit jemandem zusammen, aber er war negativ, und seitdem gab es niemanden mehr. Aber ich nehme kein PrEP. Ich dachte nicht, dass ich das nötig hätte."

„Dein Freund. Er ist derjenige, mit dem du zusammen warst", sagte Emery.

Ich drehte meinen Kopf zu ihm. „Was?"

Emerys Hand fuhr hoch und umfasste meinen Kiefer. „Ellie erwähnte, dass dein Freund dich verlassen hat. Es tut mir ... wirklich leid, dass dir das passiert ist."

„Echt?"

Er sah sich um, und dann trafen seine Augen wieder meine. „Nein, denn es bedeutet, dass wir jetzt hier sein können."

Die Worte lagen mir auf der Zunge, aber egal, wie sehr ich wusste, dass ich sie aussprechen sollte, sie wollten nicht herauskommen.

Stattdessen stellte ich die Tasche weg und küsste Emery, bis er wieder auf dem Rücken lag. Er schlang seine Beine um meine Taille. Unsere Schwänze waren immer noch hart und rieben sich aneinander.

„Ich möchte nirgendwo anders sein als hier, Emery. Es tut mir leid ..."

Er brachte mich mit einem brennenden Kuss zum Schweigen, bevor er sich wieder zurückzog. „Hör auf, dich zu entschuldigen und beende, was du angefangen hast. Jeder hat Probleme im Gepäck. Wir können uns später damit befassen, aber jetzt? Dieses Zelt ist nur groß genug für zwei. Für dich und mich."

Danach trieben wir unsere Lust noch einige Stufen höher, bis wir beide außer Atem waren. Das Fläschchen mit dem Gleitmittel fand seinen Weg in meine Hand, aber ich konnte nicht sagen, ob ich es von den Decken genommen hatte, oder ob Emery es mir gegeben hatte.

Ich setzte mich auf meine Knie, öffnete die Flasche und drückte einen kleinen Klecks auf meine Finger. Emery drehte sich um und ging auf alle Viere, sein Hintern war praktisch in meinem Gesicht.

Selbst im schwachen Licht konnte ich sehen, wie sich das Fleisch zusammenzog und bereit war, mich zu empfangen.

„Großer Gott, das werde ich nicht überleben", sagte ich, während mir der Schweiß auf der Stirn stand. Falls ich befürchtet hatte, dass uns heute Nacht kalt werden würde, brauchte ich mir jetzt keine Sorgen mehr zu machen.

„Komm schon, Lex."

„Gott, wie ich es liebe, das Bedürfnis in deiner Stimme zu hören. Dein verzweifeltes Verlangen, mich in dir aufzunehmen, Emery." Ich benetzte meinen Schwanz mit dem Gleitmittel. „Nächstes Mal werde ich dich verschlingen, als wärst du die einzige Mahlzeit der Woche, aber jetzt bin ich schon zu weit gegangen. Ich muss in dir sein."

„Tu es."

Ich lachte. „Nur noch einen Moment, Baby. Ich muss dich erst vorbereiten."

Er seufzte seine Frustration heraus, aber es verwandelte sich in ein Stöhnen, als ich mit meinem geölten Finger über den Rand seines Lochs fuhr. Er öffnete sich eifrig und saugte meinen Finger in seine enge Hitze.

Ich würde den Verstand verlieren, sobald ich in ihm war. Ich hatte fast zu viel Angst davor, etwas zu tun, obwohl mein Schwanz das anders sah, denn er pochte vor Verlangen, die Dinge in Gang zu bringen.

„Alles in Ordnung, Lex. Alles gut", erklärte er, nachdem ich mir Zeit gelassen hatte, um sicherzustellen, dass ich ihm nicht wehtun würde.

Ich richtete meinen Schwanz an seinem Loch aus und übte genug Druck aus, um durch den ersten Muskelring zu kommen.

„Verdammt!", schrie ich, als er sich aufspießte, bis ich vollständig in ihm saß. „Du bist ja wahnsinnig, Emery. Geht es dir gut?" So sehr ich auch darauf brannte, ihn zu ficken, ich wollte ihm nicht wehtun.

„Jetzt ja. Du hast zu lange gebraucht, also habe ich die Sache selbst in die Hand genommen."

Als ich lachte, stöhnte er.

„Kann ich mich jetzt bewegen, Baby?"

Er nickte.

Ich legte eine Hand auf seine Hüfte, während die andere sanfte Kreise auf seinen Rücken malte, bevor ich mich ein wenig zurückzog und dann wieder in ihn eindrang.

Das Zelt war bald erfüllt von dem Geruch von Mann, Erregung und Sex. Wahrscheinlich drang Dampf durch den Stoff nach draußen in den Wald.

Ich behielt ein gleichmäßiges Tempo bei, wobei ich mich an Emerys Stöhnen orientierte.

„Leg dich auf den Rücken. Ich will dich sehen", sagte ich.

„Kann ich dich reiten?", fragte er.

Ich lehnte meine Stirn an seinen Rücken und atmete tief ein.

Bitte komm nicht zu früh. Bitte komm nicht zu früh.

„Du bringst mich noch ins Grab, Emery."

„Gut." Er schob sich nach vorn und rutschte unter mir weg. Ich legte mich auf die Decke, und mit einer raschen Bewegung spreizte Emery mich, griff nach meinem Schwanz und führte ihn wieder in sich hinein. „Du füllst mich so verdammt gut aus, Lex."

Mir blieb der Atem in der Kehle stecken, als ich Emery dabei zusah, wie er sich auf meinen Schwanz senkte. Er war so eng, so heiß, dass ich das Gefühl hatte, jeden Moment zu explodieren.

Ich nahm seinen Schwanz in meine Hand und streichelte ihn, während er mich fickte. Emery hob hingebungsvoll die Arme über seinen Kopf. Sein Haar war wild und sein Körper wogte über mir wie in einem Tanz.

Unter den Lichtern war Emery das exquisiteste, sexuellste Wesen, das ich je gesehen hatte.

„Verdammt, Baby, du fühlst dich so eng an. Das ist es,

nimm alles, was du brauchst. Lass mich zusehen, wie du kommst", sagte ich, während ich mich an den letzten winzigen Rest meines Verstandes klammerte.

Er lehnte sich auf meiner Brust nach vorn, bis wir uns gegenübersaßen. „Ich will mit deinen Lippen auf meinen kommen. Ich bin so nah dran, Lex."

Ich ließ seinen Schwanz los und zog meine Beine an, um mich jedes Mal, wenn er kam, in ihn zu bohren.

„Scheiße! Lex!"

Da sein Schwanz zwischen uns eingeklemmt war und mein Schwanz in ihn hinein und aus ihm heraus stieß, blieb mir nichts anderes übrig, als meine Lippen auf seine zu pressen. Ich brachte sein Stöhnen mit jedem einzelnen Zungenstoß zum Schweigen.

Ich wusste, dass er gleich kommen würde, als sich sein Körper verkrampfte. Er öffnete den Mund, um Luft zu holen, aber ich saugte nur seine Lippen zwischen die meinen.

Wie er es sich gewünscht hatte, kam er, während unsere Lippen aufeinanderlagen. Freihändig zu kommen war ein Novum für mich. Das hatten wir noch nie geschafft.

Emery wurde in meinen Armen zu Gummi. „Du bist noch nicht gekommen."

„Vertrau mir, Baby. Ich hänge an einem seidenen Faden."

Ich drehte uns wieder um, sodass Emery auf dem Rücken lag. Dann legte ich eines seiner Beine über meine Hüfte und fickte ihn, bis mein Orgasmus aus meinen Eiern aufstieg.

„Emery ..." Es war kein Schrei oder gar ein Flüstern. Es war ein Gebet, ein Wunsch, dass dies nur der Anfang von uns war.

In meiner Verwundbarkeit nach dem Orgasmus spürte ich, wie mir die Tränen in die Augen stachen. Ich zwang mich, sie zu unterdrücken und konzentrierte mich darauf, den Mann anzubeten, in den ich so verliebt war.

Schließlich siegten die Müdigkeit und das Bedürfnis, mich sauberzumachen.

Emery griff nach den Tüchern, die ich in den Kulturbeutel gelegt hatte, und begann uns zu reinigen. Ich konnte mich nicht bewegen und hatte keine Worte mehr. Er kümmerte sich um mich, obwohl ich mich um ihn kümmern sollte.

„Ich kann deine Gedanken hören, und wenn du das denkst, was ich denke, dass du denkst, kannst du damit aufhören", meinte er.

„Ich denke: *Wie bin ich hierhergekommen?*"

Er lachte. „Dein Bruder heiratet die Schwester meiner lästigen besten Freundin."

Ich lächelte.

„Und du bist wahnsinnig heiß."

„Na klar."

19

EMERY

An Lex gekuschelt aufzuwachen, gehörte ohne weiteres zu meinen fünf Lieblingsbeschäftigungen. Der Sex mit Lex stand ganz oben auf der Liste.

Die letzte Nacht war außergewöhnlich gewesen. Ich hatte mich noch nie so frei gefühlt, so sehr ich selbst, so sehr im Einklang mit jemand anderem. Ich hoffte nur, dass ich es nicht vermasselt hatte, denn ich wollte mehr davon in meinem Leben.

Okay, Lex war heißer als die Oberfläche der Sonne, und die zusätzlichen Decken, die wir dabeihatten, machten es auch nicht besser. Dazu kam noch die Morgensonne, die auf das Zelt schien, und ich fragte mich, wie lange es dauern würde, bis dieses faule morgendliche Kuscheln zu unerträglich werden würde.

„Du bist so heiß", murmelte Lex an meinem Hals und drückte einen sanften Kuss darauf, der meinen ohnehin schon interessierten Schwanz noch mehr erregte.

Ich schmunzelte. „Sagt der Ofen zum Herd."

Mein Mund suchte seinen und eroberte seine Lippen. Ich öffnete die Augen und sah, dass Lex mich mit halb geschlossenen, aber intensiven Augen anstarrte, als wollte er sich den Kuss visuell einprägen.

Ich drückte meinen Schwanz fester gegen seinen Oberschenkel, um eine weitere Runde Sex vorzuschlagen, aber mein dummer Bauch grummelte. Ich ignorierte ihn, küsste Lex weiter und rieb mich an ihm. In ein paar Minuten könnte ich kommen, ohne meinen Schwanz auch nur zu berühren.

Lex lachte leise.

„Hör auf zu lachen", sagte ich. „Ich bin so nah dran. Hilf mir. Ich bringe dich dann zurück zum Diner und bezahle sogar das Frühstück."

„Versprochen?" Seine Hände umfassten meinen Hintern und hielten mich an Ort und Stelle, an seinen Körper gepresst. Ich öffnete meine Beine, sodass sich unsere Schwänze aufstellen konnten.

„Ist es das, was du willst?", fragte er mit tiefer, heiserer Stimme.

„Ja", hauchte ich zurück.

Ich suchte seine Halsbeuge, um mein Gesicht darin zu vergraben. Sein Haar roch so gut, nach teurem Shampoo und Schweiß. Ich war mir bewusst, dass ich mich wie ein verzweifeltes, zusammenhangloses Wrack anhörte, aber das Einzige, worauf ich mich konzentrieren konnte, war das Gefühl, wie unsere Schwänze aneinander rieben.

„Ich werde dich fingern, bis du in meiner Hand kommst", erklärte er.

Ich nickte heftig, weil ich schon nicht mehr in der Lage war, Worte zu finden, und wir immer noch am Herumfummeln waren. Als ich spürte, wie seine Fingerkuppen mein Loch streichelten, entspannte ich mich und ließ ihn eindringen.

„Ich liebe es, wie sehr du das brauchst, Emery. Komm

schon, Baby. Reibe dich an mir. Lass mich kommen, indem ich dir zusehe, wie du kommst.“

„Hmmm …“

Gott sei Dank war ich noch immer eingeölt von letzter Nacht. Der erste Finger war leicht zu nehmen. Der Zweite war etwas schwieriger, weil wir in einer Position waren, in der er auch nicht so tief eindringen konnte.

Mein ganzer Körper zitterte, weil ich unbedingt meinen Orgasmus erleben wollte. Die Reibung unserer Schwänze und die Empfindungen, die seine Finger in meinem Arsch auslösten, waren zu viel, um sie zu ertragen.

Als Lex meine Prostata traf, kam ich heftig und ergoss mich über seinen ganzen Bauch.

„O Gott …o scheiße!“, schrie ich.

„Emery!“, rief er und kam kurz darauf.

Ein Nachbeben durchfuhr meinen Körper, als ich Lex' Mund verschlang. Er legte beide Arme um mich, und trotz des Unbehagens, das das kühlende Sperma verursachte, wollte ich nicht weg.

Bis mein Bauch wieder knurrte, natürlich.

„Okay, Zeit, aus diesem stinkenden Zelt zu verschwinden. Wir sollten uns waschen und zum Diner gehen“, sagte er.

„Wettrennen zum Fluss“, sagte ich, setzte mich auf und drehte mich um, um den Reißverschluss des Zeltes zu öffnen.

„Das Wasser wird eiskalt sein.“

„Dann wirst du ja richtig wach.“

Er gab mir einen Klaps auf den Hintern. „Ich *bin* richtig wach.“ Und dann packte er mich an der Taille, sodass ich gegen ihn fiel. „Auch wenn es sich manchmal anfühlt, als würde ich träumen.“

Ich war überglücklich, völlig lebendig und bereit, jede Herausforderung anzunehmen, die die Welt mir stellte. Optimismus strömte durch meine Adern. Es war ein berauschendes Gefühl, als wäre ich so stark, dass mich nichts umwerfen konnte.

„Ich weiß, was du meinst. Mehr als du dir vorstellen kannst."

Mehr konnte ich über meine Gefühle nicht laut sagen. Ich verließ das Zelt, lief zum Fluss und sprang in das eiskalte Wasser.

Lex kam eine Sekunde später zu mir.

„Das war eine schlechte Idee", sagte er, als er an die Oberfläche tauchte.

„Es ist der einzige Weg hinein, wenn das Wasser so kalt ist."

„Ich mache mir Sorgen um die Gesundheit meiner Lieblingskörperteile."

Ich fuhr mit einem Finger über seine Lippen. „Ich denke, das wird schon."

Obwohl wir ziemlich hungrig waren, als wir uns abtrockneten, beschlossen wir, das Zelt abzubauen und das Auto zu packen, da wir keine weitere Nacht bleiben würden.

Wir waren gerade auf dem Rückweg, um die restlichen Sachen vom Campingplatz zu holen, als mein Handy zweimal klingelte, fast gleichzeitig. Ich holte es heraus und sah zwei eingehende Nachrichten. Eine von meiner Mutter und eine von Frederick.

Ich öffnete Fredericks Nachricht zuerst. Ich hatte immer noch ein schlechtes Gewissen, weil ich ihn angerufen hatte, um Ren zu helfen.

FREDERICK

Du musst nach Hause kommen. Scheinbar haben unsere Mütter uns alle zum Essen eingeladen.

Scheiße.

MOM

Guten Morgen, Schatz. Jeanelle und ich wollen eure gemeinsame Zeit nicht stören, aber wir hoffen, dass wir heute Abend zusammen bei Pierre's essen können.

„Was ist los? Schlechte Nachrichten?", fragte Lex. Mit einem Seufzer legte ich mein Handy weg.

„Meine Eltern wollen essen gehen, und ich muss zuerst bei Frederick vorbeischauen, um mich über die letzte Nacht zu informieren. Er wohnt in der Stadt, also muss ich noch aus Cliffborough rausfahren, bevor ich nach Hause kann. Es tut mir so leid, aber können wir früher zurückfahren?"

Lex schlang seine Arme um meine Taille und kuschelte sich an meinen Hals.

„Natürlich können wir das."

„Ich wollte mit dir wandern gehen und vielleicht noch ein bisschen im Fluss herumspielen." *Und deinen Schwanz lutschen, bis du in meinem Mund kommst, damit ich dich schmecken kann. Und ich wollte wissen, ob du es magst, wenn ich unten bin, denn ich glaube, ich finde es heiß, wenn du oben bist.* Aber natürlich sagte ich nichts von alledem. Es war schon schlimm genug, dass ich ihn mitten in der Nacht für einen Handjob geweckt hatte. Er würde denken, ich sei sexsüchtig oder so.

„Beantworte die Nachrichten, und ich trage den Rest der Sachen zum Auto, okay?"

Ich nickte, und er gab mir einen sanften Kuss, bevor wir uns wieder auf den Weg machten.

Als ich mein' Handy herausholte, um die Nachrichten zu beantworten, war da eine neue von Ellie.

ELLIE

Wie gehts wie stehts, Loverboy? Konntest du deinen Juckreiz befriedigen?

Ich schnaubte.

EMERY

Es gab keinen Juckreiz.

ELLIE

O doch, gab es. Fast wäre er zu einer chronischen Krankheit geworden.

EMERY

Dann wird es dich freuen zu hören, dass Dr. Spencer exzellente Bettmanieren hat.

ELLIE

Ooooh, erzähl mir mehr …

EMERY

Vielleicht ein anderes Mal. Ich muss mich um ein paar Familienangelegenheiten kümmern.

ELLIE

Da wir schon von Familie reden, bring morgen einen extragroßen, extrastarken Kaffee mit, weil ich gestern ein Familienabendessen ertragen musste und Therapie brauche.

EMERY

Ich spendiere den Kaffee.

ELLIE

Und nach der Arbeit ein Eis …

EMERY

Abwarten …

Sie antwortete mit einem frechen Emoji, das mich zum Lächeln brachte.

Okay, Zeit, sich mit dem echten Leben zu befassen.

Zuerst antwortete ich Frederick.

EMERY

Warum glaubt meine Mom, wir wären ein Paar?

FREDERICK

Weil meine Eltern gestern bei mir waren, als du geschrieben hast. Aber ich kann ihnen auch die Wahrheit sagen und erklären, mit wem du wo bist, wenn du magst.

EMERY

Nein! Ich werde dich in jeden einzelnen Schwulenclub des Landes schleppen, wenn du es ihnen erzählst. Vertrau mir. Du hättest keinen Mangel an Verehrern.

FREDERICK

Nein danke. Komm zu mir, dann fahren wir zusammen zu ihnen. Und wir müssen noch über letzte Nacht reden.

EMERY

Okay. Bis später.

Ich öffnete die Nachricht meiner Mutter und antwortete mit einem einfachen *„Ich freue mich darauf"* und *„treffe dich dort"*.

„Ich bin frei. Wie kann ich helfen?", fragte ich Lex und steckte mein Handy in meine Tasche.

„Wir sind fertig", antwortete er, schloss den Kofferraum des Wagens und sah mich aufmerksam an.

Ich streckte meine Hände aus, und er nahm sie, hob sie an seine Lippen und küsste beide Knöchel.

„Wie wäre es, wenn wir den langen Weg zurück nehmen?"

Er lächelte. „Um mehr Zeit mit dir zu verbringen? Wo kann ich mich anmelden?"

Ich wollte nicht, dass dieses Wochenende zu Ende ging, also fuhr ich den langen Weg zurück bis zu dem Punkt, an dem wir für Benzin und Snacks anhalten mussten. Am späten Nachmittag kamen wir bei Lex' Wohnung an.

„Ich habe noch so viele Lebensmittel im Kühlschrank, die wir nicht mitgenommen haben. Die dürfen nicht vergeudet werden", meinte er und schmollte.

„Ich sage dir was: Ich komme morgen wieder und helfe dir, alles aufzuessen. Wir können sogar in deinem Garten zelten. Du hast doch einen, oder?"

„Ja, zum Ersten, aber zum Zweiten …", erwiderte er und ließ seine Hand über meinen Rücken gleiten, während ich mich an ihn drückte, „ich würde dich lieber in meinem Bett vögeln."

„Das würde mir sehr gefallen."

Wir schnappten uns seine Sachen und brachten sie hinein.

Ich hatte mir nicht wirklich die Zeit genommen, mich in Lex' Wohnung umzusehen, als ich ihn gestern abgeholt hatte, und war daher überrascht, als ich ein Aquarium mit einem Goldfisch sah.

„O hallo, Goldie", gurrte ich. „Du warst dieses Wochenende ganz allein. Tut mir leid, dass ich dir deinen Zimmergenossen weggenommen habe."

Ich lächelte, als der Fisch ein paar Runden um das Becken drehte, bevor er zurückkam. Als ich mich umdrehte, stand Lex regungslos da und machte große Augen.

„Was?"

„Woher kennst du seinen Namen?", fragte er.

Ich zuckte mit den Schultern. „Heißen nicht alle Goldfische Goldie? Du hast ihm den Namen gegeben, also solltest du es wissen." Ich lachte.

„Ich habe ihm keinen Namen gegeben."

„Nun, wer auch immer es war, kannte offensichtlich die Regeln. Wie auch immer, ich sollte jetzt gehen."

Er seufzte. „Okay."

Ich machte einen Schritt in seine Richtung, als ich es bemerkte. „Ähm, Lex? Warum hast du einen Gecko auf deiner Schulter?"

„Ich – was?" Er drehte seinen Kopf zu beiden Seiten, bis er den Gecko sah. Was folgte, war eine Komödie aus ruckartigen Bewegungen, Zappeln und Lex, der fast über seinen Couchtisch fiel, als er den Gecko abschüttelte. „Wo ist er? Ist er noch auf mir? O mein Gott, nimm ihn weg, nimm ihn weg!"

„Beruhige dich. Er ist nicht mehr da. Du hast ihn unter die Couch verscheucht."

Lex quiekte. „Ich habe *ihn* verscheucht? Was zum Teufel macht eine Eidechse in meiner Wohnung?"

Ich ging zur Couch hinüber und hockte mich langsam hin. Vielleicht würde er sich fangen lassen, wenn er sehen würde, dass ich keine Bedrohung darstellte.

„Es ist ein Gecko, keine Eidechse. Und er ist wahrscheinlich vom Wald aus mit uns getrampt."

Lex stöhnte auf. „Was soll ich denn jetzt tun? Wie soll ich jemanden finden, der diesen Ort an einem Sonntag ausräuchert? Ich werde wohl bei Noah und seiner Wochenendbekanntschaft unterkommen müssen."

Ich lachte. „Du musst niemanden anrufen. Geckos sind harmlos. Sie sind sogar tolle Haustiere."

„Nun, ich bin nicht auf der Suche nach einem Haustier." Er schritt hin und her.

„Scheiße, mir fällt gerade ein, dass Noah nicht da ist."

„Hast du noch so ein Becken wie das von Goldie?", fragte ich.

„Warum?"

„Weil, wenn ich es schaffe, ihn zu fangen, du ihn behalten kannst, bis wir wissen, was zu tun ist."

„Warum muss ich ihn behalten?"

„Weil er mit dir gekommen ist. Wenn er bei mir sein wollte, wäre er im Auto geblieben“, scherzte ich.

„Das ist nicht lustig, Emery. Was zum Teufel soll ich mit einem Gecko?“

„Psst“, erwiderte ich, als ich den Gecko an einem der Sofabeine sah. „Hast du so ein Netz zum Abdecken von Obst?“

„Ähm, ja, es deckt Obst zu.“

„Kannst du es mir bringen und auch ein kleines Stück Obst abschneiden?“

Ich behielt den Gecko im Auge, während Lex in die Küche ging.

„Okay, wo soll ich das hinstellen?“, fragte er.

„Leg das Obst auf den Boden neben die Couch“, sagte ich und zeigte auf die genaue Stelle. „Und gib mir das Netz.“

Es dauerte ein paar Minuten, bis der Gecko sich sicher genug fühlte, um zu versuchen, unter der Couch hervorzukommen. Wie ich gehofft hatte, stürzte er sich direkt auf das Obst. Als ich das Netz über ihn legte, versuchte er zu entkommen, weshalb ich es zuhalten musste.

„Und was jetzt?“

„Jetzt holst du dein Ersatzbecken, damit wir ihn umsetzen können.“

Einen Moment später war Lex mit dem Becken zurück. Es bedurfte einiger Fehlversuche, bei denen der Gecko fast wieder entkommen wäre, aber wir schafften es, ihn in dem Behälter zu sichern, der zum Glück einen Deckel und eine Entlüftung hatte.

„Wir legen den Rest des Obstes zu ihm hinein.“

Lex hielt sich von dem Becken fern, als wäre es giftig. Ich wollte scherzen, aber er war eindeutig verängstigt. Es hatte einen gewissen Vorteil, auf einem großen Grundstück auf dem Land und nicht in der Stadt aufgewachsen zu sein. Ich hatte meine Kindheit damit verbracht, mit Mr. Kowalskis

Sohn, der nur ein wenig älter war als ich, alle möglichen Käfer zu fangen.

„Okay, Gordon. Sei brav für Daddy Lex, und wir werden sehen, was wir morgen für dich tun können", sagte ich zu dem Gecko, bevor ich mich an Lex wandte.

„Ich bin nicht der Daddy von diesem Ding, und warum gibst du ihm einen Namen?"

Ich drückte ihm einen sanften Kuss auf die Lippen. „Wir werden sehen. Geckos sind super liebenswert und freundlich. Du wirst dich im Handumdrehen verlieben. Und jeder weiß, dass Geckos Gordon heißen müssen. Wie Gordon Gekko aus dem Film *Wall Street*."

Er sah mich an, als sei ich unzurechnungsfähig. „Aber im Ernst, sollen wir ihn wieder in den Wald auswildern?" Er fuhr mit den Fingern durch mein Haar. Ich schloss die Augen und genoss die Art, wie seine Nägel über meine Kopfhaut kratzten.

„Ja, wenn du wirklich willst, können wir ihn zurückbringen."

Wegen der langen Fahrt und des Abenteuers mit Gordon würde ich zu spät bei Frederick ankommen, aber ich wollte auch nicht gehen, ohne einen letzten innigen Kuss von Lex zu bekommen.

Ich lächelte die ganze Fahrt über, aber als ich vor Fredericks Wohnung anhielt, verschwand es. Die Tatsache, dass ich hier war, erinnerte mich daran, dass mein perfektes Wochenende zu Ende war und es an der Zeit war, eine Show abzuziehen.

„Du bist spät dran", meinte er und sprang in mein Auto.

„Tut mir leid, wir hatten ein Gecko-Problem ... und wenn ich ehrlich bin, habe ich das hier so lange hinausgezögert, wie ich konnte. Ich hasse es, zu lügen."

„Ich auch, aber wenn diese Lüge nicht gewesen wäre,

hättest du dieses Wochenende nicht gehabt. Ich nehme an, die Sache mit Lex ist ernst?"

Ich lenkte den Wagen zurück auf die Straße. „Ich weiß es nicht. Wir hatten eine tolle Zeit … vielleicht?"

„Wenigstens musst du nicht auf hundert Sukkulenten aufpassen", stöhnte er und verschränkte die Arme vor der Brust.

„Was meinst du?"

„Dieser kleine Schrecken von einem Menschen, auf den ich aufpassen sollte, ist völlig durchgeknallt. Er hat mich gezwungen, in die Wohnung seines Ex einzubrechen, um nicht zwei oder drei, sondern verdammt noch mal hundert kleine Töpfe mit Sukkulenten zu stehlen. Was auch immer Sukkulenten sind. Ich schätze, einige sind hübsch, aber warum zum Teufel sind es so viele?"

Ich versuchte, mein Lachen zu unterdrücken, aber es brach einfach aus mir heraus.

„Was ist so lustig? Du bist mir was schuldig."

„O Süßer, würdest du nicht alles für deinen neuen Freund tun?", scherzte ich.

„Wenn der gestrige Tag nicht genug Beweis für meine Liebe zu dir ist … Freund, dann müssen wir das wohl neu bewerten."

Ich lachte. „Wie auch immer, was hat es mit den Sukkulenten auf sich?"

„Erde an Lex. Ich rufe Erde an Lex."

Ich drehte mich in meinem Stuhl um. „Was?"

„Wir wissen, dass du dieses Wochenende wahrscheinlich viel Sex hattest, aber wir haben noch zu tun", meinte Noah.

„Ja, ich weiß", erwiderte ich abwehrend. „Was ist das Problem?"

Noah hob eine Augenbraue und lehnte sich in seinem Stuhl zurück. „Das Problem, kleiner Bruder, ist, dass du nichts von dem wiederholen kannst, was in dieser Besprechung bisher gesagt wurde, weil du zu sehr damit beschäftigt bist, aus dem Fenster zu schauen und abzuschalten."

„Ich habe nicht deine Zwillingstelepathie, und selbst ich fühle mich heute Morgen leicht geil", erklärte Noah.

„Wann fühlst du dich nicht geil?", fragte ich.

„Gutes Argument, aber wir müssen das hier beenden, denn ich muss noch woanders hin."

Adam und ich sahen uns gegenseitig an und dann ihn, bevor Adam sprach: „Du warst dieses Wochenende unterwegs. Willst du einiges nachholen, oder was?"

„Ja, und für diese Dinge muss ich einen Kunden besuchen.“ Er griff nach seiner Kaffeetasse und nahm einen Schluck.

„Apropos Kunden, wie läuft es mit Van Stern?“, fragte ich.

Noah hustete plötzlich und verschüttete dabei fast seinen Kaffee. „Was?“

„Wie läuft es mit dem Glasmalereimuseum? Lior schien sehr daran interessiert zu sein, mit uns zusammenzuarbeiten.“

„Er ist … sehr interessiert. Wir sind uns auf der Konferenz am Wochenende zufällig begegnet …“

Adam lehnte sich auf dem Konferenztisch vor und stöhnte. „Bitte sag mir, dass du nicht mit einem Kunden geschlafen hast.“

„Ich nehme es dir übel, dass du denkst, ich würde das tun.“

Adam hob eine Braue. Diese Brauen machten heute Morgen Überstunden. Ich schnaubte.

„Worüber lachst du?“, fragte Adam mich.

„Weil du heute alles so ernst nimmst.“

„Irgendjemand muss es ja tun. Wenn du träumst und Noah möglicherweise einen Kunden vögelt, muss jemand hier der Erwachsene sein.“

Er hatte recht. Ich hätte aufmerksamer sein sollen, aber heute fiel es mir schwer.

Abgesehen davon, dass ich anscheinend ein neues Haustier gewonnen hatte, das ich auf jeden Fall in die Wildnis entlassen würde, wenn ich Emery nicht davon überzeugen konnte, es mit in den Wald zu nehmen, wollte mein Gehirn nur noch jeden Moment des Wochenendes wiederholen.

Ich wollte Emerys Lachen hören, ihn beobachten, ihn berühren … Sein Gesicht sehen, wenn er kam … Wieder erleben, wie verzweifelt wir beide vor Lust gewesen waren … Wie er mich mitten in der Nacht für Sex geweckt hatte …

Es war das perfekte Wochenende gewesen.

Sogar die Ablenkung namens Ren hatte einen Moment der Leichtigkeit gebracht.

Ich hatte gar nicht gemerkt, wie sehr ich es vermisst hatte, einfach nur zu entspannen. Meine Brüder schleppten mich zwar zu unseren wöchentlichen After-Work-Drinks, an denen River gelegentlich teilnahm, aber es war schon lange nicht mehr dasselbe.

Adam war mit Victoria beschäftigt. Manchmal musste er direkt nach Hause, weil sie zu irgendeinem Abendessen wollten. Und Noah lebte sein bestes Singleleben. Wenn er in der Bar keinen Treffer landete, ging er in einen Club.

Er war schon immer der Unabhängige gewesen. Er hatte nie Angst, etwas auf eigene Faust zu unternehmen und ließ sich durch nichts aus der Ruhe bringen.

„Und er ist wieder weg", meinte Adam.

„Ich bin nicht abwesend. Es ist nur … schwer, nach dem Wochenende wieder zu arbeiten, das ist alles."

Noah schnaubte. „Das passiert jede Woche, und du hast normalerweise kein Problem damit. Emery muss im letzten Jahr einiges dazugelernt haben."

Ich warf meinen Stift nach ihm, bevor er ihn kommen sah, und lachte, als er ihn direkt an der Stirn traf.

„Tut mir leid, das war daneben", sagte er.

„Wie auch immer", erwiderte Adam und brachte uns zurück zum Thema. „Du schläfst nicht mit Lior Van Stern?"

Noah brauchte einen Moment, um zu antworten, aber er klang überzeugend, als er sagte, dass zwischen ihm und Lior nichts Sexuelles vor sich ging. Es war nicht Noahs Art zu lügen, also hatte er vielleicht Interesse an Lior. Aber ich wusste, dass er den Auftrag nicht gefährden würde, indem er mit dem Kunden schlief. Zumindest nicht, bis der Job erledigt war.

„Hattest du nicht was mit Tanner?", fragte Adam Noah.

„Wie das alte Sprichwort sagt: Man scheißt nicht, wo man isst, also ficke ich nicht, wo ich trinke. Außerdem müssten wir uns eine neue Bar suchen, wenn es zu Ende wäre, und diese gefällt mir. Also, nein, ich werde nicht mit Tanner schlafen.“

Ich sah auf den Papierkram vor mir mit den Entwürfen, die wir genehmigen mussten. „Okay, jetzt, wo wir festgestellt haben, wer mit wem schläft und wer mit *niemandem* schläft …“

„Das habe ich nicht gesagt“, unterbrach Noah.

„Gott bewahre, dass wir je auf den Gedanken kommen, du würdest mit deiner rechten Hand Zeit verbringen“, fuhr ich fort und ignorierte seinen Blick. „Mom und Dad haben diesem Entwurf zugestimmt, und River hat den hier genehmigt.“ Ich schob sie in die Mitte des Tisches, damit sie beide sehen konnten.

„Sie konnten es uns nicht einfach machen und sich ausnahmsweise mal auf etwas einigen, oder?“, fragte Noah rhetorisch.

„Der Tag, an dem das passiert, wird voller Tragödien sein, weil die Welt zu sehr aus dem Gleichgewicht geraten wird.“ Ich lachte. „Ich habe mir einen alternativen Entwurf ausgedacht, der beide miteinander verbindet. Adam, du musst den Text für mich überprüfen. Und Noah, ich möchte, dass du ihnen nichts davon erzählst.“

„Warum?“

„Wenn wir jedes Detail mit ihnen besprechen, werden wir es nie bis zum Druck schaffen. Es wird keine Speisekarten und keine Werbung oder Social-Media-Kampagne geben.“

Adam kratzte sich am Kopf. „Du weißt, dass sie uns umbringen werden, wenn wir das tun, oder?“

„Sie sagen uns ständig, dass das Geschäft auch unseres ist,

dass wir uns mehr einbringen müssen. Welchen Entwurf bevorzugt ihr?"

Beide starrten die Papiere einen Moment lang an, bevor sie auf den neuen, alternativen Entwurf deuteten.

„Perfekt. Sobald wir uns über den Wortlaut geeinigt und ihn Korrektur gelesen haben, werde ich den Ball mit dem Team ins Rollen bringen."

Noah stand auf. „Wenn das alles ist, bin ich weg."

„Warte", sagte Adam. „Haben alle ihre anderen Termine zugunsten der Party abgesagt? Mom und Dad werden uns umbringen, wenn wir nicht da sind."

Wir nickten. „Zeit, die alten schwarzen Hosen und das weiße Hemd zu bügeln", sagte ich. „Wenigstens sind die neuen Schürzen, die wir uns machen lassen, viel schöner."

„Wer hat sonst noch Albträume davon, Teller mit Essen fallen zu lassen oder Wein über die Kleidung der Gäste zu schütten?", fragte Adam.

Noah und ich hoben beide unsere Hände.

„Aber es wird Spaß machen. Es ist schon lange her, seit wir alle zusammen angepackt haben", sagte Noah. „Família acima de tudo." Wir trafen uns in der Mitte des Tisches und gaben uns einen gemeinsamen Faustschlag.

„Família acima de tudo." *Die Familie über alles.*

Als Noah den Raum verließ, schloss ich meine Mappe und stand auf, um ebenfalls zu gehen.

„Lex, hast du einen Moment Zeit?"

„Klar."

„Ich habe mir überlegt, wie wäre es, wenn wir diese Woche ein Doppeldate hätten?", fragte Adam.

„Doppeldate?"

„Ja, du weißt schon, so ein Ding, wo ich und meine Verlobte und du und dein Freund zusammen abhängen?"

Ich hob eine Augenbraue. „Ich habe Victoria noch nie

mit jemandem abhängen sehen. Weiß sie überhaupt, wie man abhängt?"

Verdammt! Ich bedauerte meine Worte, sobald sie aus meinem Mund kamen.

„Es tut mir leid, das war unangebracht."

Adam stand auf und setzte sich auf die Couch, die wir in der Ecke des Konferenzraums platziert hatten. So viele unserer besten Ideen waren in dieser Ecke entstanden, manchmal bis spät in die Nacht bei einer Flasche Scotch, die Noah unweigerlich aus dem Lusitana gestohlen hatte.

„Sie macht das nicht mit Absicht, weißt du? Es ist schwer für Victoria, in eine Familie zu stolpern, die sich so nahesteht wie wir, besonders weil sie ihrer Schwester nicht so nahe ist."

Ich setzte mich neben ihn. „Ich weiß. Ich schätze, ich habe nie verstanden, wie schwer es für sie gewesen sein muss, das zu erleben, vor allem, da River schon seit Jahren Teil unserer Familie ist und Emery sich so leicht eingefügt hat."

„Wusstest du, dass sie geübt hat, portugiesisch zu kochen, damit wir die Familie nach der Hochzeit zum Essen einladen können?"

Ich drehte mich schockiert zu Adam um. „Wirklich?"

„Ja. Sie will wirklich alle beeindrucken. Ich möchte, dass sie das Gefühl hat, zur Familie zu gehören. In letzter Zeit … Ich weiß nicht. Ich habe das Gefühl, dass da eine Distanz zwischen uns ist. Wie bei uns allen. Sogar River hat mehr zu tun als sonst. Er hat einige der Freitags-Drinks verpasst, und immer, wenn ich ihn frage, ob er etwas unternehmen will, sagt er, er sei im Restaurant und arbeite."

Ich hatte es auch gespürt und mir die Schuld dafür gegeben, dass ich mich in einem anderen geistigen Zustand befand als meine Brüder. Ich war traurig gewesen und hatte den Verlust von Emery betrauert. Seit er wieder in mein Leben getreten war, hatte ich praktisch jeden ignoriert. Meine Abende verbrachte ich damit, mit Emery zu telefonieren oder ihm Nachrichten zu schicken. Jedes Mal, wenn ich ihn nach der Arbeit sehen konnte, tat ich es.

Aber was ich nicht erkannt hatte, war, dass ich mich nicht nur von meiner Familie zurückzog. Ich stieß sie auch von mir weg, und vielleicht zu Unrecht, denn ich gab Victoria keine Chance.

„Ich denke, das ist eine gute Idee. Machen wir es", meinte ich. „Ich werde Emery fragen, wann er Zeit hat, und dir Bescheid geben."

Adams sofortiges Lächeln spiegelte sich in meinem wider.

„Gehen wir ins Lusitana?", fragte er.

Ich grinste. Wir konnten nicht riskieren, von meinen Eltern gesehen zu werden. „Nein, können wir woanders hingehen? In das italienische Restaurant am Fluss?"

„Lex …"

„Ich weiß. Ich wollte Emery die Wahrheit sagen, aber wir wurden durch ein Gecko-Problem abgelenkt, und dann musste er gehen. Wenn ich ihn mit all dem belastet hätte, wäre er gegangen, und dann hätte ich nicht gewusst, ob er jemals wiederkommen würde."

Er lachte. „Ein Gecko-Problem?"

„Frag nicht." Ich seufzte. „Hör mal, ich dachte, ich hätte ihn für immer verloren. Weißt du, wie sich das anfühlt? Ich bin nicht zu einer Beerdigung gegangen. Wir haben uns nicht getrennt. Er war einen Tag da, nur für ein paar Tage weg, um ein paar Familienangelegenheiten zu regeln, und dann war er einfach verschwunden."

Adam legte seinen Arm um meinen, so wie wir es immer getan hatten, als wir jung gewesen waren. „Ich weiß. Ich weiß noch, wie schwer es für dich war. Ich habe es auch gespürt. Wochenlang konnte ich nicht schlafen und war immer nervös. Ich musste mit ansehen, wie du um eine Beziehung trauertest, die zu Ende ging, aber nie zu Ende war. Ich verstehe das, Lex. Du hast Angst davor, ihn wieder zu verlieren."

Ich nickte, ein Kloß bildete sich in meinem Hals. „Er hatte einen Unfall. Er *hätte* sterben können, und ich hätte es nie erfahren. Ich glaube, das ist der Grund, warum ich jedes Mal erstarre, wenn ich versuche, es ihm zu sagen. Ich glaube, ich könnte es nicht ertragen, ihn noch einmal zu verlieren."

„Dann sorge dafür, dass du immer weißt, wie du ihn finden kannst. Sorge dafür, dass wenn einem von euch beiden etwas zustößt, der andere es erfährt. Was für Familiengeheimnisse hatte er zu verbergen, dass du nicht einmal wusstest, ob er eine Familie hat? Wie wolltest du mit einem Mann verlobt sein, über den du nichts wusstest? Wie viel weißt du jetzt über ihn?"

Adam hatte recht, aber wieder einmal ging ich dem Konflikt aus dem Weg und ließ mich von der alles verzehrenden Angst beherrschen.

„Er hat seine Familie und seine Erziehung erwähnt. Ich weiß nicht, warum er diese Dinge jetzt mitteilt und vorher nicht. Ich kann ihn nicht zu mehr Informationen drängen, denn das ist nichts, was man jemandem erzählt, mit dem man erst seit fünf Minuten zusammen ist."

„Aber das bist du nicht, Lex."

„Das weiß er doch gar nicht."

Er drückte meine Hand. „Pass nur auf, dass du dir dabei nicht selbst weh tust. Auch dein Herz ist wichtig. Ich hoffe, dass du eines Tages, ob mit Emery oder jemand anderem, deine weiße Hochzeit erlebst, weil du deinen Partner fürs Leben gefunden hast, und dass wir unsere gleich aussehenden Kinder zusammen aufwachsen sehen."

Ich lächelte, und dann brach ein Lachen aus mir heraus. „Diese Unterhaltung würde nie stattfinden, wenn Noah hier wäre."

„Auf keinen Fall. Er ist allergisch gegen Beziehungen, ganz zu schweigen von der Ehe."

„Wie du schon sagtest, vielleicht findet er eines Tages jemanden, der ihn zum Umdenken bringt."

Dank des Treffens und meines Gesprächs mit Adam musste ich die Mittagspause durcharbeiten, um den Rückstand aufzuholen. Als Emery mir eine Nachricht schickte, in der er mich daran erinnerte, dass wir die Reste vom Wochenende essen würden, war das der Energieschub, den ich brauchte, um alles zu erledigen.

Mit etwas Glück würde ich meinen Lieblingsmann als Hauptmahlzeit genießen, bevor wir zu den Resten kamen.

21

EMERY

I⁣CH SCHAUTE WIEDER auf die Uhr und beschleunigte mein Tempo, bis ich praktisch joggte.

„Herrgott", murmelte ich laut. Heute war kein guter Tag, um heiß, verschwitzt und zerzaust zu sein. Ich konnte es nicht einmal ertragen, mir vorzustellen, wie mein Haar aussah.

Als Lex ein Doppeldate mit seinem Bruder und seiner zukünftigen Schwägerin vorgeschlagen hatte, war ich in Panik geraten. Es war eine Sache, die Familie zu treffen, aber eine ganz andere, die Person zu treffen, die ein Abbild des Mannes war, mit dem man sich traf.

Was, wenn Adam mich nicht mochte? Würde Lex uns neu bewerten?

„Blöde Gedanken, weg mit euch. Ich bin ohnehin schon aufgeregt."

Ich war fast am Ziel. Nur noch eine Ecke und ich würde das Restaurant sehen. Hoffentlich würden Lex und sein Bruder sich auch ein wenig verspäten. Es war mein Pech, dass mein Auto ausgerechnet heute eine Panne hatte.

Heute Morgen mit einem Uber in die Stadt zu fahren,

war zwar teuer gewesen, aber es hatte sich gelohnt. Ich hatte damit gerechnet, noch einen Uber von der Schule zu bekommen, also hatte ich eine Fahrt von Ellie abgelehnt. Dann wurde ich bei der Arbeit an einem Projekt für die Kinder abgelenkt. Als ich merkte, wie spät es war, nahm ich die früheste Fahrt, aber der Verkehr war so dicht, dass ich für die ganze Fahrt bezahlte und den Rest des Weges zu Fuß ging.

Hundert Meter vor dem Restaurant hielt ich an, um Luft zu holen. Mein Spiegelbild in einem Schaufenster war eigentlich gar nicht so schlecht. Vielleicht waren die Götter heute doch noch auf meiner Seite. Ich holte tief Luft und ging den Rest des Weges zum Restaurant.

Als ich näher kam, sah ich Lex sofort, und zum Glück war er allein. Von hinten, in seiner grauen Hose und seinem Hemd, war er meine persönliche Definition von Sex auf Beinen. Mir fiel sofort auf, dass sein Haar anders war, also musste er einen Friseur besucht haben.

Das machte Sinn, denn wir hatten uns schon ein paar Tage nicht mehr gesehen. Seitdem ich bei ihm übernachtet hatte und wir das Essen gegessen hatten, das er für den Campingausflug gekauft hatte, genau genommen. Ich hatte ihn vermisst.

War das dumm? Wir sprachen jeden Tag miteinander. Wie konnte ich ihn da vermissen? Das war bestenfalls lächerlich. Ich war erwachsen, um Himmels Willen.

„Hier hängen also die ganzen heißen Männer ab", sagte ich und ging auf ihn zu.

Er drehte sich um, aber ich ließ ihm keine Zeit zu antworten, bevor ich an ihm klebte.

Gott, ich hatte seinen Mund vermisst. Ich schlang meine Arme um seinen Hals und saugte an seinen Lippen. Es dauerte ein paar Sekunden, bis ich bemerkte, dass Lex überhaupt nicht auf meinen Kuss reagierte.

Ich wich langsam zurück, während mein Gehirn bereits

die beschämende Wahrheit verstand, dass es nicht Lex war, den ich gerade geküsst hatte.

Zumal Lex ein paar Meter entfernt stand, neben einer großen Frau.

Ich bedeckte meinen Mund mit der Hand, aber ich bezweifelte, dass dies meine Demütigung irgendwie verbarg.

„Es … es tut mir so leid", stotterte ich.

Adam war der Erste, der darauf reagierte und in Gelächter ausbrach.

„Interessanter erster Eindruck, den du erwecken willst. Ich bin Victoria, und der Mann, den du gerade geküsst hast, ist mein Verlobter Adam." Obwohl sie mir ihre Hand entgegenstreckte, war ihre Stimme eiskalt.

„Schön, dich kennenzulernen, Victoria. Bitte entschuldige. Ich dachte, er sei Lex." Ich drehte mich zu Lex um. „Bitte glaub mir. Ich würde nie einen anderen küssen. Er stand mit dem Rücken zu mir und war allein … Ich dachte …"

„Hey", meinte Lex, kam herüber und legte seine Hände auf meine Taille. „Ich weiß. Es war ein Missgeschick. Du hast es nicht gewollt."

„Du versprichst, dass du nicht sauer bist?"

Er lachte. „Warum sollte ich dir böse sein, wenn du mich überall anspringen willst, sogar mitten auf der Straße?"

„Aber das warst nicht du."

„Aber du hast es gedacht."

Ich nickte. Ich hatte gedacht, dass er es war, aber jetzt fühlte ich mich auch schuldig, weil ich den Hintern seines Bruders sexy fand.

„Lasst uns reingehen. Unser Tisch ist fertig", meinte Lex und hielt meine Hand.

Adam gab mir einen Klaps auf den Rücken. „Schön, dich kennenzulernen, Emery. Wenn du jeden so begrüßt, werde ich anfangen, in all deine Verabredungen zu platzen."

Meine Wangen wurden heiß. Okay, er war also nicht sauer, dass ich ihn geküsst hatte, aber Victoria schien nicht von mir beeindruckt zu sein.

Der Kellner brachte uns zu unserem Tisch. Ich setzte mich neben Lex, Adam nahm den Platz mir gegenüber ein, und Victoria setzte sich neben Adam.

„Ich war schon ewig nicht mehr hier", sagte Adam und hielt die Speisekarte in der Hand. „Was ist hier gut?"

„Die Ziti-Pasta", sagten Lex und ich gleichzeitig. Unsere Blicke trafen sich und wir lächelten uns an. Wer hätte gedacht, dass mein missglücktes Date mich einmal zu Lex führen würde?

„Wow, ihr beendet die Sätze des anderen. Ihr verschmelzt zu ein und derselben Person", bemerkte Adam.

„Ich denke, es ist wichtig, seine Individualität zu bewahren, wenn man mit jemandem zusammen ist. Wenn sie sich in dich verliebt haben, solltest du dich nicht verändern, sonst erkennt sich keiner von euch nach Jahren wieder. Meinst du nicht auch, Schatz?", fragte Victoria und hielt Adams Arm fest.

„Ich stimme zu", antwortete Lex. „Aber wenn man wichtige Dinge gemeinsam hat, funktioniert eine Beziehung besser. Apropos, Adam sagte, dass du lernst, portugiesisch zu kochen."

Victoria zuckte mit den Schultern. „Ja, ich meine, das ist doch nicht so schwer, oder? Es sind doch immer die gleichen Zutaten."

„Richtig. Ja, ich schätze, da hast du nicht unrecht", antwortete Lex.

Unter dem Tisch legte ich meine Hand auf sein Bein und drückte es sanft. Er legte seine Hand auf meine, woraufhin ich lächelte und sie umdrehte, damit wir unsere Finger ineinander verschränken konnten.

Das Gespräch geriet ins Stocken, bis ein leises Quietschen unsere Aufmerksamkeit erregte.

„Lex. Emery. Wie schön, euch zu sehen. Ich kann euch nicht genug dafür danken, dass ihr mich an diesem Tag gerettet habt. Ich hätte etwas Dummes getan, das ich bereut hätte, weil ich einfach so bin."

„Hi, Ren", sagte ich. „Ich bin so froh, dass am Ende alles gut gegangen ist. Frederick hat mir erzählt, dass er sich um deine Sukkulenten kümmert."

Sein Gesicht verzog sich zu einem finsteren Ausdruck. „Dieser Höhlenmensch. Ich schwöre, wenn er nicht so riesig wäre, hätte ich ihm schon längst eine verpasst. Kannst du glauben, dass er gedroht hat, meine Babys zu überschwemmen?"

„Er hat damit gedroht?"

„Nun, er sagte, er würde sicherstellen, dass er nicht vergisst, sie täglich zu gießen. Ich musste ihm genaue Anweisungen geben, damit er meine Sukkulenten nicht umbringt. Sie haben es schon so weit gebracht, seit sie in Chads Wohnung eingesperrt waren. Nicht, dass Freddy weniger ein Tier wäre. Er könnte sogar noch schlimmer sein." Ich tauschte einen Blick mit Lex aus, als Ren weiterredete. „Ich meine, er ist nicht fremdgegangen, weil er, wie er sagt, *hetero* ist und wir nicht zusammen sind. Herrje, das wäre ja furchtbar, oder? Wer braucht schon so viele Muskeln? Wusstest du, dass er ein echtes Sixpack hat? Welcher normale Mensch hat schon ein Sixpack?"

„Nur so aus Neugier, woher weißt du, dass er ein Sixpack hat?", fragte Lex.

Ren winkte ihn ab. „Oh, ich war bei ihm daheim, und er kam praktisch nackt aus der Dusche. Ihr hättet ihn springen sehen sollen. So hoch komme nicht mal ich."

„Er wusste nicht, dass du da warst?"

Ren zuckte mit den Schultern. „Er hat mir einen

Schlüssel gegeben, damit ich meine Babys besuchen kann. Man kann doch nicht wirklich überrascht sein, jemanden in seiner Wohnung zu finden, dem man einen Schlüssel gegeben hat, oder?"

Ein Husten von Victoria erregte unsere Aufmerksamkeit.

„Was ist das Tagesgericht, bitte?", fragte sie.

„Oh, ähm, die Ziti-Pasta ist immer gut. Heute haben wir auch vegetarische Lasagne und Kalbskoteletts mit Thymian-Röstkartoffeln und Rucola. Wenn Sie mich fragen, würde ich mich immer für die Ziti-Pasta entscheiden. Das ist die beste Hausmannskost und das Lieblingsgericht des Chefkochs, deshalb ist es auch so gut."

Victoria lenkte ihren Blick wieder auf die Speisekarte. „Ich nehme den gemischten Salat, bitte."

„Natürlich. Und was nehmen Sie dazu?", fragte Ren.

„Wasser mit einer Scheibe Zitrone und einem Eiswürfel." Sie klappte die Speisekarte zu und reichte sie Ren, der sie anstarrte, als hätte ihn noch nie jemand nur nach Salat gefragt.

Ich konnte die Herausforderung in seinen Augen sehen. Er wollte sie umstimmen. Aber nach dem, was ich von Ellie über ihre Schwester gehört hatte, würde das böse enden.

„Ren, könnte ich bitte die Ziti-Pasta haben?", fragte ich.

„Für mich auch", sagte Lex, und Adam pflichtete ihm bei.

Er nahm unsere Getränkebestellung auf und ging, wobei er Victoria einen letzten verwirrten Blick zuwarf.

„Was machst du denn so, Emery?", fragte sie mich.

„Ich bin Grundschullehrer. Ich arbeite mit Ellie zusammen."

„Meiner Schwester?"

„Ja. Wir sind gut befreundet."

„Hm."

Ich wusste nicht, was das „*hm*" bedeutete. Das Gespräch

kam auf das Thema ihrer Hochzeit zu sprechen, was bedeutete, dass Victoria einen Großteil des Gesprächs übernahm, während wir drei einfach nur nickten.

Ich begann zu verstehen, was Ellie über ihre Schwester sagte. Sie war einfach grenzwertig unhöflich, was man mit der Nervosität entschuldigen könnte, wenn man jemand Neues kennenlernte oder mit dem Stress ihrer bevorstehenden Hochzeit. In Wirklichkeit fand ich Victoria ein wenig unnahbar und desinteressiert an allem, was sich nicht um sie drehte.

Das Beste an dem Abendessen war, dass ich die Ziti-Pasta mit einer Hand essen konnte, denn das bedeutete, dass ich Lex nicht loslassen musste. Jedes Mal, wenn ich ihn anschaute, lächelte er. Nicht sein übliches Lächeln, sondern eine Version des Lächelns, das man für Leute reservierte, bei denen man sich Mühe gab.

Nach etwa der Hälfte der Zeit sagte Victoria, dass sie das Essen abbrechen müssten, weil sie noch mit dem Hochzeitsplaner telefonieren müsse. Sie entschuldigte sich und schien aufrichtig zu sein, aber es gefiel mir nicht, wie Lex ausatmete.

Ich wartete, bis wir vor dem Restaurant waren, um ihm die Frage zu stellen, die ich ihm schon den ganzen Tag stellen wollte.

„Ähm, mein Auto hatte gestern eine Panne. Ich bin heute Morgen mit einem Uber in die Stadt gefahren. Ich könnte heute Abend bei Ellie übernachten ...“

„Bleib bei mir“, sagte er, zog mich an sich und schlang den Arm um mich.

„Bist du sicher? Ist das nicht zu früh? Ich meine, ich habe schon am Montag bei dir übernachtet.“

In meiner Magengrube kribbelte es, als Lex' Augen im fahlen Licht des Mondes leuchteten. „Es ist nicht früh genug, Baby. Nenn mich verrückt, aber wenn ich dich jede Nacht in meinem Bett haben könnte, wäre ich der glücklichste Mann.“

Ich biss mir auf die Lippe, um nicht zu grinsen. Ich würde das ganz gelassen sehen.

„Scheiß drauf. Ich werde nie cool sein.“ Ich drückte meine Lippen auf seine und gab ihm den Kuss, den er vorhin verpasst hatte.

„Mein Gott, Emery“, sagte er keuchend. Wir waren immer noch vor dem Restaurant. „Kein Wunder, dass Adam fassungslos war.“

„Du meinst traumatisiert.“

Er lachte. „Du bist nicht der erste Kerl, den er geküsst hat.“

Ich hob die Brauen. „Ist er nicht heterosexuell?“

Lex zuckte mit den Schultern. „Ich schätze schon, aber wir alle experimentieren irgendwann, wenn wir jung sind, und er war schon immer sehr eng mit seinem besten Freund, River, befreundet. Ich glaube nicht, dass jemals etwas Großes passiert ist, aber ich habe sie beim Küssen erwischt, als wir vierzehn waren. Ich habe darauf gewartet, dass er sich mir gegenüber outet, aber das hat er nie getan. Und er hat sich immer nur mit Mädchen getroffen.“

„Wann hast du dich geoutet?“

„Als ich dreizehn war.“

„Ich war auch dreizehn“, erwiderte ich. „Meine Eltern waren nicht gerade begeistert, als es passierte. Sie sagten, es würde meine Chancen auf einen guten Job ruinieren und niemand würde mich jemals ernst nehmen.“

Lex streichelte meine Wange und rieb mit seinem Daumen über mein Kinn.

„Es tut mir so leid, dass dir das passiert ist. Haben sie es schließlich akzeptiert?“

Ich zuckte mit den Schultern. „Ja, sie haben kein Problem damit. Ich schätze, es ist heutzutage cool, einen schwulen Sohn zu haben, wenn man in der High Society ist. Ich wünschte nur, meine Mutter würde nicht versuchen, mich mit den schwulen Söhnen all ihrer Freunde zu verkuppeln."

„Das macht sie wirklich?"

„Hm-hm. Na ja, jetzt nicht mehr. Ich komme damit klar", sagte ich. „Wie war es für dich?"

„Es war super einfach. Noah hatte sich schon geoutet. Er ist pansexuell. Sobald meine Eltern mehr darüber wussten, gab es keine Angst oder Zurückhaltung mehr, sich zu outen."

Ich fuhr mit meiner Hand über sein Hemd und spürte die Wärme seiner Haut unter dem Stoff. „Deine Familie steht sich wirklich nahe."

„Ja, das stimmt. Sie ist das Wichtigste für uns. Die Familie steht immer an erster Stelle. Wusstest du, dass in Portugal oft mehrere Generationen in einem Haushalt leben?"

„Wirklich?"

Er nickte. „Ja. Die älteren Generationen werden respektiert, und auch wenn sich jeder in die Angelegenheiten der anderen einmischt, so geschieht das, weil es ihnen wichtig ist."

„Hast du deshalb vorhin so traurig ausgesehen?"

Er stieß einen langen Seufzer aus. „Ich versuche, Victoria näherzukommen. Ich will diese Distanz zu Adam nicht spüren, aber sie ist da. Ich dachte, es sei meine Schuld, aber … Vielleicht muss ich mich mehr anstrengen."

„Lex, du gibst dir schon genug Mühe. Ich habe von Ellie alles über Victoria gehört, und ja, ich schätze, es ist nur eine Seite, aber von dem, was ich heute Abend gesehen habe, denke ich, dass Victoria vielleicht ein wenig freundlicher und aufmerksamer gegenüber den Menschen um sie herum sein könnte."

„Adam liebt sie."

Ich lächelte. „Das tut er, und er liebt auch dich. Ich bin sicher, ihr beide werdet einen Weg finden, beide Beziehungen zu pflegen."

„Ich bin wirklich froh, dass du heute Abend gekommen bist."

„Ich auch. Aber weißt du was?" Ich wackelte mit den Augenbrauen.

Er schmunzelte. „Was?"

„Ich kenne einen kleinen Laden auf der anderen Seite der Brücke, wo es das beste Eis der Welt gibt. Das hat man mir versichert."

„Ich sehe schon, worauf das hinausläuft …"

„Ach, wirklich? Bitte erzähl."

Er drückte mir einen Kuss auf die Lippen. „Ich glaube, du willst mich mit Eiscreme high machen, damit du mich später ausnutzen kannst."

Ich schmunzelte. „Verdammt. Mein Geheimnis ist gelüftet."

Er nahm meine Hand und zog mich über die Straße zur Brücke.

Ziti-Pasta, Eiscreme und die Nacht mit Lex verbringen? Das beste Date aller Zeiten.

22

—

LEX

„VERSPRICH MIR, dass du mich, wenn du heiratest, nicht noch einmal so etwas durchmachen lässt", sagte Noah und ließ sich auf den Stuhl neben mir fallen.

Ich berührte seine Schulter mit meiner. „Ich habe noch nie so detailliert über meine Hochzeit nachgedacht, aber ich denke, manche Ereignisse gehören einfach dazu. Außerdem ist das Essen umsonst."

Er schaute auf seine Uhr. „Ich würde den Morgen lieber im Bett verbringen."

„Das glaube ich dir gern."

Eine Woche nach unserem gemeinsamen Abendessen hatte Victoria uns allen per E-Mail eine Einladung zu einem Samstagsbrunch geschickt. Sie wollte, dass sich beide Familien besser kennenlernten und den Catering-Service einer Firma ausprobierten, die sie für die Hochzeit engagierte.

Ich hielt das für eine großartige Idee und es zeigte, dass Victoria sich bemühte, die Familie in die Planung einzubeziehen.

„Das ist wichtig für Adam", meinte ich.

„Warum sieht er dann so aus, als würde er sich zu Tode langweilen?“

Ich schmunzelte. „Das tut er nicht. Er ist verkatert und versucht, am Leben zu bleiben. Hast du dir mal überlegt, warum River drinnen eine Sonnenbrille trägt?“

„Scheiße, Kumpel. Wenn das stimmt, bin ich schockiert, weil Victoria die Sache sehr gut im Griff hat.“

„Ja, vielleicht ist es an der Zeit, dass wir ihr etwas Anerkennung zollen.“

„Auf keinen Fall. Sie stiehlt uns Adam, und die Freitagsdrinks nach der Arbeit werden nie wieder so sein wie früher.“

Ich schüttelte den Kopf. „Großer Bruder, ich werde an dem Tag hier sein, an dem dir jemand den Boden unter den Füßen wegzieht und dein Leben auf den Kopf stellt.“

„Das wird nie passieren.“

Das Klirren eines Glases beendete die Unterhaltungen im Raum. Unsere Eltern und unsere Großmutter setzten sich an unseren Tisch.

Victoria stand mit einem strahlenden Lächeln auf.

„Guten Morgen, Familie und enge Freunde. Adam und ich –“, sie berührte Adams Schulter, woraufhin er aufstand und einen Arm um ihre Taille legte, „– freuen uns, euch alle heute hier zu sehen. Wie ihr wisst, legen wir beide großen Wert auf die Rolle der Familie in unserem Leben, und deshalb wollten wir, dass ihr an diesem Prozess teilnehmt. Wir möchten uns bei Luxury Catering dafür bedanken, dass wir heute hier sein dürfen.“ Sie wies auf das Team am Rande des Raumes. „Der Mann hinter Luxury Catering teilt dieselben Werte wie wir. Für ihn geht es bei Luxus um die guten Dinge im Leben: gutes Essen und gute Gesellschaft. Außerdem spendet das Unternehmen regelmäßig an LGBTQ+-Wohltätigkeitsorganisationen als Teil seiner Mission, die Gemeinschaft zu unterstützen, was wir ebenfalls zu schätzen wissen. Deshalb standen sie ganz oben auf unserer Liste für das Catering der Hochzeit."

Ein Mann ging auf Victoria zu, drückte ihr einen Kuss auf die Wange und schüttelte Adams Hand.

„Scheiße, ist der heiß", flüsterte Noah.

Ich rollte mit den Augen, konnte ihm aber nicht widersprechen. Er sah aus, als wäre er Anfang vierzig, hatte aber schon einen Kopf voller silberner Haare, die seine blauen Augen betonten.

„Guten Morgen zusammen. Ich bin Liam Harper, der Mitbegründer von Luxury Catering. Ich bin mit wöchentlichen Familiensonntagsessen aufgewachsen. Meine Mutter liebte nichts mehr, als die Menschen um sie herum zu verkösttigen, und oft mussten wir uns Tische von den Nachbarn leihen, um alle unterzubringen, die sie in unserem Haus willkommen hieß. Leider ist sie viel zu früh von uns gegangen, aber ihr zu Ehren haben mein Bruder und ich Luxury Catering gegründet. Bitte lassen Sie sich von diesem Begriff nicht abschrecken. Für uns ist Luxus die kostbare Zeit, die wir mit den Menschen verbringen, die wir lieben. Was natürlich nicht bedeutet, dass es sich nicht auch um lokal bezogene, qualitativ hochwertige Lebensmittel handeln kann. Wir fühlen uns geehrt, dass Victoria uns ausgewählt hat. Ich werde Sie nicht weiter langweilen, denn ich bin mir sicher, dass Sie es kaum erwarten können, loszulegen."

Er hob eine Hand zum hinteren Teil des Raumes und die Kellner mit den Tabletts kamen herein.

„Verdammt, mein Schwulenradar schlägt nicht an? Warum sind die guten Leute hetero? Das ist so bedauerlich", sagte Noah, und seine Augen folgten Liam, als er den Raum verließ.

„Du meinst, wie kann es jemand wagen, nicht auf Noah Spencer zu stehen? Schockierend."

Er sah mich an und stimmte mir aufrichtig zu. Gott, ich liebte meinen verrückten Bruder.

„Wir haben uns in letzter Zeit nicht oft gesehen. Was ist denn mit dir los?", fragte ich.

Ein Kellner stellte Teller mit Pfannkuchen, Speck und Eiern vor uns hin. Ein Hoch auf Victoria und Liam. Es sah köstlich aus.

„Ich sollte derjenige sein, der das fragt, kleiner Bruder. Wie läuft es mit –", er blickte in Richtung unserer Eltern, „– diesem Nebenprojekt, an dem du gearbeitet hast?"

Ich fuhr mir mit der Hand durchs Haar und versuchte, mein Lächeln zu verbergen, aber es gelang mir nicht. Aus den Augenwinkeln sah ich, dass Avó so tat, als würde sie nicht zuhören, aber ich kannte sie besser als das.

„Es ist schön, an einem Projekt zu arbeiten, das sowohl vertraut ist, als auch neue Herausforderungen bietet", sagte ich.

„Meinst du, das könnte eine langfristige Zusammenarbeit werden?"

„Ich hoffe es."

Gedanken an Emery überfluteten meinen Geist. Wie ich vor Tagen in meinem Bett aufgewacht war. Wie wohl er sich in meiner Wohnung fühlte, als wüsste er, dass er dorthin gehörte. Er hatte mich sogar überrascht, indem er ein gerahmtes Foto von uns am See mitgebracht und es an meine Wand gehängt hatte.

Ich hätte in diesem Moment am liebsten geweint, aber Gordon hatte uns, wie es zur Gewohnheit wurde, abgelenkt.

Er entkam immer wieder aus dem Aquarium, obwohl er jetzt das luxuriöseste Zuhause hatte, das sich ein Gecko nur wünschen konnte, dank Emery, der mir endlose Links für Dinge schickte, ohne die Gordon nicht leben konnte.

Und genau wie bei Goldie konnte ich Emerys Lächeln

nicht widerstehen, wenn er vorbeikam und eine neue Ergänzung zu Gordons Lebensraum sah.

Wir hatten nicht mehr darüber gesprochen, Gordon zurück in den Wald zu bringen, und wenn ich ehrlich war, glaubte ich, dass ich den kleinen Teufel vermissen würde. Was ich nicht vermissen würde, wäre, morgens aufzuwachen und ihn an der Wand direkt über meinem Bett zu finden.

Wenn es Zeit zum Fressen war, fand er irgendwie immer den Weg zurück. Das ging so weit, dass ich anfing, den Deckel abzunehmen, wenn ich ihn nicht mit lebenden Grillen fütterte. Oder, genauer gesagt, wenn Emery ihn mit lebenden Grillen fütterte. Gott sei Dank kam Emery oft genug vorbei, selbst wenn es nur für ein paar Stunden nach der Arbeit war, denn ich hatte keine Lust mehr, noch mehr Ungeziefer anzufassen.

„Ihr zwei denkt, ich bin von gestern", erklärte Avó, wobei sich ihre linke Augenbraue hob.

Noah schlug mit seinem Knie gegen meins.

„Halt die Klappe, sie kann uns nicht sehen, wenn wir uns nicht bewegen", flüsterte ich, und er schnaubte.

„Ich weiß nicht, wovon du redest, Avó", sagte ich.

„Wir haben keine Geheimnisse in dieser Familie, Alexis Spencer. Wir halten zusammen und finden eine Lösung."

„Was für Geheimnisse?", fragte Mom.

„Wer hat denn ein Geheimnis?", fragte Dad.

Ich hatte das Gefühl, dass ein Scheinwerfer auf mich gerichtet war, der mich so heiß machte, dass ich zu verbrennen drohte. Was sollte ich sagen? Ich wollte meine Familie nicht anlügen, aber ich war auch nicht bereit, ihnen die Wahrheit zu sagen. Nicht bevor ich nicht wusste, was ich tun wollte.

„Du hast recht", sagte Noah. „Jemand hat ein Geheimnis."

Ich schaute ihn an.

„Ich habe einen Freund, der im Stadion arbeitet, und er ist mit einigen der Fußballspieler sehr gut befreundet. Sie haben alle Karten für das Lusitana-Jubiläumsessen gekauft und spenden für unseren guten Zweck."

Sofort spitzten sich die Ohren meines Vaters und er setzte sich aufrecht hin. „Du willst mir sagen, dass die Eagles in unser Restaurant kommen?"

„Ja, das tun sie. Das Lusitana hat einen guten Ruf, Dad. Und du weißt, dass ein paar der Spieler Stammgäste sind", sagte Noah.

„Ja, aber das ganze Team? Das ist riesig. Wir werden Fahnen bestellen müssen." Er wandte sich an meine Mutter. „Wie wärs, wenn wir die Tischdecken in den Mannschaftsfarben ändern? Vielleicht können wir auch kleine Fußbälle verschenken."

Sowohl Noah als auch ich hoben die Hände. „Wow, Dad, halt dich zurück", meinte Noah. „Bei diesem Abendessen geht es ums Lusitana und unsere Familie. Wir haben eine Marke zu schützen. Du willst, dass sich jeder einzelne Kunde wie zu Hause fühlt, statt Fußballstars zu beköstigen."

Ich schenkte meiner Mutter ein Lächeln. Sie wirkte erleichtert über Noahs Worte.

„Ich denke, du hast recht. Aber wir müssen einen Haufen Fotos machen. Das wird ein historischer Moment."

Ich bemerkte, wie Adam aus dem Zimmer in den Garten trat. Ich nutzte die Gelegenheit, ihm zu folgen, während unsere Familie mit Gesprächen über das Abendessen abgelenkt war.

„Hey. Wie schlecht geht es dir?", fragte ich und ging auf ihn zu.

„Kumpel, töte mich jetzt. Ich weiß nicht, warum Victoria mich noch nicht umgebracht hat. Obwohl es angesichts der Blicke, die sie River schickt, überraschend ist, dass er noch steht."

„Was ist passiert?"

Er zuckte mit den Schultern. „Ich habe auf ihn gewartet, nachdem das Restaurant gestern geschlossen hatte, und ihn gezwungen, auf ein paar Drinks mitzukommen. Du weißt ja, wie das ist. Aus einem Drink wurden zehn, und vor etwa drei Stunden stolperte ich in die Wohnung.

„Victoria zwang mich zu einer kalten Dusche, um nüchtern zu werden, aber ich sterbe hier. Sie bleibt nach dem Brunch noch da, um das Hochzeitsmenü zu besprechen, weil Liam morgen nach Europa fliegt und sie diese Woche eine Geschäftsreise hat. Ich gehe nach Hause und schlafe, damit ich es heute Abend wiedergutmachen kann."

„Das solltest du auf jeden Fall tun. Sie ist großartig zu allen. Übrigens, wo ist Ellie?"

„Victoria sagte, sie hat die Grippe und konnte nicht kommen."

„Das Essen war super. Du und Victoria habt gut gewählt."

Er lachte, stöhnte dann und massierte sich die Schläfen. „Scheiß Kopfschmerzen. Ich werde nie wieder etwas trinken."

„Ja, klar."

„Ernsthaft. Aber ja, das war alles Victoria. Sie hat so hart an den Hochzeitsvorbereitungen gearbeitet. Wir würden gern alle für ein Probewochenende in Mabel's Vineyard auf Peet Island zusammenbringen. Vielleicht kann Emery auch kommen?"

Ich zögerte. „Ich bin mir nicht sicher."

Adam legte mir die Hand auf die Schulter, und sein Gesichtsausdruck veränderte sich von einem schmerzhaften Kater zu plötzlicher Ernsthaftigkeit.

„Du weißt, dass er in dich verliebt ist, oder?"

„Was?"

„Lex, ich habe gesehen, wie er dich neulich Abend angesehen hat. Ich konnte sehen, dass du dir mit Victoria Mühe gegeben hast, und er war für dich da. Ich habe seine Hand auf deinem Bein bemerkt, die Art, wie er sich an dich gelehnt hat, um sich zu vergewissern, dass du okay bist." Er fuhr sich mit einer Hand durchs Haar. „Gott, ihr habt euch nicht einmal losgelassen, als ihr zu Abend gegessen habt."

Ich wich zurück, meine Handflächen feucht und der Mund plötzlich trocken. „Ich habe Angst davor, loszulassen."

„Du kannst nicht ewig in diesem Schwebezustand leben, Lex. Du wirst daran zerbrechen. Außerdem, ein Typ, der so küsst? Den willst du doch festhalten."

Ich nahm seinen Kopf in den Würgegriff und zerzauste sein Haar. „Was würde River dazu sagen, wenn du andere Männer küsst?"

„Was meinst du?"

Ich ließ Adam los, und wir drehten uns beide um.

Es war schwer, Rivers Gesichtsausdruck zu erkennen, weil er immer noch die Sonnenbrille trug, aber seine Lippen zogen eine gerade Linie.

„Dein Freund hier –", ich zeigte auf Adam, der mit den Augen rollte, „– hat *meinen* Freund geküsst."

„Ah, jetzt ist er also dein Freund", sagte Adam und schlug mir leicht in den Bauch.

„Du hast Emery geküsst?"

Adam lachte. „Er hat mich geküsst. Er dachte, ich sei Lex."

„Und du hast ihn nicht korrigiert?"

Adams Augen verengten sich. „Ich hatte keine Gelegenheit dazu."

„Klar. Ähm, ich wollte nur sagen, dass ich weg bin."

„Schon?" Adam schien überrascht zu sein.

„Ja, ich muss noch einen Haufen Wäsche waschen, und ich will später im Restaurant vorbeischauen. Bis zur Party sind es noch zwei Wochen, und es gibt noch viel zu tun."

Er ging weg und ließ uns zurück, sodass wir auf seinen Rücken starrten.

„Was ist los mit ihm?", fragte ich, und Adam zuckte mit den Schultern.

„Ich weiß es nicht. Ich glaube, der Partykram stresst ihn. Gibt es irgendetwas, was wir tun können, um ihm zu helfen? Es ist nicht gesund für ihn, jede Stunde am Tag im Restaurant zu sein. Selbst Dad hat nie so viel Zeit dort verbracht, als er den Laden noch ganztags geführt hat."

„Sprich mit ihm und sag mir Bescheid, okay?"

Er nickte.

„Ich bin auch weg. Ob du es glaubst oder nicht, ich muss auch noch Wäsche waschen, und Emery kommt später vorbei."

„Bow-chicka-wow-wow."

Ich zwinkerte ihm zu und ging los, wobei ich ihm hinter meinem Rücken den Finger zeigte.

23

———

EMERY

„Hallo, Schatz. Triffst du dich wieder mit Frederick?", fragte Mom, als ich mit meiner Reisetasche die Treppe herunterkam.

„Ähm … ja."

Ich kam so was von in die Hölle, weil ich meine Eltern anlog.

Sie tätschelte mir den Arm. „Ich bin froh, dass es für euch beide gut läuft. Vergiss nur nicht, dass es im Leben nicht nur um Spaß geht. Ich weiß, es ist schön, jemanden zu haben, mit dem man Zeit verbringen kann, und Gott weiß, dass du das nach diesem schrecklichen Unfall auch verdient hast. In gewisser Weise müssen wir uns alle noch davon erholen."

„Ich weiß, Mom."

Ich küsste sie auf die Wange und hoffte, sie würde mich gehen lassen. Ich wollte noch in der Tierhandlung vorbei-schauen, um ein Geschenk für Gordon zu besorgen, und die hatte bald geschlossen.

„Hast du deine Kündigung schon bei der Schule abgegeben?"

„Ähm, noch nicht.“

Ihr Lächeln verwandelte sich in einen finsteren Blick. „Warum nicht? Emery, wir waren uns einig. Dein Dad hat schon alles für dich vorbereitet.“

„Ich weiß, Mom. Es ist … Ich werde es tun, okay?“

Sie lächelte. „Okay. Und jetzt geh und mach dir eine schöne Zeit mit deinem Frederick. Pass auf, dass er dich gut behandelt und dich an schöne Orte mitnimmt.“

Ich nickte zustimmend, um sie zu beruhigen. Wir würden nie auf dieselben Dinge stehen. Ich wollte nicht an schöne Orte mitgenommen werden. Ich würde lieber den Abend auf der Couch mit einer Schüssel Eiscreme verbringen. Ich musste von niemandem gesehen werden, um zu beweisen, dass ich Spaß hatte.

Die Tür schloss sich mit einem Klicken hinter mir. Ich hielt einen Moment inne und betrachtete die Aussicht vor mir. Eine runde Auffahrt, die eine Privatstraße hinunterführt. Gepflegte Gärten und perfekt gemähte Rasenflächen.

Manchmal fragte ich mich, ob es das war, was meine Mutter wirklich für sich wollte, oder ob es ihre Art war, alles um sich herum perfekt zu machen, damit sie sich nicht mit der Tatsache auseinandersetzen musste, dass mein Dad ein distanzierter Ehemann und Vater war.

Konnte ich es ihr verübeln, dass sie mich näher bei sich haben wollte? Vielleicht nicht, aber ich war keine Gesellschaftsdame, und auch wenn ich meinen Eltern für alles, was sie nach dem Unfall für mich getan hatten, ewig dankbar sein würde, wurde ich das Gefühl nicht los, dass sie nicht ganz ehrlich waren.

Ich schob diese Gedanken beiseite, stieg in mein frisch repariertes Auto und rief Frederick an, als ich losfuhr.

„Hey, Loverrrr.“

Ich lachte. „Du klingst fast überzeugend.“

„Hab ich dir doch gesagt, ich bin ein toller Schauspieler. Was gibts?"

„Du musst heute Abend für mich bürgen."

„Noch ein Date mit deinem Loverboy? Es wird langsam ernst."

Ich seufzte. „Ich weiß es nicht. Manchmal denke ich, er verheimlicht etwas, aber manchmal habe ich das Gefühl, dass ich ihm bis in die Seele sehen kann. Weißt du, was ich meine?"

„Ähm … nein, aber es hört sich an wie eine große L-Sache."

„Ja, scheint so. Zumindest für mich. Wie auch immer, hattest du heute Abend irgendwelche Pläne? Bringe ich sie durcheinander?"

„Nein, ich wollte sowieso daheimbleiben. Ren kommt rüber, um die Kinder zu besuchen, und wir sehen uns einen Film an."

„Ihr zwei wärt das perfekte Bild von Co-Elternschaft, wenn wir nicht über Pflanzen reden würden."

Er stöhnte auf. „Er ist eine Nervensäge. Aber er ist irgendwie unterhaltsam. Und da ich nicht gerade in der Dating-Szene unterwegs bin, ist es besser, als allein zu sein."

„Wie lange wollen wir das noch machen, Frederick?"

Auf der anderen Seite der Leitung war ein lang anhaltender Atemzug zu hören. Als er ihn losließ, wusste ich genau, was er sagen würde.

„Bis sich etwas ändert."

„Okay. Danke für heute Abend."

„Gern geschehen. Grüß Lex von mir und genießt eure gemeinsame Zeit."

Ich beendete den Anruf und verbrachte den Rest der Fahrt in die Stadt damit, über Frederick nachzudenken. Er war wirklich nicht der Mensch, für den ich ihn gehalten hatte, selbst nachdem wir beschlossen hatten, den Schein aufrechtzuerhalten, dass wir zusammen waren.

Bis sich etwas ändert.

Was würde das sein? Und wenn sich nichts änderte, bedeutete das, dass wir für immer ein Doppelleben führen würden? Im Moment hatte ich Emery, aber Frederick hatte es auch verdient, eine Frau zu finden, die ihn glücklich machte.

Die Tatsache, dass er vorgab, etwas zu sein, was er nicht war, sowie die Lüge, dass wir zusammen waren, lasteten schwer auf mir.

Ich wusste, dass eines Tages alles zusammenbrechen würde wie ein Kartenhaus. Ich hoffte nur, dass wir auf den Tag vorbereitet waren, an dem es passieren würde.

Nachdem ich Gordons Geschenk und ein weiteres Geschenk für Lex abgeholt hatte, machte ich mich auf den Weg zu seiner Wohnung. Als ich mich Lex' Wohnung näherte, überkam mich ein Kribbeln der Vorfreude.

Würde ihm mein Geschenk gefallen? Letztendlich war es egal, aber ein Teil von mir wollte, dass es ihm gefiel.

Ich parkte an meinem üblichen Platz an der Straße und ging die Treppe zu seiner Tür hinauf. Ich wollte gerade klopfen, als ich einen Schrei hörte.

„Um Himmels willen, Gordon. Geh einfach in das Becken. Ja, ich weiß, dass du ihn auch vermisst, aber ich schwöre bei Gott, wenn ich heute Abend wegen deines Blödsinns nicht flachgelegt werde, entziehe ich dir deine Obstprivilegien."

Ich hielt mir den Mund mit der Hand zu, um mir das Lachen zu verkneifen. Ich hatte in letzter Zeit eine Veränderung in Lex' Umgang mit Gordon bemerkt. Er war fast beschützend gegenüber dem kleinen Gecko. Ich wollte ihn nicht zurück in den Wald bringen, und wenn er glücklich und gesund war, konnten wir ihn behalten.

Lex hatte mir unzählige Fotos von den Stellen geschickt,

an denen er Gordon in seiner Wohnung gefunden hatte. Es war nicht verwunderlich, dass ein Tier, das aus der Wildnis kam, sich nicht scheute, aus seinem Unterschlupf auszubrechen und seine Umgebung zu erkunden.

Ich fing an zu glauben, dass Gordon sich auch mit Goldie angefreundet hatte, weil er oft in der Nähe des Aquariums zu finden war.

„So ist es gut. Guter Junge", sagte Lex.

Ich läutete an der Tür. Lex musste in der Nähe der Tür gewesen sein, denn er öffnete sie fast sofort.

„Hey."

Sein Lächeln sorgte dafür, dass mein Bauch sich zusammenzog.

„Hey, ich komme mit Geschenken." Ich hob meine Hand mit den Tüten.

Er rollte mit den Augen. „Gordon ist zu verwöhnt."

Ich folgte ihm ins Haus und schloss die Tür hinter mir.

„Es ist nicht nur für Gordon."

„Goldie?"

Ich schüttelte den Kopf. „Für dich. Ich meine ... uns, ähm ..., wenn du willst."

Er warf mir einen hitzigen Blick zu, und sofort spürte ich, wie sich Wärme in meiner Magengrube sammelte.

Ich fand mich an die Wand gepresst, meine Knie zitterten und meine Hände kämpften darum, meinen Seesack und die Tüte mit den Geschenken zu halten.

Lex fuhr mit seiner Nase an meinem Hals entlang, was mich erschaudern ließ. „Ein Geschenk für uns, hm?"

Ich biss mir auf die Lippe, um nicht zu stöhnen, als seine Finger über meinem Shirt meine Brustwarzen umkreisten.

„Lex ...", bettelte ich, nicht dass ich wusste, worum ich bettelte.

„Willst du mit mir duschen?" Seine Lippen pressten sich sanft auf meine und bedeckten dann meinen Mund. Lex schmeckte nach Kaffee und er roch wie sein Aftershave. Holzig, nach Zitrusfrüchten und nach Mann. Es machte mich verrückt und ließ mich jedes Mal hart werden.

„Können wir … ähm, können wir erst die Geschenke aufmachen?", fragte ich und zog mich zögernd zurück.

Er führte uns ins Wohnzimmer, wo Gordon wieder außerhalb seines Beckens saß.

„Nicht schon wieder, G", sagte Lex. „Komm schon, lass mich in Ruhe." Dann drehte er sich zu mir um. „Das ist alles deine Schuld. Wenn du blaue Eier bekommst, gib mir nicht die Schuld."

Ich schnaubte, aber er hatte recht. Gordon hatte sich angewöhnt, in Lex' Zimmer einzubrechen, wenn ich da war, und er beobachtete uns einfach. Es gibt nichts Unheimlicheres, als kurz vor einem Orgasmus zu stehen und plötzlich eine kleine Echse anzustarren.

„Ich werde ihm zuerst sein Geschenk geben. Das wird ihn garantiert dazu bringen, wieder in das Aquarium zu gehen. Dort wird er eine Weile beschäftigt sein." Ich öffnete die Tüte mit dem Futterstein, den Grillen und dem Pulver, mit dem ich sie bestreichen wollte. In der Küche öffnete ich den Futterstein und gab die Grillen und das Pulver hinein, bevor ich ihn verschloss und ein wenig schüttelte.

„Das ist wirklich gut für ihn", meinte ich. „Das Pulver gibt ihm die nötigen Nährstoffe, und er wird mindestens die nächsten Stunden damit beschäftigt sein, Grillen zu jagen."

„Ich muss sagen, das klingt sehr nach Eltern, die versuchen, Zeit für Sex zu finden, wenn die Kinder schlafen."

Ich legte den Stein ins Becken und trat zurück, damit Gordon einen Blick darauf werfen konnte.

„Willst du Kinder?", fragte ich.

„Ja. Ich hätte gern ein paar, und du?"

„Ich auch. Es ist scheiße, ein Einzelkind zu sein. Ich hätte gern mindestens drei."

Lex kam herüber, legte seine Arme von hinten um mich und stützte sein Kinn auf meine Schulter. „Drei? Das würde eine Organisation auf militärischem Niveau für sexuelle Aktivitäten erfordern."

„Viele Leute haben mehr als drei Kinder. Ich bin sicher, dass Sex machbar ist." Ich schob meinen Hintern zurück und schmiegte mich an seinen Körper.

„Beeil dich, Emery, ich kann es kaum erwarten, dich nackt zu sehen."

„Erzähl das mal deinem Kind."

Nach vielen Ermutigungen war Gordon neugierig genug, um ins Becken zu steigen und dort zu bleiben. Ich nahm den Deckel des Steins ab, um die Grillen herauszulassen, und setzte den Deckel des Beckens wieder auf. Ich benutzte auch einen Briefbeschwerer, den Lex auf seinem Couchtisch hatte, um sicherzugehen, dass Gordon drinnen bleiben würde.

„O mein Gott, warum habe ich nicht daran gedacht?", fragte er und stöhnte.

„Weil du Gordon insgeheim liebst und willst, dass er sich frei im Haus bewegen kann."

Er lächelte. „Lügen, alles Lügen."

„Aha."

Er wartete, bis ich mir die Hände gewaschen hatte, bevor er mich in sein Schlafzimmer zog. Ich hakte die Geschenktüte in meinen Finger ein, als wir daran vorbeiliefen.

Es war so weit. Ich würde tapfer sein.

Im Schlafzimmer warf Lex mich praktisch auf das Bett und zog mich mühelos in seine Arme. Seine fordernden Lippen liebkosten meine mit einer Intensität, wie ich sie bisher nur bei Lex erlebt hatte.

Als ich so entblößt war, dass er mit mir hätte machen können, was er wollte, zog er sich zurück. „Kann ich das Geschenk sehen?"

„Okay."

Er griff nach der Tüte.

„Bevor du es öffnest", begann ich. „Ich habe mich gefragt ... switchst du gern?"

Lex starrte mich einen Moment lang an, bevor er verstand, was ich fragte. „Ja. Gott, ja. Warte, hat dich das gestört?"

Mein Gesicht wurde zu warm, aber ich konnte jetzt keinen Rückzieher machen. „Nein, es hat mich nicht gestört. Falls du es nicht bemerkt hast, ich habe alles, was wir tun, sehr genossen."

Sein Lächeln wurde noch breiter. „Das habe ich bemerkt."

„Aber ich habe mich gefragt, wie es sich wohl anfühlen würde, oben zu sein. Ich denke, ich würde es wirklich, *wirklich* gern wissen."

„Wunsch gewährt", erwiderte er und stahl sich einen Kuss. „Also, was ist in der Tüte?"

Er öffnete sie und nahm die Schachtel heraus. „Ein Plug und ein Fleshlight?"

„Ich dachte, ich könnte den Plug tragen, und du könntest das Fleshlight benutzen, während wir ... du weißt schon."

Das wars. DEFCON 1 Level der Peinlichkeit erreicht.

Ich schloss die Augen und wartete darauf, dass Lex über meine dumme Idee lachte, aber stattdessen wurde ich aus dem Bett und ins Bad gezerrt.

„Klamotten runter", befahl er. Ich tat, was er verlangte. Mein Schwanz war so hart, dass ich dachte, ich würde kommen, wenn er auch nur von einem Lufthauch berührt würde.

Lex holte die Spielzeuge aus den Kartons und reinigte sie gründlich mit Wasser und Seife. Dann holte er das Gleitmittel auf Wasserbasis aus seiner Schublade.

Er hielt einen Moment inne und legte seine Hände auf das Waschbecken.

„Ist alles in Ordnung?"

„Mein Gott, Emery. Du hast gerade meine Welt auf den Kopf gestellt, und ich weiß nicht, ob ich das Ziel schnell erreichen oder mir Zeit lassen soll. Ich will einfach alles mit dir, und zwar jetzt."

Ich schlang meine Arme um ihn und drückte einen Kuss auf die nackte Haut seines Rückens. Seine Brustwarzen verhärteten sich, als ich mit meinen stumpfen Nägeln über sie strich. Er zischte und öffnete seine Beine, um sich abzustützen, und schuf so den perfekten Kokon, in den ich mich mit meiner Erektion hineinschmiegen konnte.

„Ich will auch alles, Lex. Wir können alles jetzt haben, und wir können es später haben. Ich werde nirgendwo hingehen."

„Versprochen?"

„Versprochen."

Er drehte sich um und griff nach der Dusche, um das Wasser laufen zu lassen, dann manövrierte er mich so, dass ich dem Waschbecken gegenüberstand.

„Schau in den Spiegel und beobachte, was ich mit dir mache." Er kniete sich hinter mich und fuhr mit seinen Händen meine Beine hinauf, um mich zu ermutigen, meine Beine zu spreizen. „Sieh dich an, Emery, ganz entblößt vor mir. Willst du, dass ich dir den Plug reinstecke?"

„Ja, bitte." Ich erkannte meine raue Stimme fast nicht mehr.

Er ermutigte mich, mich mit einer sanften Hand auf meinem Rücken nach vorn zu beugen. Seine Hände massierten meinen Hintern, bevor er ihn spreizte und mich weit offen und verletzlich machte.

„Ah!", schrie ich, als die Wärme seiner Zunge mein Loch

liebkoste. Ich hatte einen Finger erwartet, oder dass er mich mit dem Plug necken würde, aber nicht seine Zunge.

Er hatte viele Versprechungen gemacht, aber jedes Mal, wenn wir zusammen waren, schafften wir es kaum, uns auszuziehen, bevor wir unserem Vergnügen nachjagten.

Heute Abend war die Nacht der langsamen und stetigen Reize. Ich liebte es, und ich würde deswegen sterben.

Meine Beine kämpften, um mich aufrecht zu halten. Ich erinnerte mich an Rimming-Versuche früherer Partner, als ich auf dem College gewesen war, aber nichts kam an das Gefühl heran, von Lex' forschender Zunge penetriert zu werden. Er saugte und leckte, als könnten wir das die ganze Nacht tun. Als eine Hand meinen Schenkel hinaufkroch, musste ich ihn aufhalten, bevor ich zu früh kam.

„Der Plug. Bitte."

Ich öffnete den Deckel des Gleitmittels, träufelte eine kleine Menge auf den Plug und reichte ihn ihm. Er versuchte nicht, mich zuerst mit einem Finger zu öffnen. Ich vermutete, dass er wusste, dass ich jeden Moment kommen konnte.

Der leichte Schmerz durch das Eindringen half, meinen bevorstehenden Orgasmus hinauszuzögern.

„So ist es gut, Baby. Schön langsam."

Als der Plug vollständig in mir steckte, stand Lex auf und schleppte uns in die Dusche.

Während bisher alles langsam ging, war die Dusche so schnell, dass ich froh war, dass ich nicht schmutzig gewesen war.

Der Weg ins Schlafzimmer war jedoch eine Übung in Selbstbeherrschung. Jedes Mal, wenn ich einen Schritt machte, rieb der Plug an meiner Prostata. Mein Schwanz pochte vor Verlangen nach jeder Art von Reibung.

Lex lag auf dem Bett, beide Beine weit geöffnet, und zeigte mir sein Loch.

„Fass dich an", befahl ich.

Er streichelte seinen Schwanz langsam, wobei er auf die Spitze achtete. Mit der anderen Hand griff er nach unten zu seinem Loch und massierte es mit seinen Fingern.

„Gleitmittel", sagte ich. „Mach dich bereit für mich."

Ich kniete mich auf das Bett und sah ihm aufmerksam zu.

Er träufelte etwas Gleitmittel auf seinen Schwanz und seine Finger. Ich war fasziniert davon, wie er sich selbst befriedigte, hörte das glitschige Geräusch von Haut auf Haut und sein Stöhnen, als er sich mit seinen Fingern fickte.

„Du bist zu heiß für Worte, Lex. Ich kann es nicht erwarten, in dir zu sein."

„Dann komm her, ich bin bereit."

„Ich fühle mich so voll von dem Plug, und jetzt werde ich dich auch ausfüllen."

Er holte tief Luft und schloss die Augen. „Emery, ärgere mich nicht, Baby. Ich brauche dich jetzt", sagte er zwischen zusammengebissenen Zähnen.

Ich bestrich meinen Schwanz mit Gleitmittel und positionierte mich zwischen seinen Beinen, wobei ich mit einer Hand sein Knie gegen seine Brust drückte. Ich richtete meinen Schwanz auf sein Loch und schob ihn langsam hinein. Der Gedanke, dass ich einen Teil von mir in ihm zurücklassen würde, wenn ich kam, ließ meinen bereits harten Schwanz pochen.

„Schneller", bettelte er.

„Ich versuche, dich zu schützen und zu verhindern, dass ich zu früh komme."

„Wenn du an deinem Durchhaltevermögen arbeiten musst, kann ich dein Versuchsobjekt sein. Tu es einfach, verdammt."

Er verschluckte seine Worte, als ich genau das tat, worum er mich gebeten hatte, aber ich bezahlte teuer dafür, denn in dieser Position fühlte sich der Plug an, als ob er tiefer in mich eindrang.

Ich stöhnte vor Vergnügen, zog mich aus Lex zurück und stieß wieder hinein. Zuerst hielt ich ein gleichmäßiges Tempo ein, aber die Empfindungen waren zu schön.

Lex musste meinen Kampf gespürt haben, denn er träufelte etwas Gleitmittel auf seinen Schwanz, nahm das Fleshlight und begann, es zu ficken.

„O Gott, das ist zu viel", keuchte er.

„Du hast keine Ahnung, wie perfekt du dich anfühlst, Lex."

Mit der Beschleunigung meines Tempos stiegen wir immer höher dem Gipfel der Ekstase entgegen.

„Verdammt, du füllst mich so gut aus, und dieses verdammte Spielzeug … Ich bin gleich so weit, Baby."

Ich auch. Das war nicht nur schmutziger, erotischer Sex. Meine Gefühle für Lex flossen durch mich wie warmer Honig. Wusste er, wie wichtig, wie unvergesslich dieser Moment war?

Ich hoffte, er wusste es. Er musste dasselbe fühlen wie ich. Niemand könnte Sex und eine so gute Verbindung vortäuschen.

Ich schob seine Hand beiseite und schnappte mir das Fleshlight.

„Ich werde uns an den Rand der Ekstase bringen, dann werden wir gemeinsam abspritzen. Bist du dabei?", fragte ich.

„Ja."

Alles war absolut rein und explosiv. Mein Arsch stand in Flammen und mein Schwanz war von Feuer umgeben. Aber ich ließ nicht locker. Das unwillkürliche Beben der Erregung begann tief in meiner Wirbelsäule.

Als es sich aufbaute, steigerte ich mein Tempo. Das Bett stieß gegen die Wand und verstärkte das Geräusch, wenn unsere Haut aneinanderschlug.

Ich machte weiter, bis Lex anfing, sich am ganzen Körper zu schütteln. Ich zog das Fleshlight gerade noch rechtzeitig ab, um zu sehen, wie er sich das Sperma auf den Bauch spritzte.

„O scheiße … o scheiße … ja. Ja!"

Mein Orgasmus machte da weiter, wo Lex aufgehört hatte, und ich steckte alles, was ich hatte, in ihn.

Jedes seiner Nachbeben löste bei mir ein neues Nachbeben aus. Mit dem Plug immer noch in meinem Arsch, war mein Schwanz steinhart. Ich war mir sicher, dass ich jetzt noch eine Runde durchhalten könnte.

Lex zog mich nach unten und brachte unsere Lippen zusammen. Jedes Mal, wenn seine Zunge über meine strich, stieg ich höher und höher, bis ich das Gefühl hatte, nicht mehr von meinem Orgasmus herunterzukommen. Ich blieb dort oben, in den Wolken, über meinem eigenen Körper schwebend.

„Ich bin froh, dass du über Nacht bleibst", sagte Lex.

„Ach wirklich?"

„Ja. Das war verdammt unglaublich, und wir sind noch nicht fertig mit diesen Spielzeugen."

Ich stieß einen zufriedenen Seufzer aus. „Du sagst immer die richtigen Dinge."

„Wie wärs mit Abendessen?"

„Siehst du? Ich hatte recht."

Ich zischte, als er seine Hüften anhob, weil ich den Plug noch in mir hatte. So gern ich auch kuscheln würde, wir mussten beide dringend sauber werden.

„Erst duschen?", fragte ich.

„Ja, bitte. Du hast mich ruiniert."

Ich blinzelte. „Tut mir nicht leid."

MEIN HINTERN WAR WUND. Das war das Erste, was mir auffiel, als ich am Morgen aufwachte. Mein Schwanz war hart. Das war die zweite Sache. Der einzige Unterschied zwischen den beiden war, dass das Erste für mich neu war, zumindest bei Emery.

In dem ganzen Jahr, in dem wir zusammen gewesen waren, hatte Emery immer unten gelegen. Es war nicht etwas, worüber wir diskutiert hatten. Er hatte die Rolle übernommen, und ich hatte angenommen, dass er damit glücklich war.

Wie konnte es sein, dass wir ein ganzes Jahr lang nicht darüber gesprochen hatten? Hätte er mir jemals gesagt, dass er gern tauschen würde? Und warum hatte ich ihm auch nicht gesagt, dass ich manchmal gern den Hintern hinhielt?

Die Vögel zwitscherten draußen fröhlich und spiegelten meine eigene Stimmung wider.

Ja, es gab eine Menge unbeantworteter Fragen. Irgendwann würden wir dazu kommen. Aber jetzt wollte ich erst einmal einen meiner Lieblingsmomente erleben: Die Augen öffnen und Emery zum ersten Mal sehen. Jedes Mal, wenn wir zusammen aufwachten, war es wie ein Traum. Ich zog es vor, vor ihm aufzuwachen, weil ich gern seinen Gesichtsausdruck beobachtete, wenn er wach wurde und mich sah.

Jedes Mal, wenn wir dies taten, genoss ich es und schloss die Erinnerung daran weg, nur für den Fall, dass sich dieser Moment nie wiederholen würde. Ich wollte in der Lage sein, meine Augen zu schließen und Emerys Gegenwart zu spüren, auch wenn er nicht bei mir war.

Ich atmete leise ein und roch mein Shampoo an seinem Haar. Wie immer waren seine Beine um meine geschlungen. Das war die einzige Möglichkeit, wie er sich im Schlaf beruhigen konnte. Ich hatte mich immer gefragt, wie er es ohne mich geschafft hatte. Kuschelte er sich an eine Decke? Hatte er Probleme beim Einschlafen?

Seine Wimpern flatterten, aber seine Augen blieben geschlossen. Ich bewunderte die vielen Sommersprossen auf seiner Nase und seinen Wangen. Auch auf seinem Nacken und seinen Schultern hatte er welche. Sie brachten seine hellen, smaragdgrünen Augen zur Geltung.

Ich widerstand dem Drang, ihm eine Locke seines kupferfarbenen Haars aus den Augen zu schieben. Er würde zu seiner eigenen Zeit aufwachen, und das war genau … jetzt.

Er streckte seine Arme aus und schob sich das Haar aus dem Gesicht. Als er die Augen öffnete, hatte ich dieselbe Erkenntnis, die ich seit der ersten Nacht, in der wir zusammen in diesem Zelt im Wald geschlafen hatten, jedes Mal hatte.

Ich war jetzt mehr in diesen Mann verliebt als jemals zuvor, und das war das unheimlichste Gefühl der Welt.

„Das ist ein bisschen unheimlich, findest du nicht?", fragte er.

„Was?"

„Du starrst mich an, während ich schlafe."

Ich lächelte. „Unheimlich oder liebenswert? Ich denke, es ist bezaubernd."

Seine Hände kamen hoch, um meine Wange zu streicheln. „Ich meine, es ist nicht so unheimlich wie bei Gordon, das ist sicher, aber ich bin nicht überzeugt, dass es bezaubernd ist."

„Okay, was wäre, wenn ich dir sagen würde, dass ich mich in meinem ganzen Leben am ruhigsten fühle, wenn ich dir beim Schlafen zusehe? Was, wenn ich dir sagen würde, dass das Zählen deiner Sommersprossen meine Lieblingsbeschäftigung ist? Was, wenn ich …"

Sein Mund traf auf meinen in einem brennenden Kuss, der mir den Atem raubte. Ich erwiderte seinen Kuss mit all der Liebe, die ich fühlte, aber nicht aussprechen konnte.

Unsere Körper prallten in einem sinnlichen Tango aufeinander. Die Beine verschränkten sich, die Erektionen pressten sich aneinander, die Hände tasteten hastig nach jedem Fitzelchen Haut, das sie ergreifen konnten.

Ein Crescendo der Energie baute sich in mir auf. Meine Eier zogen sich zusammen, und mit jeder Bewegung von Emerys Schwanz über meinem kam ich ihm näher und näher, bis ich meinen Orgasmus in seinen Mund schrie. Eine Hand kam zwischen uns, und ich keuchte, als Emery die Reste meiner Erlösung aufnahm, um seinen Schwanz zu bedecken. Dann brachte er sich selbst mit einer langsamen und gleichmäßigen Bewegung zum Orgasmus.

„Das", sagte er und versuchte, wieder zu Atem zu kommen, „muss die schnellste Phase sein, in der wir je von null auf hundert gekommen sind."

„Finde ich auch."

„Ja. Ich stimme zu, dass du ein bezaubernder Voyeur bist."

Ich lachte. „Wie wärs mit einer Dusche und dann Frühstück auf dem Bauernmarkt?"

„Das würde mir gefallen.“

Ein entspannter Sonntagmorgen auf dem Markt mit deinem Freund. Es gab keine perfektere Art, den Tag zu verbringen, wenn man nicht im Bett liegen konnte.

„Ich liebe Bauernmärkte“, meinte Emery, als wir uns durch die Menschen schlängelten. „Man kann so viele verschiedene Lebensmittel probieren, die man sonst nirgendwo bekommt. Auf dem Bauernmarkt bei der Schule gibt es einen Bäcker, der das tollste Brot backt. Manchmal bringe ich meinen eigenen Belag mit, um mir ein Sandwich zu schmieren, und manchmal kaufe ich ihr Brot. Ich schwöre, es ist wie in einem Mittelmeerland, wo man die Sonne genießt und die Leute vom Balkon aus beobachtet.“

„Warst du schon einmal in Europa?“

„Ein paar Mal mit meinen Eltern, als ich jünger war, aber als Erwachsener wäre es eine ganz andere Erfahrung, weißt du?“

Ich nickte.

„Wenn man dem Zeitplan eines anderen folgt, kann man die Dinge, die man sich wünscht, nicht zu schätzen wissen. Außerdem ist das Land, das ich wirklich gern besuchen würde, Portugal, und ich war noch nie dort.“

„Warum Portugal?“

Er zuckte mit den Schultern. „Ich weiß es nicht. Ich glaube, ich habe einmal eine Sendung über das Essen in Lissabon gesehen, und seitdem wollte ich wohl schon immer mal dorthin. Warte, du bist Portugiese. Warst du schon mal da?“

Mein Herz zog sich zusammen. Wir hatten ein einziges Mal über unsere Hochzeit gesprochen, nachdem ich ihm einen Antrag gemacht und bevor ich Emery das letzte Mal gesehen hatte. Er hatte mir gesagt, wir sollten in den Flitterwochen nach Portugal fahren.

Der Gedanke, dass er sehen wollte, wo ich herkam, einen Teil meines Erbes, hatte mich unglaublich glücklich gemacht. Und jetzt, trotz seiner Amnesie, war immer noch etwas von uns zurückgeblieben.

„Nein, ich war noch nie dort."

Er keuchte. „Das ist eine Sünde. Ich schlage vor, wir fahren eines Tages dorthin. Wir können das ganze Essen essen und an den Strand gehen."

Ich schlang meine Arme um ihn und drückte ihn an mich, kraulte die Stelle zwischen seinem Hals und seiner Schulter. Sein Haar kitzelte mein Gesicht, aber das war mir egal.

„Du bist wirklich unglaublich. Wusstest du das?"

Er drehte seinen Kopf, um mir einen keuschen Kuss zu geben. „Vielleicht solltest du mich dann in deiner Nähe behalten."

„Ich denke, das werde ich."

„Vielleicht willst du mich auch mal füttern."

Und wie aufs Stichwort knurrte sein Bauch.

Wir holten uns einen Kaffee und ein paar Brötchen vom Kaffeestand und setzten uns an einen Tisch in der Nähe, um unser spätes Frühstück zu verzehren.

Sein Handy läutete mit einer Nachricht. Er lachte und antwortete auf die Nachricht, wie auch immer sie lautete. Seine Finger bewegten sich schnell auf dem Bildschirm.

Diese Finger hatten mich gestern Abend ohne Ende gestreichelt und gereizt. Mein Schwanz schwoll bei der Erinnerung daran an.

„Schau", sagte er und reichte mir das Handy. Es war das

Foto eines verzweifelt aussehenden Frederick mit einem Haufen Sukkulenten im Hintergrund.

„Wow. Sind das Rens Sukkulenten?"

Emery nickte. „Frederick kümmert sich um sie, bis Ren eine dauerhafte Bleibe hat. Im Moment pendelt er noch zur Arbeit in die Stadt, aber ich glaube, er will sich irgendwann eine Wohnung suchen."

„Vielleicht sollte er bei Frederick einziehen. Dann wäre er in der Nähe seiner Pflanzen."

Emery lachte. „Sie scheinen sich gut zu verstehen, obwohl Frederick sich ständig darüber beschwert, dass die Pflanzen seinen Platz einnehmen."

„Redest du oft mit ihm?" Ich war nicht eifersüchtig auf Frederick. Schließlich war er hetero und schien nichts mit Emery gemeinsam zu haben.

Emery starrte auf seine Kaffeetasse, sein Gesichtsausdruck änderte sich schlagartig.

„Ich muss dir etwas über Frederick beichten", meinte er.

„Okay."

„Wir … ich und er, wir haben sozusagen … eine Scheinbeziehung."

Ich verstummte. „Wie bitte?"

„Wir täuschen eine Beziehung vor." Seine Finger klopften auf den Tisch wie eine kleine Trommel. Ich legte meine Hand auf seine und seine Augen trafen meine.

„Du hast mir gesagt, er sei hetero. Und du bist mit mir zusammen." Ich fuhr mit den Fingern durch mein Haar. „Wir sind exklusiv, oder?"

„Ja. Ja! Es ist nicht echt. Zwischen mir und Frederick." Er stieß einen frustrierten Seufzer aus. „Nach unserem missglückten Date dachten wir nicht, dass wir uns wiedersehen würden, aber unsere Mütter sind befreundet. Frederick will seine Mom loswerden, damit er sich wieder hier niederlassen kann. Er war lange in Europa und ist gerade zurückgekommen."

„Und du?"

„Und ich … ich habe diesen wirklich süßen, sexy Typen getroffen, von dem ich nicht genug bekommen kann. Um Zeit mit ihm verbringen zu können, habe ich zugestimmt, ein Date mit einem anderen vorzutäuschen, damit meine Mom aufhört, mich mit anderen Jungs verkuppeln zu wollen. Ich schätze, wir helfen uns beide gegenseitig."

„Und dieser Typ, den du getroffen hast … der süße und sexy Typ … wie sexy ist er wirklich?", fragte ich.

Die Spannung, die von Emery ausging, löste sich im Nu auf.

„Oh, er ist mit Abstand der sexieste Mann, den ich je getroffen habe." Er lehnte sich auf dem Tisch vor und bedeckte seinen Mund halb mit der Hand, als wolle er mir ein Geheimnis verraten. „Er hat auch einen wirklich großen Schwanz."

Ich lachte. „Hat er, ja?"

Emery blinzelte.

„Und wie funktioniert das?", fragte ich.

„Das haben wir nicht im Detail geplant. Wir haben uns eigentlich nur darauf geeinigt, uns vor unseren Eltern zu verstellen, aber seit ich so viel Zeit mit dir verbringe, denkt meine Mom, ich sei mit ihm zusammen."

Die Angst, die mich beherrschte, seit ich Emery wiedergefunden hatte, hielt mich immer wieder auf, aber ich musste genau wissen, wie wir zueinander standen.

„Ich muss das fragen, Emery. Warum darf deine Mom nicht wissen, dass du dich mit mir triffst?"

Er atmete aus. „Meine Eltern haben Erwartungen, mit wem ich mich treffen soll."

„Autsch."

Er nahm meine Hand. „So ist es nicht. Sie würden erwarten, dass du einen gewissen sozialen Status hast. So bin ich aber nicht. Ich gebe einen Scheiß darauf, aber sie tun es, und ich will nicht, dass sie sich zwischen uns stellen, bis … bis ich bereit bin, ihnen die Wahrheit zu sagen."

Ich rieb mit meinem Daumen Kreise über seinen Handrücken. Er hatte ein Kartenhaus direkt neben meinem gebaut. Alles schien so prekär, dass der kleinste Windhauch alles zum Einsturz bringen würde.

Jetzt war es soweit. Ich konnte es nicht mehr hinauszögern. Ich musste es ihm sagen.

„Lass uns zu mir nach Hause gehen", schlug ich vor.

„Okay."

Meine Hände zitterten vor nervöser Energie. Ich konnte nicht länger so weitermachen, ohne Emery von uns zu erzählen. Ich war es ihm schuldig, die Wahrheit zu sagen. Was gestern Abend passiert war, und jedes einzelne Date, das wir davor gehabt hatten, zeigte, dass wir am selben Punkt waren, aber von sehr unterschiedlichen Ausgangspunkten aus kamen.

Es war ein Risiko, und ich war nicht sicher, ob ich es überleben würde, wenn er nicht verstand, warum ich gelogen oder die Art unserer Beziehung nach unserem ersten Treffen verschwiegen hatte.

Mein Bruder hatte recht.

„Du bist ein bisschen still. Ist alles in Ordnung?", fragte er. Wir waren nur noch ein paar Minuten von meiner Wohnung entfernt.

„Ja, natürlich. Ich habe nur …" Mein Handy klingelte. Ich holte es heraus und sah Adams Namen aufblinken. „Tut mir leid, es ist Adam."

Er nickte.

„Adam."

„Bruder. Code Red. Alarmstufe Rot. Komm zu Mom und Dad."

„Was ist passiert? Geht es allen gut?" Mein Puls schoss in die Höhe. „Avó?"

Er lachte. „Kumpel. Wenn es so etwas wäre, würde ich nicht einen blöden Code aus unserer Kindheit ausrufen. Es geht allen gut, aber du solltest herkommen. Es gibt eine kleine nicht medizinische Störung."

Ich atmete erleichtert auf. „Scheiße, Adam, du hast mir gerade Jahre meines Lebens geraubt."

„Tut mir leid, Lex. Das wollte ich nicht. Wir sehen uns dann bald."

„Okay."

Ich starrte das Handy an, nachdem er den Anruf beendet hatte.

„Was ist los? Du siehst besorgt aus", stellte Emery fest.

„Es gibt ein Drama im Haus meiner Eltern. Es tut mir wirklich leid, dass ich unseren Tag abkürze, aber ich muss los."

Er trat in meine Arme und gab mir einen Kuss. „Ist schon okay. Ich habe noch einen Haufen Arbeit zu erledigen, also schadet es nicht, wenn ich früher nach Hause fahre."

„Danke." Ich hielt mich an ihm fest. Er würde nie erfahren, wie nahe er daran gewesen war, ein so großes Geständnis zu hören.

Vielleicht war es besser, wenn wir heute getrennte Wege gingen. Das würde mir Zeit geben, darüber nachzudenken, wie ich ihm die Nachricht überbringen sollte.

Auf dem Weg zum Haus meiner Eltern hätte ich eigentlich erleichtert sein sollen, dass ich es heute nicht tun musste, aber das war ich nicht. Vielleicht war dies das Zeichen, das ich brauchte. Keiner von uns beiden hatte es verdient, eine Lüge zu leben, vor allem, weil Emery es nicht einmal wusste.

Noah öffnete die Tür. Er rieb sich die Tränen aus den Augen, aber er lachte auch.

„Was zum Teufel ist hier los?"

„Weißt du noch, wie Mom beschlossen hat, eine Party zu schmeißen, als du und Adam die Highschool beendet habt?"

Ich stöhnte auf. „Ja, das *Meine Jungs sind alle erwachsen*-Grusel-Fest. Ich erinnere mich."

„Heute läuft das Gleiche, aber auf Steroiden."

„O Gott."

25

———

EMERY

Ich konnte mir das Lächeln nicht aus dem Gesicht wischen. Es war für immer in mein Gesicht eingebrannt. Alle Fotos, die von nun an von mir gemacht wurden, würden diese alles verzehrende Energie festhalten, die durch meine Adern strömte.

Das Glück war nicht einmal ansatzweise zu beschreiben.

Ich beantwortete den eingehenden Anruf auf meinem Handy, indem ich die Taste auf meinem Lenkrad drückte.

„Hallo?"

„Wow. Ich kann deine Liebespheromone von hier aus riechen", sagte Ellie.

Ich lachte. „Eifersüchtig?"

„Nur darauf, dass diese blöde Grippe meine eigenen sexuellen Aktivitäten vorübergehend gestoppt hat, während du eindeutig was abbekommst …, und zwar viel."

„Ich werde das weder bestätigen noch dementieren."

„O Schatz, das brauchst du auch nicht. Ich habe es schon bei der Begrüßung gehört."

„Okay, Renée Zellweger."

Ellie lachte. „Wie auch immer, was machst du außerhalb des Bettes?"

„Wenn du dachtest, ich wäre im Bett, warum hast du dann angerufen?"

„Um dich zu nerven, versteht sich. Und um dich daran zu erinnern, dass wir morgen nach der Arbeit eine Besprechung über den letzten Tag der Schulaktivitäten haben. Wenn du daran denkst, dass du flachgelegt werden könntest, denk noch mal nach. Wir machen danach einen Mädelsabend."

„Wie oft muss ich dir noch sagen, dass ich kein Mädchen bin?"

Sie warf mir ein abweisendes „*Mäh*" zu und sagte, sie müsse sich mit Grippemitteln vollpumpen und ein Nickerchen machen, damit sie morgen in Topform sei.

Ich lächelte immer noch, als ich durch die Tür ins Haus meiner Eltern schritt.

Das Haus meiner Eltern.

Warum hatte ich nie das Gefühl, nach Hause zu kommen, sondern nur zu Besuch zu sein?

Vielleicht war das das Zeichen, das ich brauchte, um eine Wohnung zu finden. Es war an der Zeit, meine eigenen Entscheidungen zu treffen, selbst über so einfache Dinge wie die Wahl der Kaffeemarke in der Speisekammer.

Ich ging in mein Zimmer, um meine Sachen abzulegen, und suchte dann nach meiner Mutter. Ich würde es ihr heute sagen. Nicht, dass ich es eilig hätte, auszuziehen, aber ich konnte ihr meine Absichten deutlich machen. Und wenn sie mit der Bezahlbarkeit haderte, würde ich darauf hinweisen, dass ich demnächst bei Dad anfangen würde zu arbeiten und mit einem höheren Verdienst als meinem Lehrergehalt rechnete.

Außerdem hatten wir Geld. Ich rührte nie an, was mir nicht gehörte, aber wir waren ja auch nicht arm. Sie verbrachte ihre ganze Freizeit in Clubs und kaufte in Designerläden ein.

Ich konnte nicht genau sagen, wann ich den Entschluss gefasst hatte, das Konto, das meine Eltern für mich eröffnet hatten, als ich jünger gewesen war, nicht zu benutzen.

Vielleicht war es eines der Dinge, die ich in der Zeit getan hatte, die ich heute nicht mehr nachvollziehen konnte. Ich vertraute darauf, dass ich diese Entscheidung aus einem bestimmten Grund getroffen hatte, obwohl ich mich nicht mehr daran erinnern konnte.

Schließlich war es nicht mein Geld, aber ich hoffte, dass meine Eltern mich unterstützen würden, wenn ich es brauchte, um mir eine Wohnung zu sichern.

Nachdem die Entscheidung gefallen war, machte ich mich auf die Suche nach meiner Mutter.

Ich fand sie im Garten, wo sie ein Buch las.

„Hey, Mom.“

„Emery. Setz dich doch. Ich bin froh, dass du wieder da bist.“

Der Ton ihrer Stimme machte mich nervös.

„Ist alles in Ordnung?“

„Wie war dein Wochenende mit Frederick?“

Ich legte meine Handflächen mit dem Gesicht nach unten auf meine Beine, um mich nicht zu verraten. „Ähm, es war gut. Wieso?“

„Ihr hattet also keinen Streit oder eine Meinungsverschiedenheit?“

„Nein …“

Sie klappte ihr Buch zu, legte es auf den Tisch und schaute mich über den Rand ihrer Lesebrille an. „Wie erklärst du dir dann, dass Jeanelle dich heute Morgen auf dem Bauernmarkt in Cliffborough gesehen hat, wie du es dir mit einem Mann gemütlich gemacht hast, der nicht Frederick war? Sie war regelrecht wütend, als sie es mir sagte.“

Ich öffnete meinen Mund und schloss ihn wieder. Seit wann ging Fredericks Mutter auf Bauernmärkte in der Stadt? Warum hatte ich nicht daran gedacht, vorsichtig zu sein?

„Ich … ähm …"

„Habt ihr beide Schluss gemacht?"

„Nein, Mom."

Sie schnappte nach Luft. „O mein Gott. Es ist noch schlimmer. Du betrügst den armen Kerl." Sie stand auf und ging vor mir auf und ab. „So habe ich dich nicht erzogen, Emery Livingston. Ich bin kein Dinosaurier. Ich weiß alles über die schwule Kultur und eure Vorstellungen von *Abschleppen*", sagte sie mit Anführungszeichen. „Ich verstehe das, aber wir respektieren hier die Familienwerte. Wir springen nicht von Blüte zu Blüte wie ein Schmetterling im Rausch des Hedonismus. Wir haben Klasse und Selbstrespekt."

Ich wollte zurückrufen, dass sie falschlag. Jeder hatte das Recht, so zu lieben, wie er wollte, und das machte ihn nicht schlechter als alle anderen. Unsere sogenannten *Familienwerte* bedeuteten einen geschäfts- und geldbesessenen Vater, der seit mindestens einer Woche kein Wort mehr mit mir gesprochen hatte. Ich hatte zwei Eltern, die in der Öffentlichkeit eine Show abzogen, obwohl sie privat kaum Zeit miteinander verbrachten.

Aber ich sagte nichts davon, weil ich wusste, dass es alles nur noch schlimmer machen würde.

Mein Kopf begann zu pochen. Ich rieb mir die Schläfen, als sie fortfuhr.

„Das ist eine Schande für unseren Familiennamen. Wie soll ich Jeanelle jemals gegenübertreten, nach dem, was du getan hast?"

Ich zuckte bei ihren Worten zusammen. Okay, das sah nicht gut für mich aus, das musste ich zugeben.

„Mom, ich betrüge niemanden. Ich war heute Morgen

bei einem Freund, weil Frederick einem anderen Freund helfen musste." Nun, technisch gesehen stimmte das. „Ich werde Frederick und Jeanelle diese Woche zum Essen einladen. Dann können wir das Missverständnis aufklären."

Sie lehnte sich auf ihrem Stuhl zurück und schlug die Beine übereinander. Ihr Kleid wehte über ihre Knie. „Versprichst du, dass es nur ein Missverständnis war?"

„Ja."

„Nun … okay dann. Ich denke, es ist eine gute Idee, mit Jeanelle zu essen, um reinen Tisch zu machen. Es könnte eine gute Gelegenheit für dich und Frederick sein, eure Verlobung bekannt zu geben."

„Was?"

„Lass uns ein Familienessen daraus machen."

„Mom, wir sind nicht verlobt."

Sie starrte mich mit den kältesten Augen an, die ich je von ihr gesehen hatte. „Dann sorge dafür, dass ihr es seid. Und mach es kurz. Wir fangen an, eine Hochzeit im Spätsommer zu planen, damit du verheiratet bist, wenn du die Firma für deinen Dad übernimmst."

Ich ballte und löste meine Fäuste und versuchte, meine Atmung ruhig zu halten. Sie konnte mich nicht zwingen, das zu tun. Ich war erwachsen, um Himmels Willen.

Ruhig bleiben. Einatmen. Ausatmen.

„Mom, ich habe Frederick gerade erst kennengelernt. Selbst wenn ich bereit wäre, diesen Schritt in meinem Leben zu tun … und selbst wenn es mit Frederick wäre, wäre es sicher nicht jetzt."

So. Ich hatte es gesagt.

Sie stand auf und starrte mich an. „Vergiss nicht, wer dir das Leben gerettet hat, Emery. Wer dich wieder gesund gepflegt hat, die Rechnung für den Therapeuten bezahlt und dir ein Dach über dem Kopf gegeben hat."

„Stimmt es, dass ich ausgezogen war und nicht mehr hier wohnte, als ich den Unfall hatte?", fragte ich.

Sie trat einen Schritt zurück. „Das spielt keine Rolle. Ich habe getan, was jede Mutter getan hätte. Ich habe dir die besten Ärzte besorgt. Ich habe die qualifiziertesten Krankenschwestern bezahlt, die dich täglich besucht haben, um deine Genesung zu unterstützen. Ich habe dich nicht dazu erzogen, undankbar zu sein."

Du hast mich überhaupt nicht erzogen. Das wollte ich sagen.

„Das ist mir wichtig. Denn wenn du in diesem Punkt gelogen hast, worüber hast du dann noch gelogen?"

Sie strich sich eine verirrte Haarsträhne hinter ihr Ohr. „Was willst du von mir hören, Emery? Dass du ausgezogen warst? Na schön. Du warst es. Und ja, ich habe gelogen, weil ich dachte, es wäre das Beste für dich, wenn du nach Hause kommst. Ich wusste nicht, wie ich mich um dich kümmern sollte, wenn du nicht bei mir warst, also habe ich dich hierhergebracht."

„Es ist ein Jahr her, Mom. Warum hast du nie etwas gesagt?"

„Ich muss mich nicht für mein Handeln rechtfertigen, weil ich die besten Absichten hatte."

Sie drehte sich um und verschwand durch die Flügeltür ins Haus.

Die Autoschlüssel steckten noch in meiner Tasche, also mied ich das Haus und ging direkt dorthin, wo ich mein Auto geparkt hatte.

Mein Kopf hämmerte von dem Streit, und ich musste weg von diesem Ort, um nachzudenken. Ich hatte mich gegen meine Mutter durchgesetzt. Allein das Adrenalin, das ich dabei verspürte, hielt mich in Bewegung.

Ich war dankbar für das, was meine Eltern getan hatten,

aber meine Mutter schien zu denken, dass ich ihnen dafür etwas schuldig war.

Wieso war mir nie aufgefallen, wie ungesund meine Beziehung zu meinen Eltern war?

Hatte ich es vorher gewusst? War das der Grund, warum ich ausgezogen war? Wo hatte ich gelebt?

Ich bog auf die Hauptstraße in die Stadt ein, die Reifen kreischten aus Protest.

Mein Kiefer tat weh, weil ich die Zähne zusammenbiss. Ich versuchte, mich zu entspannen, aber jedes Wort, das meine Mutter gesagt hatte, lief in meinem Kopf immer wieder ab.

Ich dachte an die Zeit zurück, als ich das erste Mal aus dem Krankenhaus nach Hause gekommen war. Mein Zimmer war mir fremd vorgekommen. Ich hatte es auf die Hirnverletzung und das Zeug geschoben, das meine Mutter mir über das Erwachsenwerden und das Loswerden von Dingen erzählt hatte, aber jetzt konnte ich klar sehen.

Meine persönlichen Gegenstände waren dort gewesen. Ein paar Fotos von mir beim Camping, auf Klassenfahrten oder im Urlaub, ein Stapel Bücher. Aber es waren keine Sachen von mir als Erwachsener dabei gewesen.

Auf dem Schreibtisch in meinem Zimmer hatte Papierkram gelegen, und an meinem Schlafzimmerspiegel hatte ich Zeichnungen von meinen Schülern angebracht. Ich wusste, dass es mein Zimmer war und nicht das Zimmer, das ich betreten hatte, als ich aus dem Krankenhaus gekommen war.

Ein Lichtblitz schoss mir durch die Augen. Das Auto schlingerte ein wenig, aber ich konnte es unter Kontrolle halten. Ich musste irgendwo anhalten, um etwas gegen die Kopfschmerzen zu kaufen, sonst würden sie noch schlimmer werden.

Ich kurbelte das Fenster herunter und spürte den Wind auf meinem Gesicht. Er trug nicht dazu bei, mich zu beruhigen. Der Schweiß rann mir über das Gesicht und klebte in meinem Haar. Plötzlich spürte ich einen stechenden Schmerz in meinem Hinterkopf.

Ich hatte gerade noch Zeit, an den Straßenrand zu fahren, bevor alles dunkel wurde, abgesehen von den Lichtblitzen hinter meinen Augen.

Ein vertrautes Bild erschien in meinem Kopf. Diesmal war es viel klarer.

Die Gruppe von Menschen, die vor mir stand, hatte klare Gesichter. Ich erkannte Adam. Mein Blick wanderte zu der Person, die auf der anderen Seite der Gruppe stand.

Er stand bei den Pfingstrosen. *Lex.*

„Ah!", schrie ich und hielt mir die Hände an den Kopf. Das Bild verblasste und ein anderes trat an seine Stelle.

„Du warst nicht der erste Junge, den ich geküsst habe, aber ich wusste schon bevor ich dich zum ersten Mal geküsst habe, dass du der letzte sein würdest. Also, was sagst du? Willst du den Rest deines Lebens damit verbringen, nur einen Jungen zu küssen?"

Lex stand vor mir und hielt mich fest, als hätte er Angst, ich würde weglaufen, aber seine Berührung war sanft. Seine blauen Augen waren voller Liebe und doch so ängstlich.

Ich durchsuchte mein Gehirn nach dem Rest. Was hatte ich gesagt? Wann war das passiert? *War* es wirklich passiert, oder hatte mein Gehirn sich das alles nur ausgedacht?

Je mehr ich suchte, desto stärker wurden meine Kopfschmerzen, bis nichts mehr zu sehen war.

„Emery ... bitte wach auf. Scheiße, was soll ich jetzt tun?"

Die Stimme war mir bekannt, aber ich konnte sie nicht zuordnen.

Ich war immer noch in meinem Auto. Meine Hände umklammerten das Lenkrad, aber ich bewegte mich nicht. Ich öffnete langsam die Augen, bereit für den bevorstehenden Schmerz, aber er war nicht allzu schlimm.

„Danke, verdammt."

Ich drehte mich zu der Stimme um und erkannte ihn sofort. „Lior. Ich meine, Mr. Van Stern."

Er lachte. „Lior reicht. Wie fühlst du dich?"

„Als hätte eine Dampfwalze meinen Kopf zertrümmert. Ich glaube, ich bin ohnmächtig geworden. Hatte ich einen Unfall?" Ich versuchte, mich aufzusetzen. „O mein Gott, ist jemand meinetwegen verletzt worden?"

„Nein, du hast keinen Unfall verursacht. Ich vermute, dass du geahnt hast, was auf dich zukommt und angehalten hast. Du hast nicht wirklich *geparkt,* also habe ich angehalten, als ich ein Auto sah, das halb im Gras stand, nur Zentimeter vom Graben entfernt."

Ich holte tief Luft. Abgesehen von einem immer noch pochenden, aber milderen Kopfschmerz fühlte ich mich gut.

„Du hattest großes Glück, Emery."

„Ja, ich glaube, das hatte ich."

„Kann ich dir helfen, irgendwo hinzukommen? Musst du ins Krankenhaus?"

„Nein. Ich sollte nur nach Hause fahren."

„Wohnst du in der Nähe?", fragte er.

„Ja, ein paar Kilometer in die Richtung." Ich deutete auf die Straße hinter uns.

„Okay, gib mir deine Adresse. Ich sorge dafür, dass jemand dein Auto abholt, und fahre dich nach Hause."

Ich wollte ihm keine Unannehmlichkeiten bereiten. Er war wahrscheinlich auf dem Weg zu einem wichtigen Termin, aber ich wollte auch nicht fahren.

„Ich danke dir. Ich bin dir wirklich dankbar, dass du mich mitnimmst.“

Lior setzte mich auf meinen Wunsch hin auf halber Strecke der Einfahrt ab. Das Letzte, was ich wollte, war, dass meine Eltern Wind davon bekamen, was passiert war. Lior sagte, das Auto würde in dreißig Minuten zurückgebracht und ich solle mir keine Sorgen machen.

Es gab keinen Grund, ihm nicht zu glauben.

Ich wollte nicht gleich ins Haus gehen, falls ich einem meiner Elternteile über den Weg laufen würde, also ging ich noch einmal um das Haupthaus herum und folgte dem gepflasterten Weg zum Poolhaus.

Es war ein Teil des Hauses, den ich nie benutzte, und ich verstand auch nicht, warum es nötig war. Zumal wir nie Gäste hatten, die es nutzen konnten.

Das Poolhaus war größer als Lex' Wohnung, und ich fand es geradezu lächerlich. Es hatte zwei Gästezimmer und einen riesigen begehbaren Kleiderschrank.

Ich wollte unbedingt duschen und mich hinlegen, also holte ich mir ein Handtuch und einen Bademantel. Die Dusche half mir, mich ein wenig besser zu fühlen. Ich ging in eines der Zimmer, um mich hinzulegen. Als ich das Handtuch, mit dem ich mir das Haar getrocknet hatte, auf einen Stuhl legte, bemerkte ich, dass die Schranktür leicht geöffnet war.

Ich wollte sie gerade schließen, als mir etwas darin auffiel, und so öffnete ich die Tür ganz.

Der Schrank war größtenteils mit Bettzeug gefüllt, aber auf dem obersten Regal stand ein Karton. Das Ding, das mir ins Auge gefallen war, weil es einen metallenen Etikettenhalter auf der Vorderseite hatte.

Ich zog die Schachtel heraus und brachte sie zum Bett.

Im Haupthaus war es so ruhig wie immer. Da es ein Sonntag war, bereiteten sich meine Eltern wahrscheinlich auf eine spätere Veranstaltung vor. Da mein Auto noch nicht zurück war, bezweifelte ich, dass sie wegen irgendetwas hierherkommen würden.

Ich öffnete die Schachtel, und mir stockte der Atem, als ich meinen Reisepass darin sah. Der Pass, von dem meine Mutter gesagt hatte, er sei bei dem Unfall verloren gegangen. Es war mir nie klar gewesen, warum ich meinen Pass bei mir getragen hatte, aber ich konnte mich nicht erinnern, also hatte ich nicht nachgefragt. Er war noch gültig.

Darunter befanden sich noch andere Dokumente, vor allem Studienunterlagen. Ich nahm sie heraus und staunte über das, was sich darunter verbarg.

Ein Stapel Fotos und ein Verlobungsring.

Ich hatte so viele Fragen, aber die erste, die mir in den Sinn kam, war: *Wusste meine Mom davon?*

„Das macht sie schon seit gestern", sagte Dad.

„Hat jemand versucht, sich ihr zu nähern?", fragte ich.

Adam schnappte nach Luft. „Du kennst die Regeln."

Ich rollte mit den Augen.

„Wo ist Avó?"

„Sie ist in ihrem Zimmer, zu aufgeregt, um rauszukommen", erklärte Noah.

„Was ist passiert?"

Drei Achselzucken folgten auf meine Frage.

„Wieso weiß niemand, warum Mom mit Mehl bedeckt ist und einen fünften Laib Brot backt?"

„Sechsten. Da ist noch einer im Ofen", erwiderte Noah.

„Und wenn schon. Es stehen vier Kuchen auf dem Tisch. Einer von ihnen sieht aus, als würde er versuchen zu entkommen …"

„Zu viel Hefe", sagte Dad.

Ich schloss meine Augen und atmete tief durch. Meine Familie war geistesgestört.

Wir vier standen vor dem Bogen, der vom Flur in die Küche führte. Unter normalen Umständen würde Mom uns von der Küche aus hören, aber wenn sie in einer ihrer Launen war, schottete sie alles und jeden ab.

Wir könnten uns hier draußen prächtig streiten, und sie würde es nicht hören, weil sie sich in ihrem Kopf so angeregt unterhielt.

„Okay, lasst uns nach Hinweisen suchen. Was ist das für ein Brot? Sauerteig?"

„Ja", antwortete Dad.

„Und der Kuchen?"

„Nach der Form zu urteilen, würde ich sagen, Marmorkuchen", sagte Noah.

„Was noch?", fragte ich.

Dad deutete auf den Küchentisch. „Sieh mal, da ist Kondensmilch. Vielleicht will sie als Nächstes Brigadeiros machen."

„Warte", meinte Noah. „Ich glaube, ich habs."

Wir drehten uns alle zu ihm um. „Wer liebt all diese Dinge?"

„Das tun wir alle", sagte Adam.

„Falsch. Fast. Ja, wir alle lieben diese Dinge, aber wenn du Mom bitten würdest, drei Dinge zu machen, worum würdest du sie bitten?"

Adam kratzte sich am Kopf. „Marmorkuchen, ganz sicher. Brigadeiros und … ach, Minhocas. Diese Kekse, die wie Raupen aussehen? Die liebe ich."

„Ganz genau", sagte Noah. „Und ich hätte mich für den Kuchen, den Sauerteig und die Mousse au Chocolat entschieden. Wer hätte denn genau diese drei Sachen bestellt?"

Ich schaute Dad an, dessen Gesichtsausdruck ausdruckslos war, als gäbe es nichts, was Mom machen könnte, das Vorrang vor dem Rest gehabt hätte.

Er würde sich nie etwas aussuchen, und Mom liebte ihn dafür. Er war ein Mann, den man leicht zufriedenstellen konnte.

„Ich", sagte ich. „Ich hätte mir die drei ausgesucht."

Ich drehte mich wieder zu Mom um. „Es gibt nur einen Weg, das herauszufinden."

Adam legte mir die Hand auf die Schulter. „Wir werden hier für dich da sein."

Noah hob seine Hand. Er hielt eine Schachtel mit Taschentüchern in der Hand.

Ich schüttelte den Kopf. Was konnte so schlimm sein? Und warum war ich darin verwickelt?

Entschlossen machte ich einen Schritt nach vorn, zwang meine Lippen zu einem geschwungenen Lächeln und ging auf meine Mutter zu.

„Hey, Mom, was ist denn los?"

Sie hob ihren Blick zu mir und schnappte nach Luft. „Lex, Baby. Wie schön, dich zu sehen."

Ihre Arme legten sich um meine Taille und bedeckten mich mit Mehl. „Ups, ich habe dich ganz schmutzig gemacht. Mach dir nichts draus. Du kannst dir eines deiner alten Hemden aus deinem Schlafzimmer holen, während ich dieses wasche. Hier, nimm ein Stück Kuchen."

Sie holte ein Messer aus der Schublade, und ich hörte ein kollektives Aufstöhnen des Publikums. Mein Gott, die sollten sich mal beruhigen.

Ich nahm einen Bissen vom Kuchen und spuckte ihn fast aus. „Mom, ähm … hast du den Kuchen probiert?"

„Nein, was ist los?" Sie brach ein Stück von meinem ab und probierte es. „O nein, es tut mir so leid, Schatz. Ich habe wohl das Salz mit dem Zucker verwechselt. Warte mal, nimm das hier."

Sie schnitt ein Stück von einem anderen ab. Ich war zu ängstlich, um zu probieren, aber auch zu ängstlich, um es *nicht* zu probieren, falls es sie verärgern würde.

„Nicht so schlecht wie der andere, aber ich glaube, du hast den Zucker vergessen."

„Verdammt. Versuchen wir den anderen. Aller guten Dinge sind drei, nicht wahr?"

„Warte." Ich ergriff ihren Arm, um sie aufzuhalten. „Komm, wir setzen uns auf die Couch, okay?"

„Ja, klar. Ah, warte mal. Ich muss das Brot rausholen. Kann ich dir ein Sandwich machen? Ich habe vier frische Brote. In einem von ihnen ist vielleicht der Zucker, der im Kuchen fehlt, aber …"

„Mom. Lass es. Ich bin nicht hungrig."

Ihre Unterlippe wackelte. „Aber ich brauche etwas, falls du dich aufregst."

„Warum sollte ich mich aufregen?"

Sie lenkte ein und setzte sich neben mich.

„Emery ist wieder da."

Ich hustete. „Was?"

„Ich wusste, dass du dich aufregen würdest." Sie verbarg ihr Gesicht in ihren zitternden Händen.

„Tue ich nicht, Mom. Sag mir, worum es hier geht. Woher weißt du, dass Emery zurück ist?"

Sie stützte die Hände auf die Knie, als würde sie eine lange Geschichte erzählen wollen.

„Der Sohn von Tiana, du weißt schon, der das komische Auge hatte, das dann aber operiert wurde, damit er zum Militär gehen konnte? Es sieht jetzt wirklich gut aus, und er hat eine tolle Sehkraft. Er hat sogar diese süße junge Dame geheiratet, die in der Innenstadt beim Friseur arbeitet …"

„Mom. Konzentrier dich."

„Tut mir leid, Schatz. Wie auch immer, die ganze Familie kommt seit Jahrzehnten in das Restaurant. Du erinnerst dich an sie. Oder?"

„Ja?"

„Sie haben auch ein neugeborenes kleines Mädchen.

Gestern war ich also einkaufen, als ich Tiana im Supermarkt begegnete. Sie hat mir Fotos von ihrer neuen Enkelin gezeigt. Sie ist bezaubernd."

Ich forderte Mom immer wieder mit Gesten auf, sich mit ihrer Geschichte zu beeilen und zu dem zu kommen, was ich wissen wollte, aber da Mom ein Leben lang Mom geblieben war, hatte ich gelernt, einfach zu warten, bis sie über die Geschichten von fünf anderen Leuten dazu kommen würde.

„Dann sagte sie, dass die Frau ihres Sohnes bereits einen süßen kleinen Jungen hat, der sechs Jahre alt ist. Sie hat mir sein Klassenfoto gezeigt, und da war er."

„Wer?" Ich hatte inzwischen den Überblick verloren, wie viele Kinder und Enkel Tiana, auch bekannt als Mrs. Kimble, hatte.

„Emery. Er ist der Lehrer von Tianas Enkel." Sie starrte mich an. „Bist du nicht überrascht? O mein Gott, du stehst ja unter Schock. Lass mich dir ein Sandwich machen."

„Warte, Mom." Ich drehte mich wieder zu den Zuschauern im Flur um. „Könnt ihr Avó holen und alle hierherkommen?"

Fünf Minuten später war meine ganze Familie wieder in der Küche versammelt. Alles, was meine Mom gebacken hatte, stand in der Mitte des Tisches, aber alle hatten Angst, es anzufassen.

Wenn Mom unter Stress kochte, vertauschte sie immer die Zutaten oder ließ sie ganz weg. Es war klar, dass sie sich darüber aufregte, dass Emery zurück war und wie sich das auf mich auswirken würde.

„Mãe, Pai, e Avó, ich weiß, dass Emery zurück ist. Ich weiß es eigentlich schon seit ein paar Wochen."

Meine Großmutter, die nie einen Ton von sich gab, starrte Adam und Noah an.

„Ja, Avó, sie wussten es. Ich habe sie gebeten, es vor euch geheim zu halten, bis ich weiß, was ich tun soll."

„Aber du bist nicht aufgebracht", meinte Mom.

„Nein, Mom", lächelte ich. „Ich bin wirklich nicht aufgebracht. Ich habe Angst, aber ich bin nicht verzweifelt."

„Angst wovor?"

„Ich habe Emery auf dem Bauernmarkt getroffen. Er war mit Ellie, Victorias Schwester, unterwegs. Sie hat uns einander vorgestellt. Er hatte keine Ahnung, wer ich war. Er hatte vor einem Jahr einen Autounfall und hat sein Gedächtnis verloren, deshalb ist er aus unserem Leben verschwunden, aber das war keine Absicht."

Mein Vater schürzte seine Lippen. „Wie kannst du ihm vertrauen? Nehmen wir mal an, er sagt die Wahrheit. Wie konnte er sein Handy nicht auf Kontakte, Nachrichten und Fotos überprüfen? Oder seine Wohnung. Hätte er nicht Ersatzzahnbürsten sehen können, Dinge, die ihr zusammen gekauft habt? Ich schaue *True Crime*. Ich weiß, wie man darauf achtet."

Ich schmunzelte. „Ich weiß es nicht, Dad. Er wohnt jetzt bei seinen Eltern." Ich hob die Hand, als Mom das Wort ergreifen wollte.

„Ich weiß, dass ihr viele Fragen habt. Ich wollte es euch nicht sagen, weil ich die Antworten nicht kenne. Emery und ich treffen uns schon seit einiger Zeit. Er ist derselbe Emery, in den ich mich verliebt habe, aber er ist auch ein neuer Mensch. Ich genieße es, diesen neuen Menschen kennenzulernen."

„Du hast ihm nicht von dir erzählt, oder?", fragte Avó.

Ich schüttelte den Kopf.

„Alexis. Wie wird sich der Junge fühlen, wenn er erfährt, dass du ihn belogen hast?"

„Ich weiß, Avó. Ich weiß, dass ich im letzten Jahr nicht mehr ich selbst war. Als Emery wieder in meinem Leben auftauchte, war das, als würde mir jemand buchstäblich den Boden unter den Füßen wegziehen. Ich hatte keine Vorwarnung, also habe ich so getan, als wären wir uns nie begegnet. Alles andere hat sich dann ergeben. Eigentlich wollte ich es ihm heute Morgen sagen, aber dann bekam ich einen Anruf von Adam wegen …" Ich zeigte auf die Backwaren auf dem Tisch.

„Wann wirst du es ihm sagen?", fragte Dad.

„Nächstes Wochenende. Ich will mit ihm an die Küste fahren. Dann werde ich es ihm sagen. Wenn ich Glück habe, sind wir bei der Party im Restaurant noch zusammen."

Es schien, als ob ein kollektiver Seufzer zu hören war. Ich spürte es auch. Seit Wochen trug ich diese Last auf meinen Schultern, und ich wusste, dass ich es meiner Familie schon früher hätte sagen sollen, aber ich war zu ängstlich gewesen.

„Ich danke euch allen, dass ihr euch um mich gekümmert habt. Ich könnte mir keine bessere Familie wünschen. Ja, ihr seid alle ein bisschen verrückt, aber ich finde es toll, wie wir uns alle gegenseitig den Rücken freihalten. Ich weiß, dass ihr alle Emery so sehr geliebt habt wie ich. Das tue ich immer noch. Ich kann nicht garantieren, dass er mir verzeihen wird, aber ich werde es versuchen."

Mom und Avó umarmten mich, und Dad klopfte mir auf die Schulter. Ich ließ mich auf eine Umarmung ein, weil er ein großer alter Softie war, und ich wusste, dass er auch eine Umarmung brauchte, vor allem, nachdem er Mama so verzweifelt gesehen hatte.

„Ich gehe nach Hause und nehme eins von diesen Broten mit." Ich wählte ein beliebiges aus, nahm eine Tüte aus der Schublade und verabschiedete mich.

Ich fühlte mich so leicht wie seit Wochen nicht mehr. Ich hasste es, meine Familie anzulügen oder Dinge zu verschweigen. Die Tatsache, dass sie sich nicht über Emerys Verschwinden oder die fehlenden Teile seiner Geschichte aufgeregt hatten, bedeutete mir sehr viel.

Jetzt musste ich nur noch genug Mut aufbringen, um es Emery am Wochenende zu sagen.

Ich parkte auf meinem üblichen Parkplatz und ging die Treppe hinauf, wobei ich fast aufsprang, als ich Emery an meiner Haustür sah.

„Hey, was machst du denn hier?" Ich ging direkt zu ihm und küsste ihn. Er reagierte nicht so, wie ich es erwartet hatte. „Ist alles in Ordnung? Ich habe dein Auto nicht gesehen. Ist es liegen geblieben? Wie bist du hierhergekommen?"

„Können wir drinnen reden?"

„Klar." Ich öffnete die Tür, und wir gingen direkt ins Wohnzimmer. Ich ließ das Brot auf den Tresen fallen und sah nach, ob Gordon noch im Aquarium saß.

Es schien, als hätte Emerys Behandlung gewirkt, denn er war immer noch da und badete im Licht. Ich hatte den Briefbeschwerer von der Oberseite des Beckens entfernt, für den Fall, dass er auf Erkundungstour gehen wollte, während ich weg war, aber ich war froh, dass er endlich lernte, Grenzen zu respektieren.

„Okay, leg los", sagte ich und setzte mich neben Emery.

Er hielt eine Schachtel in der Hand und reichte sie mir.

„Was ist das?"

„Ich hoffe, du weißt es, denn ich weiß es nicht."

Das war seltsam. Ich nahm den Deckel ab, und mein Herz sank sofort.

„Emery ..."

„Warum habe ich Bilder von uns beiden, Lex?" Seine Stimme schwankte. „Warum ist ein Verlobungsring in der Schachtel?"

Ich holte tief Luft. „Ich denke, es ist an der Zeit, über uns zu reden."

Emery sah aus, als wäre er den Tränen nahe und versuchte sein Bestes, um sich zusammenzureißen. Ich konnte es nicht länger verheimlichen. Es war an der Zeit, das Pflaster abzureißen.

„Wir haben uns vor zwei Jahren im Botanischen Garten kennengelernt. Ich möchte behaupten, dass ich nicht an Liebe auf den ersten Blick glaube, aber das wäre eine Lüge, denn sobald ich dich sah und du gelächelt hast, war es um mich geschehen. Ich war hin und weg. Wir sind ausgegangen und haben uns verliebt. Vor einem Jahr habe ich dir einen Heiratsantrag gemacht." Die Erinnerung an diesen Tag kam mit Macht zurück. Ich wollte lächeln und gleichzeitig weinen. „Du hast Ja gesagt. Es war etwas holprig, weil meine ganze Familie zusah, und du schienst, ich weiß nicht, in Panik zu sein, aber du hast Ja gesagt. Du sagtest, du müsstest dich um einige Familienangelegenheiten kümmern, also beschlossen wir, die Verlobung für uns zu behalten. Ein paar Tage später bist du gegangen und nicht mehr zurückgekommen. Ich habe dich erst wiedergesehen, als wir uns auf dem Bauernmarkt getroffen haben."

„Warum hast du damals nichts gesagt?"

27

EMERY

Ich hatte überlegt, ob ich Lex aufsuchen sollte, aber er war der Einzige, der mir die Antworten geben konnte, die ich brauchte. Zumindest hoffte ich, dass er es war.

Mein Herz pochte so stark gegen meinen Brustkorb, dass ich dachte, mir würde schlecht.

Lex rutschte auf der Couch herum, als würde das helfen, seine Gedanken zu ordnen.

„Ich war so wahnsinnig in dich verliebt, Emery. Wir hatten unser Leben schon geplant. Du sagtest, du würdest bei mir einziehen. Am letzten Tag, an dem ich dich sah, gab ich dir den Ring. Und dann warst du weg. Du bist nicht ans Handy gegangen, du warst nicht in deiner Wohnung, und dann hat dein Handy nicht mehr funktioniert."

„Ich habe mein Handy bei dem Unfall verloren. Meine Eltern haben mir ein neues gekauft."

„Ich war in deiner Wohnung, und deine Vermieterin sagte, du seist umgezogen. Das hat mich umgehauen, Emery, und als ich dich wiedersah, war ich schockiert. Ich habe nicht geglaubt, dass es dich wirklich gibt." Er stieß ein nervöses

Lachen aus. „Du dachtest wahrscheinlich, ich sei seltsam, als wir uns kennenlernten.“

Ich dachte, du wärst umwerfend. Das wollte ich sagen, aber die Worte kamen mir nicht über die Lippen.

„Du hast mich angelogen, Lex.“

Er nickte. „Ich weiß. Damals schien es einfacher zu sein, es durchzuziehen. Ich habe versucht, alle Informationen zu sammeln, um herauszufinden, wie du in mein Leben zurückgekommen bist, als wäre nichts geschehen.“

„Nichts war passiert. Nicht für mich. Du warst ein völlig Fremder. Ich habe dir vertraut. Ich habe dir Dinge erzählt …“

„Dinge, die du mir nie zuvor erzählt hast“, meinte er. „Du hast deine Familie nie erwähnt, bis du sagtest, du müsstest sie besuchen, bevor du verschwunden bist. Du hast nie über deine Erziehung oder deine Kindheit gesprochen. Wir haben nie gezeltet. Obwohl ich Goldie deinetwegen habe. Du hast ihm einen Namen gegeben.“

Ich sah das Aquarium an.

„Ich verstehe gar nichts mehr, Lex. Ich erinnere mich nicht mehr an die Zeit, in der wir zusammen waren. Ich hatte ein paar Rückblenden, aber die sind bestenfalls lückenhaft. Ich glaube … ich glaube, die heutige Rückblende war, als du mir einen Antrag gemacht hast.“ Tränen liefen mir übers Gesicht. „Ich wurde danach ohnmächtig, und als ich wieder zu mir kam, war ich verwirrt. Ich bin mir nicht sicher, ob ich mich an jedes Detail aus den Rückblenden erinnern kann.“

Er fuhr mit dem Finger über den Deckel der Schachtel. „Wo hast du die Schachtel gefunden?“

„Im Haus meiner Eltern. Meine Mom hatte sie wohl versteckt.“

„Das ist der Beweis, dass es ein *Wir* gab, Emery. Dieses Foto wurde an meinem Geburtstag aufgenommen. Der

Erste, den wir zusammen verbrachten. Du wolltest in den Fotoautomaten gehen und dumme Grimassen schneiden, aber am Ende haben wir geknutscht. Das hier ...", er hob ein anderes Foto hoch, „wurde von Noah gemacht, als ich diese Couch gekauft habe, die wir nicht reinbringen konnten, weil sie nicht durch die Tür passte. Am Ende haben wir sie eingeklemmt, und so haben wir die Nacht auf der Couch verbracht, einer von uns drinnen, der andere draußen."

Je mehr er erzählte, desto mehr Tränen flossen bei mir. Ich wollte mich an diese Dinge erinnern. Mein Verstand hatte mich im Stich gelassen, und ich hatte so viel mehr verloren, als ich mir vorgestellt hatte.

Und das, was mir am meisten Angst machte, war, dass ich befürchtete, nicht mehr dieselbe Person zu sein.

Lex stand auf und ging zu einer Reihe von Schubladen im Flur. Er kam mit drei Bilderrahmen zurück.

„Als du das erste Mal hier warst, hast du die Lücken an der Wand erwähnt. Diese Bilder hingen vorher dort."

Fotos von uns. Ich fuhr mit dem Finger über die Gesichter auf den Bildern. Wir sahen gleich aus, aber irgendwie auch nicht.

„Ich habe die Fotos eine Woche vor unserem Treffen auf dem Bauernmarkt abgenommen. Ich hatte mich endlich dazu durchgerungen, über deinen Verlust hinwegzukommen, aber trotzdem konnte ich sie nicht wegwerfen. Weißt du, wie sehr man einen Menschen lieben muss, damit man, wenn er weggeht, um ihn trauert, anstatt wütend zu sein?"

Ich nahm ein Taschentuch aus der Schachtel auf dem Couchtisch und wischte mir die Tränen aus dem Gesicht. „Ich ... ich hatte immer diese Leere in meiner Brust. Ich habe mit meinem Therapeuten darüber gesprochen, und er sagte, das sei normal, dass ich wahrscheinlich den Verlust von etwas betrauerte, an das ich mich nicht erinnern konnte.

Nichts zu wissen ist das Schlimmste. Man fühlt sich leer, als würde man nicht existieren."

Lex öffnete eine kleine Schublade auf dem Couchtisch. Darin befand sich nur eine Sache. Ein Ring. Er nahm ihn heraus und starrte ihn an, als wäre es schmerzhaft, genau das zu tun.

„Ich habe diesen Ring sechs Monate lang getragen, in der Hoffnung, dass du zurückkommen würdest. Ich habe den Ring abgenommen, aber ich habe nie aufgehört zu hoffen. Ich wollte es, aber ich glaube nicht, dass ich dich jemals losgelassen habe."

Lex stand auf und kniete dann vor mir nieder. Er legte den Ring auf meine Handfläche, schloss meine Hand und hielt sie fest. „Das ist der Beweis, dass wir existiert haben. Wir tun es immer noch. Es tut mir so leid, dass ich gelogen habe. Wenn ich alles noch einmal machen könnte, würde ich dir die Wahrheit sagen, sobald ich wüsste, was passiert ist. Ich brauchte nur einen Blick in deine Augen zu werfen, und ich wusste es, Emery. Ich wusste, dass du die Wahrheit über den Unfall gesagt hast. Dass es nicht deine Schuld war, dass du aus meinem Leben verschwunden bist. Aber ich kann die Zeit nicht zurückdrehen und die Dinge ungeschehen machen, die ich getan habe. Ich kann dir nur eine Zukunft versprechen."

Er ließ seinen Kopf auf unsere verschränkten Hände fallen. „Bitte sag mir, dass es eine Zukunft gibt. Ich liebe dich so verdammt sehr, Emery." Als er den Kopf wieder hob, waren seine Augen schmerzerfüllt und feucht. „Wenn du der Vergangenheit nicht trauen kannst, dann vertraue auf die Gegenwart. Vertraue auf die Zeit, die wir zusammen verbracht haben. Siehst du nicht, dass unsere Geschichte nicht aufgehört, sondern neu begonnen hat? Sie wiederholte sich, aber sie wurde auch besser. Wir hätten uns im Botanischen Garten wiedergesehen, wenn du am Tag der Verlobungsfeier nicht deinen Flashback gehabt hättest. Du hast mich davon überzeugt, Gordon zu adoptieren, genau wie du es mit Goldie getan hast. Du hast schon immer Eiscreme geliebt, aber deine Lieblingssorte ist eine andere. Du bist anders, und irgendwie habe ich mich trotzdem wieder in dich verliebt."

Ich schüttelte den Kopf. „Ich weiß nicht, was ich tun soll. Ich habe solche Angst, Lex."

Seine Hand streichelte meine Wange, und ich konnte nicht anders, als mich an sie zu lehnen.

„Es ist eine Menge zu verkraften. Ja, das weiß ich. Nicht nur, dass ich die Wahrheit vor dir versteckt habe, sondern auch, dass du diesen ganzen Teil deines Lebens herausgefunden hast, der fehlte. Ich kann die Lücken füllen. Meine Familie kann die Lücken füllen, aber nur du kannst entscheiden, was du für mich empfindest. Für uns."

Ich nickte. „Ich sollte gehen."

Er hielt mich nicht auf, als ich aufstand und zur Tür ging.

„Emery."

Ich drehte mich um.

„Nimm das." Er nahm meine Hand und legte die beiden Ringe auf meine Handfläche. „Ich hoffe, sie helfen dir, deinen Weg zu finden. Ich möchte dich nur um eines bitten."

„Was denn?"

„Wenn du dich entscheidest …" Seine Stimme brach. „Wenn du beschließt, dass du nicht zurückkommen willst, dann sag es mir bitte. Schick mir eine Nachricht. Schick eine Nachricht über Ellie. Schick mir eine Postkarte. Irgendetwas. Es muss nicht mehr als ein Lebewohl sein, aber bitte verschwinde nicht wieder. Ich würde es nicht überleben."

Ich brach zusammen und schlang meine Arme um ihn. „Ich weiß nicht mehr, wie ich mich gefühlt habe, aber ich weiß, und ich hoffe, du weißt es auch, dass mein Verschwinden keine Entscheidung war."

Er drückte mich fest an sich. „Ich weiß, Baby. Ich weiß." Er küsste mich auf den Scheitel und ließ mich los.

Ich wusste nicht, was ich mir von dem Treffen mit Lex erhofft hatte. Ich hatte meine Antworten bekommen. Einige davon. Aber jetzt hatte ich noch viel mehr Fragen. Fragen, die Lex nicht beantworten konnte.

Niemand verschwand, ohne eine Spur zu hinterlassen.

Ich ging zur nächstgelegenen Bushaltestelle und schickte Ellie eine Nachricht.

EMERY

Hey, kann ich heute Abend bei dir schlafen? Ich brauche den Rat einer Freundin.

Mein Handy klingelte sofort.

„Wo bist du?"

„Einen Block von Lex' Wohnung entfernt."

„Ich komme dich abholen."

Ich setzte mich auf eine Bank in der Nähe und brach wieder zusammen.

Zehn Minuten später hielt Ellie an. Ich schleppte mich in ihr Auto und ließ mich auf den Sitz sinken.

„Ich habe Eiscreme. Was auch immer es ist, wir können es aufarbeiten."

Ich nickte, aber ich war mir nicht sicher, ob ich heute noch etwas sagen konnte.

Ellie, meine beste Freundin und der tollste Mensch der Welt, zwang mich dazu, es mir bequem zu machen, während sie Eis in zwei Schüsseln löffelte. Ich hatte noch ein paar Klamotten bei ihr, weil ich bei ihr übernachtet hatte, also zog ich mir eine saubere Jogginghose und ein Hemd an.

„Ich will nicht darüber reden", sagte ich.

„Das ist schon in Ordnung. Lass dir von der Erdnussbutter helfen, und ich bin hier, wenn du bereit bist."

Am nächsten Morgen musste ich ein tapferes Gesicht aufsetzen, um zur Arbeit zu gehen. Am liebsten hätte ich mich unter Ellies Decke verkrochen und wäre eine Woche lang nicht herausgekommen.

„Du solltest wahrscheinlich deinen Therapeuten anrufen, Schatz", meinte Ellie in unserer Mittagspause. „Und du musst etwas essen. Zumindest brauchst du die Energie, um mit den Kindern mitzuhalten."

„Ich will heute nicht nach Hause gehen."

„Du kannst so lange bei mir bleiben, wie du willst. Das weißt du doch. Aber, Schatz, du machst mir Sorgen."

Ich seufzte und nahm die Schüssel mit Ramen an, die sie mir gemacht hatte.

„Ich möchte reden, aber ich weiß nicht einmal, wo ich anfangen soll."

„Pssst. Iss die Ramen, bring den Kindern etwas Wichtiges bei, und dann können wir den Rest besprechen."

„Ich liebe dich so sehr, Ellie."

„Ich liebe dich auch, Em."

Überraschenderweise schaffte ich es, die Ramen zu essen und sie in meinem Magen zu behalten. Die Kinder waren eine gute Ablenkung, aber sobald die Glocke zum Ende des Tages läutete, machte sich in meiner Magengrube das Grauen breit.

Ich fragte mich, wie lange ich weitere Konfrontationen oder Entscheidungen vermeiden konnte.

Eine weitere Nacht würde doch nicht schaden, oder?

28

―――

LEX

ALS ES LÄUTETE, rannte ich zur Tür. Ich riss sie auf, aber auf der anderen Seite war nichts als Enttäuschung zu sehen.

„Schau nicht so glücklich, uns zu sehen. Ich habe auf gute Gesellschaft verzichtet, um mit deiner guten Laune abzuhängen."

Ich zeigte Noah den Stinkefinger und wandte mich wieder dem Wohnzimmer zu.

„Unhöflich, kleiner Bruder."

„Ihr müsst nicht hier sein. Ihr wisst, wo die Tür ist."

„Lex."

Ich hob meine Hand. „Sieh mal, die ganze Woche habe ich so getan, als würde mein Leben nicht in die Brüche gehen. Ich habe gelächelt, hart gearbeitet und sogar Kontakte geknüpft, obwohl ich jede Sekunde hinter dieser Tür verbringen und darauf warten wollte, dass der Mann, in den ich verliebt bin, anklopft. Lasst mich in Ruhe und geht weg."

Ich wusste, dass ich meine Brüder ungerechtfertigt anschnauzte, aber ich stand kurz vor einem Nervenzusammenbruch und mein Verstand hing an einem seidenen Faden.

Adam setzte sich auf den Stuhl, der senkrecht zur Couch stand, lehnte sich vor und stützte die Ellbogen auf die Knie. „Letzte Woche hast du das ganze Zeug über Familie gesagt. War das Blödsinn?"

„Was? Nein."

„Warum bist du dann wieder an dem Punkt, an dem du ganz allein mit deinen Gefühlen fertig werden willst?"

„Weil ich allein *bin!*", rief ich.

Noah ging hinüber zu Gordons Becken. „Nur zu, schrei so viel du willst. Lass es raus, dann können wir ins Auto steigen und Emery holen."

Allein der Klang seines Namens aus dem Munde eines anderen war wie ein Dolchstoß in mein Herz. Ich vermisste ihn so verdammt sehr. War es beim ersten Mal auch so schmerzhaft gewesen? Oder war es diesmal schlimmer, weil es sich anfühlte, als würde ich ihn noch einmal verlieren?

Dieses Mal gab es keine Hoffnung, dass er plötzlich aus heiterem Himmel auftauchen würde. Ich stellte mir immer Geschichten vor, in denen er an die Tür klopfte und einfach sagte: „*Tut mir leid, dass ich weg war. Ich wurde auf der Arbeit befördert und musste zur Fortbildung verreisen*" oder „*Ich bin wieder da und stell dir vor, ich bin ein heimlicher Prinz und habe gerade auf meinen Thron verzichtet, um bei dir zu sein.*" Sie wurden wilder und wilder, je länger er weg war.

„Niemand wird Emery holen."

„O doch, das werden wir."

„Ich sagte, ich würde ihm Freiraum geben. Wisst ihr, was er durchgemacht hat? Er braucht Zeit, um das alles zu verarbeiten."

Adam stieß einen hörbaren Seufzer aus. „Was ist, wenn er darauf wartet, dass du ihn abholst?"

„Das tut er nicht."

„Woher weißt du das?"

„Ich habe ihm gesagt, dass ich ihn mehr als alles andere

liebe. Er weiß bereits, was ich empfinde. Und weißt du was? Er hat es nicht erwidert, also weiß ich wohl, woran ich bin."

Noah lachte. „Du bist ein Trottel."

„Lass das, Noah. Ich werde dich schlagen."

Er lachte noch lauter. „Du hast dich noch nie mit jemandem geprügelt."

„Es gibt immer ein erstes Mal, und zu deinem Leidwesen habe ich vielleicht Anfängerglück."

Er kam herüber und setzte sich neben mich. „Hör zu, ich weiß, du hast nicht angerufen, aber das ist eine Rote-Alarm-Situation. River ist auf dem Weg. Wir werden das gemeinsam lösen."

„Bitte", flehte ich, „lasst mich einfach in Ruhe."

„Das können wir nicht, Lex. Willst du wissen, warum?", fragte Adam. „Weil wir dich lieben, und wir wissen, dass Emery dich liebt. Ja, das Leben hat euch einiges an Scheiße in den Weg geworfen, aber wenn es eine Liebe gibt, die das überstehen kann, dann ist es eure."

Es läutete wieder an der Tür.

„Das wird River und unsere Verbündete sein." Noah ging zur Tür, und einen Moment später kam River mit Ellie herein.

Ich war fassungslos. „Ellie."

Sie gab Noah ein Zeichen, sich zu bewegen, und nahm dann neben mir Platz.

„Er ist seit letztem Sonntag bei mir. Er ist traurig, deprimiert, niedergeschlagen, trübselig, alle Adjektive, die man sich ausdenken kann. Heute ist Samstag, und am Wochenende mache ich keine Lehrersachen. Ich will damit sagen, dass Emery nicht er selbst ist. Gestern habe ich es geschafft, alles aus ihm herauszuholen. Heute Morgen ist er wieder nach Hause gegangen. Es ist, als hätte er ein Ziel, ein Ziel, das er erreichen will, und nichts würde ihn aufhalten."

„Was für ein Ziel?", fragte ich, bereit, den Kloß in meinem Hals loszuwerden.

Sie zuckte mit den Schultern. „Ich weiß es nicht. Du bist der Einzige, der ihn vor und nach dem Unfall kannte."

„Ich habe ihn belogen."

Sie schnaubte. „Das hätte ich auch. Wie viele Leute kennst du, die einen Autounfall haben, ihr Gedächtnis verlieren und dann das Pech haben, Eltern zu haben, die ihr ganzes Leben verschwinden und mit einem neuen Look wieder auftauchen lassen? Und das, ohne dass sie es überhaupt wissen." Die letzten paar Worte waren ein Stakkato.

„Du denkst, Emery muss gerettet werden?"

Sie warf die Arme in die Luft. „Jetzt raffst du es endlich. Wenn man bedenkt, dass du der kreative Kopf hinter eurer Firma bist …"

„Hey!" Noah und Adam beschwerten sich unisono.

„Beruhigt euer Testosteron, Jungs. Er ist derjenige, der heute seine Federn aufplustern muss. Ihr kommt schon noch dran."

Eine Minute später fand ich mich zwischen River und Adam in Noahs Auto wieder, während Ellie ihm den Weg wies.

„Nur damit du es weißt, die Kühlbox ist gefüllt", sagte Noah.

„Eines Tages wirst du in Schwierigkeiten geraten, wenn du von der Polizei angehalten wirst", erwiderte ich.

„Weshalb? Weil ich meinem kranken Großonkel auf dem Sterbebett sein letztes Bier gebracht habe, der sich nichts sehnlicher gewünscht hat als ein kaltes Bierchen, um der alten Zeiten Willen? Außerdem ist das Mitführen von Alkohol im Auto nicht illegal, und bisher hat noch kein Roter Alarm verlangt, dass man während der Fahrt trinkt."

Ich schüttelte den Kopf. Ich konnte es ihm nicht einmal

verübeln. Wahrscheinlich hatte er die Idee von unserer Großmutter.

„Hat jemand einen Plan? Ich mache mir nämlich gerade in die Hose und habe keine Ahnung, was ich tun soll", meinte ich.

„Nö", sagte Noah. „Alle meine Ideen sind NFDMGG. Nicht für den menschlichen Gebrauch geeignet."

In den nächsten dreißig Minuten, während wir die Stadt verließen, hörte ich jede erdenkliche Idee und war immer noch ratlos. Obwohl die Anwesenden wahrscheinlich nicht die besten Ideengeber für die Rettung des Tages waren.

Wir bogen in eine lange Einfahrt ein.

„Fick mich von der Seite und häng mich zum Trocknen auf. Wohnt er *hier*?", fragte Noah.

Während er von der Pracht des Hauses beeindruckt war, begann ich, Emery zu verstehen. Zum ersten Mal verstand ich ihn wirklich.

„Ich weiß, was zu tun ist", erklärte ich und beugte mich vor. „Beeil dich."

Emerys Auto war vor dem Haus geparkt. Obwohl die Bezeichnung *Haus* eine Untertreibung war. Es war eher ein Palast als ein Haus. Für mich sah es wie ein Gefängnis aus.

Wir stiegen alle aus dem Auto aus und sahen uns an.

Was nun?

Die Haustür öffnete sich, und Emery kam mit einem Koffer im Schlepptau heraus.

„Lex." Er blieb schockiert stehen. „Was machst du denn hier?"

Gott, er sah gut aus. Wirklich gut.

„Ich bin hier, um dich zu holen. Ich wäre nicht hier, wenn sie nicht wären." Ich deutete auf meine Brüder und Ellie hinter mir. „Die Wahrheit ist, dass ich Angst hatte, dich zu drängen, falls du nicht zurückkommen wolltest, also habe ich dir allen

Freiraum gegeben, den du brauchst. Aber mir ist gerade etwas sehr Wichtiges klar geworden. Du brauchst keinen Freiraum, du brauchst Liebe und jemanden, der dich versteht."

Emery ging die Treppe hinunter und blieb vor mir stehen.

„Und du verstehst mich?"

„Jetzt schon. Am ersten Tag, als wir uns trafen, war ich einfach fasziniert von dir. Deine ganze Präsenz war beruhigend, und ich wollte einfach nur in deiner Nähe sein. Bei unserer zweiten Verabredung, von der du behauptet hast, sie sei keine Verabredung gewesen, weil es kein Eis gab, waren deine Augen wie zwei grüne Leuchtfeuer, die von allem, was du sahst, fasziniert waren. Die einfachen Dinge. Dir fielen die Zuckerpäckchen im Café auf und du fragtest, warum sie die gleiche Farbe wie das Salz hatten und was passieren würde, wenn man sie verwechselt. Würden sie dir einen anderen Kaffee machen, oder wäre es deine Schuld?"

Ich ging auf ihn zu und hielt seine Hände fest. „Bei unserem dritten Date hast du etwas zu mir gesagt, das ich nie vergessen werde."

„Was habe ich gesagt?"

„Jeder verdient die Chance, frei zu sein. Wenn jeder die Larven töten würde, weil sie eklig sind, würden wir nie sehen, wie schön Schmetterlinge sind. Das war die schönste Bemerkung, die ich je gehört habe, aber ich dachte, du meinst das wörtlich. Schließlich waren wir ja im Zoo im Schmetterlingshaus. Aber jetzt weiß ich, dass du von dir gesprochen hast."

Sein Adamsapfel wippte, als er schluckte.

„Als du in die Stadt gezogen bist, hattest du ein Ziel. Also hast du etwas von dir vor mir verborgen. Selbst nachdem wir all unsere Träume, Wünsche und Schwächen miteinander geteilt haben, nachdem du mir dein wahres Ich gezeigt hast, war es nicht vollständig. Ich glaube, der Grund dafür war, dass du einen Neuanfang fernab deiner Vergangenheit wolltest." Ich deutete auf das große Haus hinter uns. „Ich weiß, das bist nicht du. Du bist weder groß noch spießig, aber hier kommst du her. Als ich dich das zweite Mal kennenlernte, waren deine Mauern verschwunden. Du hast dich geöffnet und mir Dinge erzählt, die du vorher nie erzählt hast."

Ich drückte meine Lippen auf seine Fingerknöchel und küsste sie.

„Das, was du beschrieben hast, als du auf dem Internat warst … Ich glaube, was dein Lehrer dir vermittelt hat, war eine Leidenschaft für das Leben. Dafür, du selbst zu sein, fernab von all den Erwartungen."

„Was ist hier los, Emery? Du warst die ganze Woche weg, und jetzt schmeißt du eine Party? Ich dachte, deine rebellische Phase wäre vorbei."

Die Frau kam mir bekannt vor. Ich brauchte eine Minute, um sie einzuordnen, aber ihr abweisender Blick, mit dem sie alle anstarrte, rief alles in Erinnerung.

„Was macht deine alte Vermieterin hier? Hast du eine neue Wohnung gemietet?"

„Was meinst du? Das ist meine Mom", antwortete Emery und sah die Frau an.

Wie bitte?

Ich starrte sie an, unfähig, den Biss aus meinen Worten zu nehmen. „Sie haben mir gesagt, dass Sie seine Vermieterin sind und er ausgezogen ist."

Sie drehte ihre Nase zu mir. „Nein. Sie haben *angenommen*, ich sei seine Vermieterin, und ich habe nicht gelogen. Emery ist ausgezogen. Nach Hause, wo er hingehört."

„Moment. Ihr kennt euch schon?", fragte Emery.

„Wir haben uns einmal getroffen. Als du nicht auf meine Anrufe reagiert hast, bin ich zu deiner Wohnung gefahren. Ich dachte, wenn ich immer wieder zu verschiedenen Zeiten käme, würde ich dich irgendwann erwischen. Eines Tages war sie da und sagte mir, dass du ausgezogen bist."

Emery wandte sich an seine Mutter. „Du hast mir gesagt, ich hätte nie woanders als hier gewohnt. Das war eine Lüge. Du hast mir gesagt, ich hätte gesagt, ich wolle nicht mehr unterrichten, weil es sich nicht lohne, und dass ich ausdrücklich darum gebeten hätte, mit Dad zu arbeiten. War das auch eine Lüge? Worüber hast du noch gelogen? Wurde mein Handy bei dem Unfall zerstört oder hast du es entsorgt, damit ich jeden Kontakt zu dem Leben, das ich mir aufgebaut hatte, verliere? Ich habe bereits meinen Pass, meine Fotos und meinen Verlobungsring gefunden, von denen du wusstest, mir aber nichts gesagt hast."

„Ich habe getan, was das Beste für dich war. Eines Tages wirst du mir zustimmen. Eine Mutter wird alles tun, um ihre Kinder zu beschützen und ihnen alle Chancen zu geben, die sie verdienen." Sie stand mit erhobenem Kinn da und sah trotzig und allmächtig aus.

Emery ging zu ihr und drückte ihr einen Kuss auf die Wange.

„Wenn du mich in deinem Leben haben willst, wirst du meine Wünsche respektieren. Ich werde meinen Job als Lehrer nicht aufgeben und ich werde ausziehen. Ich kann dir jemanden empfehlen, der das Familienunternehmen übernimmt. Frederick hat die richtigen Qualifikationen, und ich glaube, dass er nicht nur gut darin wäre, sondern es auch genießen würde. Wir sind Freunde, und ich vertraue ihm, dass er das Beste für unsere Familie tut."

„Freunde? Ihr seid verlobt!", stellte seine Mutter fest.

„Nur in deinem Kopf, Mom. Zugegeben, wir haben dich in dem Glauben gelassen, dass wir zusammen sind, aber ich habe mich klar ausgedrückt, als ich sagte, dass ich noch nicht bereit bin zu heiraten."

„Niemanden?", fragte ich.

Er kam zu mir und steckte seine Hand in die Tasche, um etwas herauszuholen.

Als er seine Hand öffnete, sah ich die beiden Ringe. „Ich mache eine Ausnahme für jemand ganz Besonderen."

Ein lauter Jubel brach hinter uns aus.

Mein Puls raste. Das konnte doch nicht wahr sein. Hoffentlich spielte das Schicksal nicht mit mir, denn diesen grausamen Scherz würde ich nicht überleben. „Meinst du das ernst?"

Er nickte. „Es scheint, als hätte ich dich einmal genug geliebt, um Ja zu sagen. Und ohne etwas über unsere Vergangenheit zu wissen, habe ich mich trotzdem wieder in dich verliebt. Ich bin sicher, wenn wir uns immer wieder im Leben treffen, soll ich dir gehören und du mir. Vielleicht sollten wir es offiziell machen."

Ich stieß ein Lachen der Erleichterung aus, das sich anfühlte, als wäre es mir schon ewig im Hals stecken geblieben.

Emery sprang mir in die Arme und gab mir einen langsamen, berauschenden Kuss.

„Okay, Jungs, das ist unser Stichwort", meinte Ellie. „Emery, du kannst dein Auto benutzen, um euch beide zurück zu Lex' Wohnung zu bringen. Ich weiß nicht, wo du mit dem Koffer hin wolltest, aber jetzt hast du ein Ziel." Dann drehte sie sich um. „Wer hat Lust, das woanders zu feiern? Ich habe gehört, im Kofferraum ist Bier."

Sie stiegen alle wieder in Noahs Auto und fuhren los.

Emery sah mich an. „Ich liebe dich so sehr, Lex. Lass uns bei dir noch ein bisschen feiern."

Ich lächelte und zog ihn zu seinem Auto. „Ich glaube, du fährst."

„Oh", sagte er und hielt mich auf. „Vielleicht sollten wir anfangen, die hier zu tragen, damit niemand da draußen auf falsche Gedanken kommt."

Er steckte mir einen der Ringe an den Finger und den anderen an seinen.

Und meine Welt war sofort wieder in Ordnung.

Ich packte den Griff seines Koffers. „Lass uns gehen. Gordon und Goldie waren die ganze Woche über launisch, weil sie dich vermisst haben."

„Natürlich haben sie das. Ich bin ihr Lieblingsdaddy."

29

EMERY

Meine Augen waren auf die Straße gerichtet, aber ich schaute Lex immer wieder an, während ich uns vom Haus meiner Eltern weg in die Stadt fuhr.

„Geht es dir gut?", fragte er.

Ich lächelte und streckte meine Hand aus. Lex nahm sie in seine beiden Hände und legte sie auf seinen Schoß. „Ja."

„Es ist eine große Sache, was du da vorhin mit deiner Mom erlebt hast."

Mein Lächeln sank ein wenig. „Ich bin dem Konflikt lange Zeit aus dem Weg gegangen. Ich hätte all diese Fragen stellen sollen, sobald ich aus dem Krankenhaus zurückkam, aber ich schätze, ich hatte mit dem Gedächtnisverlust zu kämpfen, und es war einfach, jemanden zu haben, der alle Entscheidungen traf. Ich hätte wissen müssen, dass sie etwas Größeres verbargen, weil sie meinen unbedeutenden Fragen aus dem Weg gingen."

„Glaubst du wirklich, dass sie dein Handy nach dem Unfall behalten hat?"

Ich zuckte mit den Schultern. „Ich weiß es nicht. Ich will nach vorn blicken, also will ich nicht darüber nachdenken.

Wenn sie es getan hat, ist es geschehen. Ich bin sicher, dass es jetzt wirklich weg ist, falls sie es jemals hatte.“

„Wo wolltest du mit deinem Koffer hin, als wir ankamen?“

„Ich weiß es nicht. Mein Plan war ein Plan auf gut Glück. Ich wollte so viele Sachen wie möglich mitnehmen, bevor ich meine Eltern mit dem konfrontiere, was passiert ist. Dann habe ich gehofft, du würdest mich zurücknehmen. Wenn du mich nicht zurückgenommen hättest, wäre ich wohl bei Ellie untergekommen.“

Ich hatte Ellies Wohnung ohne einen Plan verlassen. Es war mehr ein Konzept gewesen, aber ich hatte keine Ahnung gehabt, wie ich es umsetzen sollte. Ich wusste nur, dass ich Lex so sehr vermisste, dass ich bei ihm sein musste, oder ich würde krank werden.

Ich hatte die ganze Woche damit verbracht, nachzudenken. Ellie hatte versucht, mich davon abzubringen, aber ich hatte Zeit gebraucht, um all meine Gedanken zu ordnen. Am Ende war mir klar geworden, dass das Einzige, was zählte, meine Gefühle für Lex waren.

Er hatte mich geliebt. Er hatte mir einen Antrag gemacht. Und nachdem ich, wenn auch ungewollt, aus seinem Leben verschwunden war, hatte er mich trotzdem zurückgenommen und mich so kennengelernt, wie ich jetzt war. Er verliebte sich immer noch in mich, wieder und wieder.

Wenn es sich nicht lohnte, dafür zu kämpfen, wofür dann? Die Leere, die ich ein Jahr lang gespürt hatte, begann sich zu schließen, nachdem ich Lex getroffen hatte, bis ich mich ganz und stark fühlte.

Als ich herausfand, was vor einem Jahr passiert war, hatte das mein Fundament erschüttert, aber jetzt war ich hier, weil Lex Wochen damit verbracht hatte, mich wieder zusammenzusetzen, ohne es zu merken.

Ich hielt vor Lex' Wohnung an. Er half mir, den Koffer aus dem Auto zu holen, und wir gingen die Stufen zur Haustür hinauf.

„Du wirst feststellen, dass dies eine wirklich freundliche Nachbarschaft ist. Der Mieter hat gelegentlich Besuch, aber die Leute gehen wieder, wenn die Alkohol- und Lebensmittelvorräte zur Neige gehen." Er steckte den Schlüssel in die Tür und drehte sie auf. „Das ist ein typisches einstöckiges Doppelhaus. Die Wohnung nebenan ist ein Spiegelbild dieser Wohnung. Die Mieter haben mir versichert, dass sie nette Leute sind und sehr rücksichtsvoll."

Ich biss mir auf die Lippe, um mir ein Lachen zu verkneifen.

„Die Wohnung ist sofort bezugsfertig, falls es dir nichts ausmacht, deinen Platz mit einem Gecko, der keinen Respekt vor Privatsphäre hat, und einem Goldfisch, der keine Tricks kennt, zu teilen."

Ich schnaubte. „Und was ist mit dem Mieter?"

Er schlang seine Arme um meine Taille und zog mich näher heran. „Das ist vielleicht der einzige Nachteil an dieser Wohnung. Weißt du, er hat auch keinen Respekt vor Privatsphäre. Er könnte darauf bestehen, dass du mit ihm in seinem Bett schläfst."

„Wie viele Schlafzimmer gibt es in diesem luxuriösen Apartment?"

„Eins."

„Und er will nicht ausziehen?"

Er schüttelte den Kopf.

Ich schürzte meine Lippen. „Hmm, ich weiß nicht. Ich bin in Versuchung. Die Wohnung sieht sauber aus, und Haustiere bringen viel Freude. Vielleicht werde ich mir einen Hund zulegen …"

„Auf keinen Fall."

Ich lachte. „Und dieser Mieter ... wie stark nimmt er meine Privatsphäre in Anspruch?"

„Komplett. Du könntest dich in kompromittierenden Situationen wiederfinden, unter ihm, auf ihm, in ihm ..."

Ich schlang meine Beine um seine Taille, während er sein Gesicht in meinen Nacken schmiegte und mich festhielt. „Das klingt nach einem schrecklichen Arrangement. Wo kann ich unterschreiben?"

Er nahm mich mit in sein Schlafzimmer und ließ mich aufs Bett fallen, wobei er meinen Körper mit seinem bedeckte. „Vor dem Standesbeamten, so schnell wie möglich."

„Mein zukünftiger Mitbewohner scheint ziemlich besitzergreifend zu sein."

Er knurrte. „Du hast ja keine Ahnung."

Unsere Klamotten landeten innerhalb von drei Sekunden auf dem Boden, während Lex mir genau zeigte, wie viel von seinem persönlichen Raum er zu teilen gedachte.

Die Luft um uns herum stand unter Strom, als Lex jeden Zentimeter meines Körpers küsste, als würde er ihn für sich beanspruchen.

„Ich liebe dich so sehr, Emery, und ich werde es dir jeden Tag beweisen."

Jede Berührung in der Nähe meines Schwanzes entfachte ein Feuer in mir. Meine Hüften stemmten sich gegen das Bett, als er schließlich seine Lippen auf meine Eichel legte. Seine Hand strich sanft über meinen Schwanz, neckte ihn und zog meine Lust so langsam in die Länge, dass ich dachte, ich würde sterben.

„Lex, ich brauche mehr."

„Mehr was, Baby?"

„Einfach ... mehr." Mein Schwanz war so hart, dass es schon fast schmerzhaft war und mein Arsch bettelte darum, gefüllt zu werden. Um Lex' Schwanz, der ihn dehnte und streichelte.

Er ließ meinen Schwanz los und bewegte sich meinen Körper hinauf, als hätten wir alle Zeit der Welt. Ich würde es selbst in die Hand nehmen, wenn es nötig wäre.

„Drei-Sekunden-Warnung", sagte ich.

Er lachte. „Wofür?"

„Um in mir zu sein, oder ich bin nicht mehr verantwortlich für meine Handlungen."

„Das ist ein verlockendes Angebot. Beide Optionen klingen gleich gut. In dich einzudringen oder zu sehen, was passiert, wenn du deinen Verstand verlierst."

Ich stöhnte auf. „Führ mich nicht in Versuchung, Alexis Spencer."

„O verdammt, mein Name aus deinem Mund ist das sexieste Geräusch der Welt."

Er griff nach dem Beistelltisch und holte die Flasche mit dem Gleitmittel heraus. Ich bot ihm meine Handfläche an, und er ließ einen Klecks Gleitmittel darauf fallen.

Ich schob meine Hand zwischen uns und umfasste unsere Schwänze.

„Ja", zischte Lex, während er meine Hand mit Hingabe fickte.

Seine Zunge fuhr über meine Lippen, bevor er meinen Mund mit seinem in einem hungrigen Kuss bedeckte. Es war schwer, mit all den Empfindungen Schritt zu halten.

Lex zu küssen berührte mich auf einer emotionalen Ebene, aber der Sex? O Gott, der Sex war unbeschreiblich. Es war, als ob wir füreinander geschaffen wären. Kein anderer Schwanz konnte den elektrischen Strom, der durch meine Adern pulsierte, so auslösen wie der von Lex.

Ich musste eine Entscheidung treffen, und im Moment brauchte ich etwas mehr als einen Orgasmus.

„Lex, du musst mich mit deinem Schwanz ausfüllen. Ich

will nichts als den Schmerz und das Vergnügen von dir in mir spüren.“

„Du hast es so gewollt, Baby. Vergiss das nicht.“

Ich zitterte, als das kalte Gleitmittel mein Loch berührte, aber nach einer Minute, in der Lex mich geöffnet hatte, war ich bereit, überzukochen.

Er drückte seine Eichel gegen mein Loch, und als ich ihn hineinließ, schob er sich ganz hinein.

Meine Zehen krümmten sich und ich schrie vor Lust. Er hielt inne, um mir einen Moment Zeit zu geben, mich anzupassen. Seine Hand griff nach unten zu meinem Hintern, massierte ihn und half mir, mich zu entspannen.

„Jetzt, Lex. Jetzt.“

Er zog sich zurück und stieß dann wieder hinein. Das Stakkato seiner Stöße ließ mich jedes Mal zu neuen Höhenflügen ansetzen.

„Ja …verdammt, ja.“ Das schmerzende Bedürfnis zu kommen war überwältigend, aber ich wollte nicht, dass es aufhörte.

Lex’ Atemzüge kamen in kurzen Stößen zwischen seinen zusammengebissenen Zähnen. „Du fühlst dich so gut an, Emery. So verdammt gut.“

Unsere Körper befanden sich in exquisiter Harmonie und führten einen Tanz auf, den sie beide auswendig kannten. Mein Kopf würde bald aufholen, während ich neue Erinnerungen sammelte und all die Dinge lernte, die Lex ausmachten.

In gewisser Weise war ich durch meinen Gedächtnisverlust privilegiert. Ich würde Lex zum ersten Mal in seiner Gesamtheit erleben können. Diese Gelegenheit hatte sonst niemand. Wenn es jemals einen Silberstreif an meinem Gedächtnisverlust gab, dann war es dieser.

„Alexis“, flüsterte ich.

Er hatte seine Augen geschlossen, während er in mich

eindrang, und als er sie öffnete, sah ich Feuer und Eis in einem dampfenden Pool des Verlangens wirbeln.

„Emery."

Er steigerte das Tempo seiner Stöße. Mein Arsch brannte und mein Schwanz, der zwischen uns eingeklemmt war, wurde zu einer Stahlstange.

Als er immer wieder meinen Namen flüsterte und seine Lippen über die meinen glitten, spürte ich die ersten Anzeichen meines Orgasmus. „Ich bin kurz davor."

Sein Atem vermischte sich mit meinem. Heiß und süß.

Der Energieball entfaltete sich in der Mitte meines Körpers. Ich schlang meine Beine so fest um Lex' Taille, dass kein Atom mehr zwischen uns war.

Lex schrie seinen Orgasmus heraus, die Ader an seinem Hals pulsierte, als er ein, zwei, dreimal stieß, bis er sich in mir entleerte.

Ohne sich aus meinem Körper zurückzuziehen, griff Lex nach meinem Schwanz und streichelte ihn, bis ich meinen Orgasmus zwischen uns entlud.

Wir bewegten uns nicht, während wir zu Atem kamen.

„Ich liebe dich, Alexis. Falls ich es noch nicht oft genug gesagt habe."

„Ich liebe dich auch, Baby."

Er glitt langsam aus mir heraus und setzte sich auf seine Knie. „Ich hole mir ein Handtuch. Verdammt, Gordon!"

Ich folgte seinem Blick zu der Wand über dem Bett, wo Gordon uns anstarrte.

„War er schon die ganze Zeit da?", fragte ich.

„Wahrscheinlich. Perversling." Einen Moment später kam er mit einem feuchten Handtuch aus dem Bad zurück. Mein Herz schlug höher, als er sich vergewisserte, dass ich sauber war, bevor er das Handtuch auf den Boden warf und sich zu mir ins Bett legte.

Gordon setzte sich ans Fußende des Bettes, wo die Sonne des frühen Nachmittags den Rahmen wärmte.

„Wir müssen ein paar Regeln aufstellen", meinte Lex.

Ich legte mein Bein über seines und meinen Kopf auf seine Brust.

„Schieß los."

„Nicht für dich. Für ihn. Beim Sex geht der Briefbeschwerer zurück auf das Becken. Man kann ihm nicht trauen."

Ich schmunzelte. „Irgendwie glaube ich nicht, dass er jemandem unsere Sexgeheimnisse verraten wird."

Lex zeichnete langsame Kreise auf meinem Rücken. Ehe ich mich versah, war ich eingeschlafen.

Ich wachte in der gleichen Position wieder auf. Ich wusste nicht, ob ich nur ein paar Minuten oder Stunden geschlafen hatte, aber die Sonne hatte sich nicht viel bewegt, also war es wahrscheinlich nur ein kurzes Nickerchen gewesen.

Lex sah sich etwas auf seinem Handy an.

„Was machst du?", fragte ich.

„Ich schaue mir unsere Fotos an. Ich habe mich gefragt, ob du sie sehen willst."

Ich hob meinen Kopf, um ihm in die Augen zu sehen. „Ja, sehr gern."

Lex setzte sich auf und drängte mich, mich zwischen seine Beine zu kuscheln. Er reichte mir sein Handy und legte meinen Daumen auf die Home-Taste. Der Bildschirm entsperrte sich.

Ich schnappte nach Luft.

„Wir hatten damals keine Geheimnisse, und wir haben auch jetzt keine, Emery."

Ich öffnete die Foto-App und blätterte zwei Jahre zurück.

Unser erstes gemeinsames Foto zeigte mich beim Eisessen und Lex, der versuchte, mein Gesicht abzulecken.

Meine Augen waren geschlossen, aber ich sah so glücklich aus.

Obwohl ich mich nicht daran erinnerte, spürte ich, wie das Glück durch das Foto hindurchsickerte.

Ich scrollte zum nächsten und zum übernächsten. Hundert Fotos später war der Kloß in meinem Hals kurz davor, sich in einem Schluchzen zu entladen.

Wir waren wirklich glücklich und verliebt gewesen. Ich hatte es gewusst, aber als ich es auf den Fotos sah, wurde mir plötzlich ganz anders.

„Ich muss wahrscheinlich Frederick anrufen und ihm sagen, was passiert ist. Ich hoffe, er wird mich nicht hassen", sagte ich.

„Das wird er sicher nicht. Er scheint ein guter Kerl zu sein, und wer weiß, wenn er seinen Eltern die ganze Schwulensache immer noch verkaufen will, kann er immer noch so tun, als würde er mit Ren ausgehen."

Ich lachte. „Viel Glück für Frederick, wenn er das Ren vorschlägt und seine Eier dranbleiben."

Lex ließ seine Hände über meine Brust gleiten, legte eine um meine Taille und die andere über mein Herz. „Ich hasse es, das jetzt zu fragen, aber hast du eine Ahnung, was du wegen deiner Eltern unternehmen wirst?"

„Ich weiß es nicht. Im Moment bin ich verdammt wütend auf sie, weil sie alles vor mir verheimlicht haben. Dass sie mich manipuliert haben, als ich so verletzlich war. Ich weiß nicht, ob ich ihnen das verzeihen kann."

„Ich verstehe das. Du sollst nur wissen, dass du nicht mehr allein bist. Du hast zwei ältere Brüder, eine Mom, einen Dad und eine Grandma, die dich lieben werden, egal was passiert."

Ich drehte meinen Kopf, um ihn zu küssen. „Ich danke dir. Das bedeutet mir mehr, als du dir vorstellen kannst."

„Hey, meine Eltern schmeißen nächstes Wochenende

eine Party zum Jahrestag des Restaurants. Ich muss arbeiten, weil wir diese ganze Sache machen, bei der wir wie früher helfen, aber ich würde mich freuen, wenn du kommst."

Ich lachte, denn es war mir noch nicht in den Sinn gekommen, ihm das zu sagen. „Ich hoffe, du bist ein besserer Kellner als Ren, denn ich bin bereits gebucht, um mit meinem reizenden Date an der Party teilzunehmen."

Seine Augen hätten sich nicht weiter öffnen können.

Ich rutschte auf ihm herum, ergriff seine Hände und legte sie mit meinen über seinen Kopf. „Ich komme mit Nadine, einer Lehrerin aus meiner Schule. Es ist meine erste Verabredung mit einer Frau, also mach es besser zu etwas Besonderem." Ich biss mir auf die Lippe und versuchte, nicht zu lachen.

„Ich werde auf jeden Fall meine Servierkünste auffrischen. Meinst du, sie macht mit?"

Ein kleines Lachen entkam mir.

„Ich weiß nicht, wie es bei ihr ist, aber ich werde es garantiert tun."

Ich täuschte einen Schock vor. „Mr. Spencer, ist das ein unanständiger Vorschlag, den ich da höre?"

„Mhm", brummte er, als seine Lippen meinen Hals berührten.

30
—
LEX

EMERYS STÖHNEN, als ich seinen Schwanz bis in den hintersten Winkel meiner Kehle saugte, war geradezu schmutzig, aber es turnte mich auch extrem an. Meine eigene Erleichterung kam daher, dass ich mich an den Bettlaken rieb, weil ich keine Hand frei hatte, die ich für mich benutzen konnte.

Nicht, während ich Emery mit dem Butt Plug neckte, seine Eier streichelte und ihn gleichzeitig lutschte.

Es sprach viel dafür, das Wochenende im Bett zu verbringen.

„Schönen Fast-Nachmittag, Jungs. Bedeckt euch, wenn ihr nicht wollt, dass man euch nackt sieht."

„Scheiße." Ich kletterte aufs Bett und zog die Decke gerade noch rechtzeitig hoch, als die Schlafzimmertür aufging.

River, Adam und Noah strömten ins Zimmer.

„Oh, hier stinkt es. Ihr wisst doch, wo die Dusche ist, oder?", fragte Noah, ging zu meinem Fenster und öffnete es. „Ich kann ein paar Schilder drucken lassen, wenn ihr euch gegenseitig so sehr das Hirn rausgevögelt habt, dass ihr nicht mehr wisst, wo links und rechts ist."

Emery versuchte, mich vor sich zu schieben, aber ich wusste, dass sie das nur ermutigen würde.

„Kann mir jemand erklären, was für ein Notfall vorliegt, dass ihr mit dem Schlüssel, den ich euch *nur* für *Notfälle* gegeben habe, in meine Wohnung eingedrungen seid?"

Noah schaute Adam an und Adam schaute River an.

„Es ist Sonntag", sagten sie alle, als ob das etwas bedeuten würde.

„Sieh mal", fügte Noah hinzu und zeigte auf seine Uhr. „Wir haben euch fast vierundzwanzig Stunden gegeben, und ihr habt noch den Rest eures Lebens. Zieht euch an. Wir müssen in einer halben Stunde bei Mom und Dad sein."

„Verdammt. Es ist Sonntag." Bei all der Zeit, die ich in letzter Zeit mit Emery verbracht hatte, hatte ich ein paar Mittagessen verpasst. Es war nicht gerade eine Regel, dass wir alle zu jedem Mittagessen erscheinen mussten.

„Was soll das heißen?", flüsterte Emery mir ins Ohr.

Ich drehte meinen Kopf zu ihm hin. Sein Gesicht war errötet, was seine schönen Sommersprossen zur Geltung brachte. Er atmete in kurzen Stößen, als würde er sich kaum zusammenreißen können.

Er trug immer noch den Plug. Besser gesagt, er saß darauf, also wurde er wahrscheinlich gegen seine Prostata gedrückt. Meine Erektion hatte einen Sturzflug hingelegt, als meine Brüder aufgetaucht waren, aber sie war wieder bereit, zu spielen.

„Das bedeutet, Baby, dass du gleich meine Eltern kennenlernen wirst ... noch einmal."

Seine Augen weiteten sich.

Ich drehte mich wieder zu meinen Brüdern und River um.

„Okay, Nachricht erhalten. Ihr könnt jetzt gehen. Wir treffen euch dann dort."

Adam schüttelte den Kopf. „Nein, das geht nicht. Wir haben den Befehl, dafür zu sorgen, dass ihr uns bis dorthin folgt. Keine Verzögerungen oder Umwege."

Ich seufzte. „Na schön. Könnt ihr wenigstens im Wohnzimmer warten? Und macht die Tür zu, wenn ihr rausgeht."

Emery stieß einen schweren Seufzer der Erleichterung aus, als sich die Tür hinter ihnen schloss.

„Das war echt schlimm. Machen die das oft?"

Ich lachte. „Nein, überhaupt nicht. Die machen sich nur über uns lustig."

Er schaute auf seine Erektion hinunter, die ihm bis zum Bauch reichte. „So kann ich deinen Eltern nicht begegnen."

Ich wollte den Moment mit einem Witz auflockern, aber ich wusste, dass ihm das wirklich Sorgen bereitete. Als er meine Familie das erste Mal getroffen hatte, war er so in Panik geraten, dass ich mit ihm ein Eis essen gehen musste, um ihn zu beruhigen.

Für Emery würde es sich ähnlich anfühlen wie beim ersten Mal, nur mit dem Zusatz, dass er sich zwar nicht an sie erinnerte, aber sie sich sehr wohl an ihn.

„Komm mit mir." Ich stieg aus dem Bett und streckte meine Hand aus.

Ich drehte das Wasser in der Dusche auf und stellte den Strahl so ein, dass er von uns weg zeigte.

„Hände an die Wand, Beine auseinander", befahl ich.

Ein kleiner Lufthauch entkam seinen geschlitzten Lippen. Während er tat, was ich verlangte, griff ich nach dem Gleitmittel und bestrich meinen Schwanz mit einer guten Menge.

Ich richtete meinen Körper auf den seinen aus. Ich war gerade groß genug, dass wir perfekt zusammenpassten, wie zwei passende Teile.

„Das wird schnell gehen, Baby. Wir haben nicht viel Zeit, sonst könnten sie tatsächlich wieder hereinplatzen."

Er nickte.

Ich zog seinen Plug heraus und ersetzte ihn durch meinen Schwanz. Emery schrie auf.

Eine Sekunde später begann die Stereoanlage in meinem Wohnzimmer laute Musik zu spielen.

„O Gott", stöhnte Emery. „Sie wissen, was wir tun."

„Das ist doch klar, Baby. Wenn sie nicht zuhören wollen, hätten sie nicht kommen sollen."

Ich griff nach Emerys Schwanz und streichelte ihn im Gleichschritt mit meinen Stößen. Als er nicht mehr ruhig genug sein konnte, legte ich ihm eine Hand auf den Mund.

Ich stieß in ihn hinein und zog mich zurück, wobei ich mich nur an seinem Schwanz und seinem Mund festhielt. Als sich meine Eier zusammenzogen, flüsterte ich ihm süße Nichtigkeiten ins Ohr.

Emery kam eine Sekunde vor mir. Sein ganzer Körper wurde schlaff und er war von den Sommersprossen auf seiner Nase bis zu den Zehen gerötet.

„Du bist so schön, wenn du kommst."

Wir mussten uns mit dem Duschen und Anziehen sehr beeilen, aber wir schafften es noch rechtzeitig zu meinen Eltern.

Meine Mom kam aus dem Haus gerannt, als wir parkten.

Ich drückte Emerys Hand ermutigend, bevor wir aus dem Auto stiegen.

„Ah, meu querido. Emery, es ist so schön, dich wiederzusehen. Herzlich willkommen."

Sie schlang ihre Arme um den mit großen Augen schauenden Emery.

„Mom, im Moment bist du einfach eine fremde Frau ohne Grenzen." Ich lachte.

„O richtig. Es tut mir leid, Schatz. Ich vergaß das mit

dem ... o verdammt, das war wahrscheinlich unsensibel, oder?“

Ich brach in Gelächter aus.

„Willkommen in meiner gestörten Familie, Emery ... noch mal. Das ist Carla, meine Mom.“

„Hi“, erwiderte er schüchtern.

Wir gingen ins Haus, wo mein Dad, der nur einen Hauch mehr Zurückhaltung zeigte als meine Mom, im Wohnzimmer wartete.

„Hi, Dad“, sagte ich. „Emery, das ist Jack, mein Dad.“

Sie schüttelten sich die Hände, und dann kam ein Keuchen von der Tür.

„Ai meu deus. Ich konnte nicht glauben, dass es wahr ist.“ Die Augen meiner Großmutter leuchteten, als sie auf Emery zuging.

„Und das ist Jacinta Santos, die Anführerin der Bande.“

Emery lächelte und umarmte sie. „Es ist wirklich schön, euch alle wiederzusehen.“

„Wo ist der Rest meiner Jungs?“, fragte Mom.

„Sie waren direkt hinter uns, sind aber vor einer Weile anders abgebogen“, erklärte ich.

„Ach ja, sie holen Victoria ab. Sie hat Pão de Ló zum Nachtisch gemacht.“

Wie aufs Stichwort parkte Noahs Auto, gefolgt von dem von Adam.

Wir setzten uns alle an den Tisch. Mom strahlte mit einem Lächeln so groß wie Texas. Das war es, wovon sie immer geträumt hatte: Eine große Familie zu ernähren und alle gemeinsam am Tisch zu haben.

Ich griff nach dem Brot und schnitt ein Stück für mich und eines für Emery ab.

Meine Augen trafen die meiner Großmutter, und sie zeigte auf meine Hand.

Ich sah Emery an. Mein Mauerblümchen-Mann, der

witzig, liebevoll und manchmal auch ein wenig schüchtern war, lächelte.

„Ähm … wir haben eine kleine Ankündigung zu machen", sagte ich.

„Emery ist schon schwanger?", fragte Noah.

Ich rollte mit den Augen.

„Na ja, vorhin hat es sich so angehört, als würdet ihr es probieren."

Ich hob mein Brot auf, warf es und traf ihn am Kopf.

„Jungs", sagte Mom. „Was wolltest du ankündigen, Schatz?"

„Nun, zuerst muss ich ein Geständnis ablegen."

Sie starrten mich alle erwartungsvoll an.

„Ihr erinnert euch vielleicht an meinen gescheiterten Heiratsantrag an Emery im letzten Jahr. Damals beschlossen wir, es für uns zu behalten, bis Emery von einer Reise zurückkam. Jetzt wissen wir, warum er von dieser Reise nicht zurückgekommen ist." Ich hielt seine Hand. „Der Antrag ist nicht gescheitert. Emery hat damals Ja gesagt … und er hat wieder Ja gesagt."

Ich hob unsere Hände, um zu zeigen, dass wir die Ringe trugen, die der wachsamen Avó aufgefallen waren.

„Es gibt viele Dinge, die für uns als Paar neu sind, aber eines wissen wir: Die Art, wie wir füreinander empfinden, hat sich nicht geändert."

Dad öffnete eine Flasche Champagner, und wir stießen alle auf unsere Verlobung an.

Es würde die Zeit kommen, in der Fragen auftauchen würden. Meine Eltern waren neugierig, aber höflich genug, Emery nicht viel über seine Vergangenheit zu fragen oder darüber, was er im letzten Jahr gemacht hatte. Dafür liebte ich sie.

Jetzt, da ich Emery wieder in meinem Leben hatte, wollte

ich, dass wir unseren gemeinsamen Weg fanden. Filmabende, Bauernmärkte, Restaurants, Zeit mit meiner Familie.

Victoria räusperte sich.

„Ähm, danke, dass ihr mich heute eingeladen habt. Ich freue mich wirklich, und ich hoffe, ich konnte dem echten portugiesischen Pão de Ló gerecht werden. Spricht man das so aus?" Sie schaute meine Mom an, um sich zu vergewissern.

„Das hast du gut gemacht, Liebes, und du brauchst keine Einladung, um vorbeizukommen. Du wirst ein Teil der Familie sein, also bist du immer willkommen."

„Danke." Victoria lächelte schüchtern und lehnte sich an Adam, der einen Arm um sie legte.

Ich wusste nicht, warum ihr Verhalten eine Wendung genommen hatte, aber es war schön, eine weniger konfrontative, wärmere Person mit meinem Bruder zu sehen.

„Adam und ich würden gern ein Vorprobenwochenende in Mabel's Vineyard auf Peet Island veranstalten. Das ist drei Wochen nach der Party im Restaurant. Sie hatten plötzlich eine freie Kapazität für eine Party unserer Größe, also haben wir uns darauf eingelassen. Wir hoffen, ihr könnt alle kommen."

Ich wandte mich an Emery und wackelte mit den Augenbrauen. „Ein romantisches Wochenende auf einem Weingut, Baby."

Sie lachten alle.

Alle waren mit der Idee einverstanden, und so stießen wir darauf an.

„Ich bin mir nicht sicher, ob ich es schaffen kann", meinte River plötzlich.

Adams Gesicht verfinsterte sich. „Aber du bist mein Trauzeuge."

„Ich weiß, und ich werde bei deinem Junggesellenabschied und deiner Hochzeit dabei sein. Das Restaurant ist den ganzen Sommer über ausgebucht. Ich kann mir nicht einfach freinehmen, wann immer ich will."

„Blödsinn", sagte Dad. „Das hier ist Familie, River. Als ich das Restaurant geleitet habe, habe ich darauf geachtet, dass ich mir Zeit für die wichtigen Dinge nehme. Das hier ist wichtig."

River lächelte. „Ich danke dir. Das ist sehr verständnisvoll von dir, Jack. Ich werde sehen, was ich tun kann."

Das Essen war wie immer fantastisch, und sogar Victorias Kuchen war genau richtig. Es war schön zu sehen, wie sie lächelte und stolz darauf war, etwas für die Familie zu tun. Ich freute mich sogar noch mehr für meinen Bruder.

Als wir fertig waren, stand Emery auf, schnappte sich unsere Teller und sagte: „Ich denke, wir sollten abwaschen und deine Mom und Grandma etwas in den Hintergrund treten lassen."

Meine Mom eilte zu ihm hinüber, streichelte seine Wange und gab ihm einen Kuss.

„Die Erinnerungen sind vielleicht nicht da." Sie deutete auf seinen Kopf. „Aber sie sind hier." Sie deutete auf sein Herz. „Das ist das, was wirklich zählt."

Emery sah alle an, die ihn anlächelten. „Was habe ich getan?"

Ich stand auf, nahm ihm die Teller aus den Händen und stellte sie neben die Spüle. Dann drückte ich ihm einen sanften Kuss auf die Lippen und sagte: „Mom hat drei Söhne und einen Nachzügler großgezogen." Ich sah River an, der lächelte. „Das einzige Mal, dass jemand angeboten hat, den Abwasch zu machen, war, als du dazukamst. Was du gerade gesagt hast, war Wort für Wort das, was du immer nach einer Mahlzeit gesagt hast."

Emerys Unterlippe zitterte ein wenig. „Glaubst du, ich werde diese Erinnerungen jemals zurückbekommen?"

„Ich weiß es nicht, Baby, aber wir werden viele weitere

Erinnerungen schaffen, um die zu ersetzen, die du verloren hast.“

„Kotz“, sagte Noah. „Ich glaube, ihr zwei solltet mit eurer Knutscherei woanders hingehen. Von euch kriege ich Ausschlag. Da würde ich ja lieber den Abwasch machen.“

„O Noah“, sagte Mom, als würde sie sich fragen, wie um alles in der Welt er ihr Sohn sein konnte.

„Das ist wohl unser Stichwort“, meinte ich und zog Emery zur Tür.

„Warte. Nein. Wir können nicht einfach gehen“, erklärte er. „Was ist mit all dem hier?“ Er deutete auf den Tisch.

„Und so bist du Moms Liebling geworden. Leute, wir sind gerade alle wieder eine Stufe zurückgestuft worden“, sagte Adam.

„Da bin ich mir nicht so sicher. Mein Leben hat sich in letzter Zeit sehr verbessert“, meinte ich und fragte mich, wie ich so viel Glück haben konnte, eine zweite Chance mit Emery zu bekommen.

31

EMERY

„Hey, was machst du denn so weit hier draußen?", fragte Lex, schlang seine Arme um meine Taille und küsste meinen Nacken.

„Du meinst, so weit draußen, einen Meter vom Bett entfernt?"

„Das sind zwei Meter zu weit. Ich kann nicht mit dir kuscheln, wenn du einen Meter entfernt bist. Und ich kann das hier sicher nicht aus einem Meter Entfernung machen." Er ließ seine Hand über meinen Bauch gleiten und umfasste meinen Schwanz.

„Das ist ein sehr gutes Argument. Allerdings müssen wir in etwa fünfzehn Minuten zu einem Familienfrühstück, und du bist nicht angezogen."

„Hmm." Er kraulte meinen Nacken. „Klamotten werden überbewertet."

Ich lachte. „Sag das den Kellnern und deiner Familie."

„Gut. Ich ziehe mich an."

Ich schüttelte den Kopf, während ich ihm zusah, wie er nach der Jeans suchte, die er gestern Abend achtlos auf den Boden geworfen hatte, weil er mich gleich nach unserer

Ankunft im Hotel besprungen hatte. Offenbar war Hotelsex hundertmal besser als normaler Sex. Zumindest hatte Noah uns das erzählt, als wir letzten Freitag etwas trinken gegangen waren.

Lex hatte die Theorie testen wollen, und ich konnte nicht widersprechen. Hotelsex war wirklich der beste. Andererseits war jeder Sex mit Lex der beste, also kam es vielleicht nicht so sehr auf den Ort an, sondern mehr auf die Person, mit der man es tat.

„Dieser Ort ist atemberaubend. Sieh dir all die Weinreben an", sagte ich und blickte auf die weiten Felder vor unserem Fenster.

„So funktionieren Weinberge."

Ich schnappte mir ein Zierkissen vom Stuhl und warf es nach ihm.

„Fang keinen Krieg an, den du nicht gewinnen kannst", stichelte er.

Als er vollständig angezogen war, setzte er sich zu mir ans Fenster.

„Das war eine gute Wahl von Victoria. Es war in letzter Zeit so viel los auf der Arbeit, dass ein Wochenendausflug genau das Richtige für uns war", meinte er.

„Ich weiß. Ich habe sogar den neuesten Roman von Aiden Lawton mitgebracht, um ihn zu lesen. Es wird schön sein, zum Vergnügen zu lesen."

So viel los war eine Untertreibung. Ich hatte ein Praktikum in einer Sommerschule für verhaltensauffällige Kinder absolviert und lernte so viel. Es war harte Arbeit, aber ich liebte es. Außerdem lernte ich für die Abschlussprüfungen, die während des Sommers stattfanden, weil die meisten von uns bereits einen Job als Lehrer hatten.

Ich musste die Abschlussprüfungen nicht wiederholen, um meinen MA zu erhalten, da ich sie bereits bestanden hatte, aber das war etwas, das ich für mich selbst tun wollte.

„Glaubst du, dass du hier heiraten willst?", fragte Lex.

Ich dachte darüber nach. Nach dem wenigen, was wir seit unserer Ankunft gesehen hatten, war das Weingut der perfekte Ort für eine Hochzeit. Aber …

„Ich bin mir nicht sicher. Ich glaube nicht, dass es zu uns passt", sagte ich.

„Was stellst du dir denn vor?"

„Ganz ehrlich? Ich würde lieber eine kleine, intime Hochzeit haben und dann für unsere Flitterwochen nach Europa reisen. Ich würde gern Lissabon besuchen, vielleicht Florenz und Paris. Oder vielleicht einfach ein Auto mieten und durch Portugal fahren."

„Diese Idee gefällt mir sehr gut."

„Deine Mom hat mich schon ein paar Mal gefragt, wann wir heiraten werden."

Ich lachte. „Sie wäre nicht meine Mom, wenn sie es nicht getan hätte. Was hast du gesagt?"

„Ich werde ein Meister-Ninja darin, solchen Fragen auszuweichen. Deine Mom mag Umarmungen und Hilfe in der Küche sehr gern."

„Gerissen. Das gefällt mir. Und was denkst du wirklich? Wann würdest du heiraten wollen?"

Ich legte meine Hand auf seine. Das Geräusch unserer Ringe, die aneinander klirrten, erwärmte mein Herz. Ich war mit Lex verlobt. Hätte mir jemand vor zwei Monaten gesagt, dass ich nicht nur mit dem schönsten Mann der Stadt zusammen sein würde, sondern auch verlobt, hätte ich ihn für verrückt erklärt. Aber die Realität war viel besser als die Fantasie. Zumindest, wenn es um uns ging.

Meine Eltern hatten sich kürzlich bei mir gemeldet und sich für ihr Verhalten entschuldigt. Es war ein angespanntes Treffen gewesen, und ich war mir nicht ganz sicher, ob es ihre Idee gewesen war, denn gleichzeitig hatten sie angekündigt, dass Frederick mit meinem Dad zusammenarbeiten und schließlich die Firma als Geschäftsführer übernehmen würde.

Frederick war einer meiner besten Freunde geworden. Ich traute ihm zu, dass er sich geweigert hatte, den Job anzunehmen, wenn meine Eltern nicht das Richtige taten. Frederick war ihre absolut zweitbeste Wahl, um die Firma zu übernehmen, da ich sie nicht wollte, also wusste ich, dass sie alles tun würden, um ihn zu bekommen.

Nur die Zukunft würde zeigen, wie sehr meine Eltern an meinem und Lex' Leben teilhaben würden.

„Ich denke, wir sollten warten, bis Adam und Victoria heiraten. Sie planen ihre Hochzeit schon eine Weile, und ich möchte ihnen nicht das Rampenlicht stehlen."

„Das ist eine ausgezeichnete Idee. Außerdem bin ich mir sicher, dass Mom bis dahin froh sein wird, nicht mehr hundert Dinge rund um die Hochzeit erledigen zu müssen und uns nicht zu einer größeren Party drängen wird."

Ein plötzliches Klopfen an der Tür ließ uns aufschrecken.

„Wir kommen doch nicht zu spät zum Frühstück, oder?", fragte Lex.

„Nein."

Er öffnete die Tür und sah einen rotgesichtigen Adam.

„Was ist passiert?", fragte Lex.

„Herrje, alles lief so gut, warum musste er alles kaputt machen? Victoria hat sich wirklich toll verhalten. Sie gibt sich Mühe. Ich weiß, dass es schwer für sie ist, weil sie nicht an eine superenge Familieneinheit gewöhnt ist, aber sie versucht es. Jetzt hat er diese Scheiße losgetreten und sie ist verärgert, weil das alles ist, worüber jeder an diesem Wochenende reden wird. Ich bin kein Freund von Wutausbrüchen, aber ich finde, sie hat recht. Sie hat so hart daran gearbeitet, unsere Familien an diesem Wochenende zusammenzubringen, und jetzt wird sich alles um *sie* drehen."

Er schritt durch den Raum, die Hände im Haar vergraben.

„Wovon redest du? Wer hat was getan?", fragte Lex.

„Noah. Er ist nicht allein hier."

„Das ist nicht unerwartet, oder? Er kann ja ein Date mitbringen."

Adam blieb stehen und sah uns an.

„Er hat kein Date mitgebracht. Er hat seinen verdammten Ehemann mitgebracht."

Lex hustete. „Tut mir leid, was?"

„Was ich gesagt habe. Mom weint in ihrem Zimmer, weil sie verletzt ist. Victoria weint in unserem Zimmer, weil sie wütend ist. Avó ist vielleicht in die Hotelküche gegangen, um sich ein Fleischermesser zu leihen, und Dad ... nun ja, Dad versucht, alle bei Laune zu halten und scheitert kläglich. Es ist noch nicht einmal neun Uhr morgens. Und das alles nur, weil unser großer Bruder anscheinend geheiratet hat."

BONUSSZENE
GORDON UND DER HOCHZEITSTAG

Lex

„Scheisse, Lex. Ja! Herrgott. Genau da, verdammt.“

Herr im Himmel, wie ich es liebte, wenn er sich so verhielt. All die Zurückhaltung, die er bei der Arbeit zeigte, galt nur der Arbeit. Sobald er nach Hause kam, war er mein Emery. Er ließ los und zeigte mir sein ganzes Ich. Die Person, von der ich jetzt wusste, dass er sie wegen der Probleme, die er mit seinen Eltern gehabt hatte, versteckt hatte.

Ich schloss meine Knie und drückte ihn gegen die Duschwand. Seine Beine waren so fest um mich gewickelt, dass ich blaue Flecken bekommen würde. Das Wasser war immer noch heiß genug, aber das würde nicht ewig so bleiben.

„Baby, irgendwann wirst du loslassen müssen“, erklärte ich zwischen zusammengebissenen Zähnen. Meine Fähigkeit, weiterzumachen, hing an einem dünnen Faden. Wie konnte er sich noch zurückhalten? Wenn man bedachte, dass sein Schwanz steinhart war und an meinem Bauch rieb, hatte ich keinen blassen Schimmer. Er hatte die Willenskraft eines Leistungssportlers.

„Nein. Ich will für immer hierbleiben. So wie jetzt …"

Ich kicherte in seinen Nacken und saugte so fest an seiner Haut, dass ich einen Abdruck direkt unter dem Kragen des Hemdes hinterließ, das er später tragen würde.

Sein Hochzeitshemd. Sein Hochzeitsanzug.

Der Gedanke, dass wir nur noch Stunden davon entfernt waren, verheiratet zu sein, traf mich so hart, dass ich nichts tun konnte, um meinen Orgasmus zu stoppen.

„Lex!", rief Emery, als ich meine Erlösung stöhnte.

Ich keuchte gegen seine Haut, und mein Körper krampfte sich zusammen, während ich den Rausch auskostete.

„Es tut mir leid, Baby. Du fühlst dich immer zu gut an."

„Das liegt daran, dass ich dir gehöre, Alexis. Ich wurde für dich gemacht." Er küsste mich, während mein weicher Schwanz aus seinem Arsch glitt. Mein Herz wurde jedes Mal zu Brei, wenn er mich bei meinem vollen Namen nannte.

„Lass mich für dich sorgen", meinte ich und küsste mir einen Weg über seine Brust, bis ich auf den Knien war und seinen Schwanz direkt vor meinem Mund hatte, der um Erleichterung bettelte.

Ich drehte den Duschkopf so, dass das Wasser an meinem Rücken herunterlief. Wenn ich Mühe hatte zu atmen, dann nur, weil Emerys Schwanz so tief in meiner Kehle steckte, nicht wegen des Wassers.

Emery legte seine Hände auf mein nasses Haar, hielt mich fest und führte mich. Ich öffnete mich weit und nahm seinen Schwanz ganz in meine Kehle auf, wobei ich mein Bestes tat, um meinen Würgereflex zu kontrollieren.

„Scheiße, ja!"

Er verschwendete keine Zeit und nahm sich, was er von mir brauchte. Je härter er meinen Mund fickte, desto mehr wollte ich es. Ich wollte, dass er mich zu seinem machte. Dass er meine Kehle so hart fickte, dass ich später Mühe haben würde, mein Gelübde zu sprechen.

Mein Schwanz versuchte, sich wieder zu erheben, aber ich war nicht interessiert. Ich hatte meinen Spaß gehabt. Der Rest war für später, wenn ich Emery bitten würde, zum ersten Mal als mein Ehemann in mich zu gleiten.

Tränen liefen mir übers Gesicht, aber ich war mir nicht mehr sicher, ob sie von der Art kamen, wie Emery meinen Mund fickte, oder von den Gefühlen, die sich in meiner Brust aufbauten. Ich war so nah dran gewesen, das nie wieder zu erleben.

Was wäre, wenn wir uns nie wieder begegnet wären?

Der Gedanke hat mich so oft nachts wach gehalten, aber *was wäre, wenn* hatte hier keinen Platz.

Heute war der Tag der Tage.

Der Tag, an dem ich die Liebe meines Lebens heiraten würde. Meine große Liebe, die noch einen Orgasmus brauchte.

Ich spielte mit einer Hand an seinen Eiern, während die andere sein Loch suchte. Er war noch glitschig von dem Gleitmittel und meinem Sperma, deshalb fiel es mir leicht, in ihn einzudringen, direkt an die Stelle, von der ich wusste, dass sie ihn verrückt machte.

„O mein Gott, Lex. Verdammt, ich komme gleich."

Ich schluckte an seiner Länge, während mein Finger seine Prostata rieb. Mit einem letzten gurgelnden Schrei kam Emery in meiner Kehle, während ich jeden einzelnen Tropfen schluckte.

Wir beendeten die Dusche in aller Eile mit fast kaltem Wasser.

„Ich bin so froh, dass wir die Nacht vor der Hochzeit nicht getrennt verbracht haben", sagte er und schnappte sich ein paar Handtücher aus dem Regal.

Ich küsste ihn, als ich mein Handtuch entgegennahm. „Danke, dass du es mir ausgeredet hast. Das ist eine dumme Tradition, die von Leuten befolgt wird, die nicht wissen, wie gut Sex ist."

„Besonders Sex mit dir."

Ich lachte. „Das will ich auch nicht hoffen. Ich gehöre dir, Babe. Nur dir."

„Scheiße, wir sind doch nicht zu spät, oder?", fragte er.

„Ich glaube nicht." Ich ging zurück ins Schlafzimmer und sah auf mein Handy, das auf dem Nachttisch aufgeladen war. „Wir haben noch eine Stunde Zeit."

„Eine Stunde? O mein Gott, Lex. Wir müssen uns fertig machen. Warum haben wir so lange in der Dusche gebraucht?"

Ich warf ihm einen „*Das-weißt-du-doch*"-Blick zu.

„Gut, gut. Das war es wert, aber verdammt, Lex, wir dürfen nicht zu spät zu unserer eigenen Hochzeit kommen." Er holte eilig seinen Anzug aus dem Schrank. „Wo sind eigentlich deine Brüder und Ellie?"

„Emery", erwiderte ich und hielt ihn an den Schultern fest. „Wenn wir zu unserer eigenen Hochzeit nicht zu spät kommen dürfen, wann dann? Sie kann buchstäblich nicht ohne uns beginnen."

Er atmete aus und wirkte nicht sehr überzeugt.

„Glaubst du, meine Brüder oder Ellie würden es zulassen, dass wir zu spät kommen?", fragte ich. „Ich wette, sie werden in einer halben Stunde hier sein."

„Was es noch schlimmer macht. Wir haben nur dreißig Minuten, um uns fertig zu machen."

Ich wusste, dass er sich nicht entspannen würde, bis er angezogen war, was genau zehn Minuten dauerte. Er hatte es aufgegeben, sein Haar zu bändigen, worüber ich mehr als froh war. Ich liebte Emerys wildes, lockiges Haar. Es war ein Teil von ihm. Außerdem hatte er diese Woche einen neuen

Haarschnitt verpasst bekommen, also war es so zahm, wie es nur sein konnte.

Wir halfen uns gegenseitig mit unseren Fliegen. Es gab keine Fotografen oder sich einmischende Familienmitglieder. Es gab nur uns.

„Ich mag das", sagte ich. „Wenn nur du und ich da sind. Lass uns die Ruhe genießen, bevor der Tag ein wenig chaotischer wird."

Ich rückte seine Fliege ein bisschen zurecht.

„Warte", hielt er inne. „Es ist still."

„Ja, das habe ich gerade gesagt."

„Zu still."

Ich lachte. „Es sind nur wir, und weder Gordon noch Goldie sind von der lauten Sorte."

„Nein, aber Gordons Abwesenheit ist mehr als merkwürdig. Wo ist er?"

Emery hatte recht. Ich konnte ihn eigentlich nicht berühren, ohne dass Gordon aus dem Nichts auftauchte und mich anstarrte. Ich wusste, dass er vielleicht nicht in seinem Becken war, denn er saß morgens gern am Fenster und fing die Sonne ein.

Wir gingen beide ins Wohnzimmer.

„Er ist nicht hier", meinte Emery. Ich hörte die Panik in seiner Stimme.

„Er muss hier irgendwo sein." Ich sah in der Küche und in der Waschküche nach.

Aber nichts.

Was soll der Scheiß, Gordon. Heute ist nicht der Tag für Blödsinn.

Wir sahen noch mal im Schlafzimmer nach, aber wir fanden ihn nicht.

„Was ist, wenn er rausgegangen ist?", fragte Emery.

„Wie?"

Er zuckte mit den Schultern.

Der kleine Gecko, der nach unserem ersten Campingausflug bei mir eingezogen war, war abenteuerlustig, aber er schien sein neues Zuhause zu lieben. Er war noch nie nach draußen geflohen.

Trotzdem konnte es nicht schaden, nachzusehen.

Ich öffnete die Haustür und fuhr fast aus der Haut, als ein orangefarbenes Fellknäuel an mir vorbeirannte.

„Was zum …"

Emery schrie hinter mir: „Was war das?"

„Wenn ich raten müsste, würde ich sagen, eine Katze oder ein tasmanischer Teufel."

Ich ließ die Tür offen, für den Fall, dass das kleine Monster den Weg nach draußen finden musste, und folgte Emery ins Wohnzimmer.

„O mein Gott, sie frisst Gordon!", rief Emery.

Die Katze – ja, es war eine Katze mit rotem Fell – hatte Gordon zwischen den Zähnen, aber sie schien ihn nur festzuhalten. Dann setzte sie Gordon plötzlich auf dem Boden ab.

Ich stieß einen Seufzer der Erleichterung aus.

Gordon kletterte am Fell der Katze hoch, bis er auf ihrem Kopf hockte.

„Hallo, Jungs. Bedeckt lieber eure Nacktheit, und das nicht nur, weil ihr fertig sein müsst, bevor ihr zu spät zu eurer eigenen Hochzeit kommt – oh, ihr habt eine Katze."

Emery und ich sahen uns an, als Ellie ins Wohnzimmer kam, sich auf den Boden setzte und begann, die Katze zu streicheln.

„Wir haben keine Katze angeschafft", sagte ich.

„Das sieht aus meiner Perspektive anders aus", sang sie.

„Irgendwie schon", meinte Emery, bevor er sich zu mir umdrehte. „Babe, was sollen wir tun? Wir können nicht einfach eine Katze hier lassen, aber wir müssen gehen."

„Bedeckt euch. Wir wollen es nicht noch mal sehen."

Ich seufzte, als mein Bruder Noah in die Wohnung kam.

„Wenn du lernen würdest, wie man anklopft, und nicht immer den Notschlüssel benutzen würdest, würdest du nie Dinge sehen, die du nicht sehen willst."

Er hob die Hände und sah ganz unschuldig aus. „Die Tür war offen. Seit wann habt ihr eine Katze?"

Ich stöhnte auf. „Haben wir nicht. Er … sie … sie ist einfach mit Gordon reingekommen."

„Er sieht nicht allzu verärgert über ihre Anwesenheit aus."

„Woher weißt du, dass es ein Mädchen ist?"

Noah zeigte auf die Katze. „Ihr fehlen einige wichtige Teile."

„Oh", sagten Emery und ich gleichzeitig.

„Wenn die Katze nicht euch gehört, wem gehört sie dann?", fragte Ellie.

Ich konnte kein Halsband sehen, aber das bedeutete nicht, dass sie kein Zuhause hatte.

„Ich habe sie noch nie in der Nachbarschaft gesehen", meinte Emery und warf mir die größten Welpenaugen zu.

„Nein", antwortete ich so bestimmt, wie ich konnte.

Er kam herüber und schob seine Hände unter meine Anzugjacke. „Du hast gesagt, du willst keinen Hund. Du hast nie erwähnt, dass du keine Katze willst."

„Ich dachte, das wäre eine Selbstverständlichkeit, vor allem, weil wir schon zwei Haustiere haben."

„Aber Gordon mag sie."

Ich seufzte. Das würde ein Kampf werden, den ich nicht gewinnen würde.

„Ich hasse es, dass du weißt, wie sehr ich dich liebe", sagte ich.

Sein Lächeln war so strahlend, dass es den ganzen Raum erhellte. „Nein, tust du nicht."

Ich lachte. „Nein", meinte ich und küsste ihn, „das tue ich wirklich nicht."

„Also ist es beschlossen", sagte Ellie. „Grace gehört euch, und wir müssen los, weil ihr beide heute zu einer Hochzeit müsst."

„Grace?", fragte ich, und Ellie zeigte auf die Katze.

„Werde ich jemals einem meiner Haustiere einen Namen geben?"

Emery beugte sich vor und flüsterte mir ins Ohr: „Vielleicht, wenn wir einen Hund bekommen."

Bevor wir auf dieses Thema zu sprechen kommen konnten, griff Noah ein und zerrte mich aus meiner Wohnung.

„Komm schon, Bruder. Du heiratest heute, und Mom wird mir die Eier abschneiden, wenn du zu spät kommst."

Alles, was ich aus der Wohnung hörte, als wir die Treppe hinuntergingen, war ein lautes „Ich liebe dich" und „Wir treffen uns an unserem Lieblings-Pfingstrosenbaum" von Emery.

Im Botanischen Garten zu heiraten, war die Idee meiner Mutter gewesen. Sie sagte, wir sollten es an unserem besonderen Ort tun. Die Pfingstrosensammlung war dieser Ort, obwohl es dieses Mal Mom war, die ihren Charme auf Mr. Acker ausgeübt hatte.

„Ist das wirklich wahr?", fragte ich, während Noah uns durch die Stadt fuhr.

„Erwartest du wirklich, dass ich das beantworte?" Er lachte.

„Nein. Ich weiß, dass es passiert. Ich habe nur … manchmal Angst, dass alles nur ein Traum ist."

„Es ist echt, kleiner Bruder. Vertrau mir. Es ist echt."

Je näher wir dem Botanischen Garten kamen, desto nervöser wurde ich, aber auch aufgeregter. Am Ende des Tages würde Emery mein Ehemann sein.

Was auch immer nötig war, dies würde ein Tag sein, den keiner von uns je vergessen würde.

Hat dir Lex und Emerys Geschichte gefallen?

Es hat so viel Spaß gemacht ihre Geschichte zu schreiben, aber es war auch herzzerreißend. Dabei zuzusehen, wie die beiden Männer ihren Weg zueinander finden, war eine ganz besondere Erfahrung.

Was kommt als Nächstes für die Spencer Brüder?

Wie neugierig bist du darauf zu wissen, in was Noah da hineingeraten ist?

Sieh dir jetzt Noahs Scheinehemann an.

DANKSAGUNG

Es hat eine Weile gedauert, bis die Spencer-Brüder aus dem
Plottopf, den ich bepflanzte, nachdem meine gute Freundin
Anka Papoog einen kleinen Samen in meinen Kopf gesetzt
hatte, zum Leben erwacht sind.
Eigentlich ist es schon über ein Jahr her, aber Lex, Noah und
Adam ließen mich nicht in Ruhe.
Seit ich den ersten Entwurf fertiggestellt habe, sind vier
Leute meine Retter und Superstar-Helfer gewesen.
Nora Phoenix und Saxon James haben sich beide mein
Geschwafel über die Reihe angehört und mir wertvolles
Feedback gegeben, wenn ich feststeckte und unsicher war.
Abbie Nicole macht meine Bücher immer noch besser. Ohne
sie wären meine Bücher ein heilloses Durcheinander aus
Britishisms und seltsamen portugiesischen Redewendungen.

ZIMMER FÜR 3
Das Resort
Der Urlaub

CHESTER FALLS
Wie man sich einen Bücherwurm angelt
Wie man sich einen Prinzen angelt
Wie man sich einen Rivalen angelt
Wie man sich einen Bodyguard angelt
Wie man sich einen Junggesellen angelt
Wie man sich den Chef angelt
Wie man sich einen Biker angelt
Wie man sich einen Veteranen angelt
Wie man sich ein glückliches Ende angelt
Wie man sich einen Milliardär angelt

SINGLE-VÄTER VON STILLWATER
Rückkehrer
Widersacher
Neuaufbruch
Herzsaite
Kaffeeglück

Weihnachten mit Bubble

ÜBER ANA

Lerne Ana Ashley, deine freundliche Liebesromanautorin aus der Nachbarschaft, kennen!

Ana kann sich schon seit sie denken kann in den Seiten von Büchern verlieren und hat als Kind einige amüsante Fehltritte mit ihren ersten Schreibversuchen erlebt. Aber alles änderte sich, als sie die magische Welt der LGBTQ+ Liebesromane entdeckte - Konfetti bitte!

Anas Bücher bieten süße und sexy Liebesgeschichten mit einer charmanten Mischung aus Humor und Herz. Ihre Männer zusammenzubringen wäre nicht dasselbe ohne ihre Nebenfiguren, die sich gerne mal einmischen, es aber immer gut meinen und die immer darauf bestehen, auch noch ihre eigene Geschichte zu bekommen.

Wenn sie nicht gerade Geschichten für das Herz anfertigt, kannst du sie dabei finden wie sie ihrem liebsten Zeitvertreib -leckere Dinge backen- nachgeht, gemeinsame Zeit mit ihren Freunden genießt oder viel zu lange wach bleibt, weil sie in ein gutes Buch vertieft ist.

Ihr könnt Ana auf den üblichen Social-Media-Kanälen folgen.

Um Zugang zu exklusiven Teasern, Inhalten und allgemeinen buch- und kulinarikbezogenen Neuigkeiten zu erhalten, könnt ihr jetzt Anas Facebook-Gruppe Café RoMMance - Ana's Reader Group beitreten

Anas VIP-Leser - readerlinks.com/l/4407445

Facebook-Seite - @anawritesmm [facebook.com/anawritesmm/]

E-Mail - ana@anaashley.com

Instagram - @anaashley_deutsch [instagram.com/anaashley_deutsch/]

Bookbub - bookbub.com/authors/ana-ashley

Goodreads - goodreads.com/ana-ashley

www.ingramcontent.com/pod-product-compliance
Lightning Source LLC
Chambersburg PA
CBHW030523190726
48283CB00006B/1743